Elvira Halfmann

Halfmanns Erzählungen

Geschichten aus der Hammelburg

© 2001 Elvira Halfmann

Covergestaltung: Ja.Ro.-Music, Taunusstein
Printed in Germany · Books on Demand GmbH

ISBN 3-8311-2329-2

Inhalt   Seite

4

Vorwort - Mein Leben

Am 9. November 1913 erblickte ich in Niederhadamar das Licht der Welt. Ein Jahr später brach der erste Weltkrieg aus. Vater war von Anfang bis Ende des Krieges an der Front. Er kam Gott dank gesund nach Hause zurück. Während des Krieges lebte ich mit meiner Mutter bei den Großeltern im Bahnhofsgebäude in Hadamar. Da Opa Bahnhofsvorsteher war, stand ihm mit seiner Familie eine sehr große Wohnung zur Verfügung, welche sie mit den vier jüngsten ihrer acht Kinder bewohnten. Die Älteren waren im Krieg. So war ich das einzige Kind zwischen sieben Erwachsenen und wurde nach Strich und Faden verwöhnt. Eine herrliche Zeit für mich! Nach Kriegsende, als Vater zurück kehrte, zogen wir wieder in unsere Wohnung nach Niederhadamar. Da wehte für mich ein anderer Wind. Ich total verzogenes Kind wurde von meinem strengen Vater erzogen. Aber wie? Für mich armes Kind eine Katastrophe. Nun, ich habe es überlebt! Aber die Markierungen, welche er und Mutter mir setzten, haben nicht geschadet, im Gegenteil, sie haben mein Leben geprägt. Ich bin den Eltern dankbar dafür. Als ich sechs Jahre alt war wurde meine Schwester geboren und wieder sechs Jahre später mein Bruder. Wenn ich noch mal zur Welt käme, möchte ich nicht mehr die Älteste sein. Ich wurde fast für alles, was die Kleinen anstellten verantwortlich gemacht. Wie oft mußte ich hören: „Kannst Du nicht besser aufpassen?" Ich fühlte mich in der Schule viel wohler. Da ich ein wißbegieriges Kind war, machte mir das Aufpassen dort Freude. Deutsch, Geschichte, Erdkunde und Religion waren meine Lieblingsfächer. Nach der Grundschule besuchte ich die Marienschule (Handelsschule) in Limburg. Es war der Wunsch der Eltern, ich sollte Bürokauffrau werden. Damals durfte ein Kind nicht wünschen, welchen Beruf es einmal ergreifen wollte. Das bestimmten die Eltern. Und die Kinder waren gehorsam. Und ich wollte doch so gerne Krankenschwester werden. Nachdem ich die Schule absolviert hatte, rückte das Schreckgespenst „Büro" immer näher. Da kam mir das Schicksal zu Hilfe. Ein Bruder meiner Mutter in Fulda erkrankte. Er kannte meinen Wunsch Krankenschwester zu werden und bat mich, ihn zu pflegen. Gott möge mir verzeihen, daß ich mich damals freute über des armen Onkels Krankheit. Ich brauchte deshalb nicht in ein Büro.

Onkel besaß ein großes Lebensmittelgeschäft. Außer der Tante arbeiteten noch zwei Verkäufer in dem Laden. Kein Supermarkt mit Selbstbedienung, wie das heute ist. Nein, jeder Kunde mußte individuell bedient werden. Nur Tabakwaren und Seifenpulver gab es in Packungen. Alles andere war lose, mußte abgewogen werden. Da ich ja nicht den ganzen Tag mit Onkels Pflege beschäftigt war, habe ich zwischendurch im Laden geholfen. Das machte mir großen Spaß, der Umgang mit den Menschen. Als der eine Verkäufer zum Militär mußte, war ich so perfekt, daß ich seine Stelle einnehmen konnte. Ich war glücklich und zufrieden. Da machte das Schicksal wieder einen Strich durch die Rechnung. Onkel verpachtete das Geschäft und setzte sich in Bad Ems zur Ruhe. Sein Nachfolger hätte mich gerne übernommen, aber das ging nicht, da der Mann mir unsympathisch war. Nun hatte ich wieder den Wunsch, Krankenschwester zu werden. Bei der Krankenpflegeschule Aschaffenburg, damals für Fulda zuständig, bewarb ich mich. Zwei Monate später sollte ich dort als Schülerin beginnen. Aber das Schicksal wollte es wieder anders. Ich hatte inzwischen meinen Mann kennengelernt. Uns verband eine große Liebe. Es blieb die einzige Liebe meines Lebens. Da wir bald heiraten wollten, war es für mich sinnlos, noch mal drei Jahre eine Krankenpflegeschule zu besuchen, um dann den Beruf nicht auszuführen. Denn damals gab es das nicht, daß eine verheiratete Frau berufstätig war. 1940 heirateten wir und 1941 wurde unser Sohn geboren. Wir waren überglücklich. Aber leider war das Glück nur von kurzer Dauer. 1943 fiel mein geliebter Mann in Rußland. Mein Lebensglück war zerstört. Ich hätte noch einmal eine Partnerschaft eingehen können. Aber nein, ich habe meinem Mann in meinem langen Leben die Treue gehalten und es nie bereut. Nun bin ich 88 Jahre alt und es wird ja nicht mehr lange dauern, bis wir uns wiedersehen, um auf ewig vereint zu sein. Diese Hoffnung läßt mich trotz aller Altersbeschwerden glücklich sein. Als mein Mann starb, war unser Junge zwei Jahre alt. Damals war er mein einziger Trost. Ich machte es mir zur Aufgabe, ihn im Sinne seines Vaters zu erziehen. Und das war mir gelungen. Ich konnte stolz auf ihn sein, liebte ihn über alles. Dann geschah das Entsetzliche. Im Alter von 24 Jahren wurde er mir durch den Tod entrissen. Ohne meinen christlichen Glauben wäre ich verzweifelt. Zudem bekam ich wieder eine Aufgabe, die mich ganz in Anspruch nahm. Mein Sohn hinterließ Frau und Kind. Die Kleine war 10 Monate alt, als ihr Vater starb. Und meine Schwiegertochter verkraftete den Tod ihres Mannes nicht. Sie wurde psychisch schwer krank, im hohen Maße Suizid gefährdet. Sie wurde lange Zeit stationär behandelt. Nun hatte ich das Kind zu erziehen und dazu meine kranke Mutter, welche durch einen Schlaganfall Tag und Nacht Pflege brauchte. Vorher, es war vor dem Tod meines Sohnes, wurden meinem Vater infolge Durchblutungsstörungen beide Beine amputiert. Das erste unterhalb des Knies. Vier Monate später das zweite bis oben hin. Da hatte ich Krankenpflege rund um die Uhr. Vater war ein großer kräftiger Mann. Heute denke ich manchmal, wie habe ich das nur geschafft? Zehn Jahre lang? Aber ich war eine gesunde junge Frau. Und Gott gab mir viel Kraft. Dafür danke ich im heute noch. Drei Monate nach Vaters Tod erlitt Mutter den Schlaganfall. Nach fünf Jahren starb auch sie. Somit war mein Wunsch Krankenschwester zu werden in Erfüllung gegangen. Aber so hatte ich mir das als junges Mädchen nicht vorgestellt.

Nach dem Tod der Eltern vermißte ich sie sehr. Plötzlich hatte ich, außer dem Kind keine Aufgabe mehr. Es war alles so leer, so kalt um mich geworden.

Nach dem Schulabschluß verließ auch die Enkelin das Haus. Sie kam zur Berufsausbildung nach Wiesbaden, wo sie anschließend ihren Beruf ausführte. Sie besuchte mich zwar ab und zu, aber die meiste Zeit war ich mit Hund allein im Haus. Ich wurde depressiv, der Lebenswille schwand immer mehr. Dazu kamen Kreislaufstörungen. Infolge dessen stürzte ich einmal, fand keine Kraft mehr, ohne Hilfe hoch zu kommen. Der Hund hat wohl gedacht: „Was macht das Frauchen? Legt sich auf den Boden und steht nicht mehr auf." Er leckte mein Gesicht, aber damit konnte er ja nicht helfen. Nach diesem Vorfall stand mein Entschluß fest, in ein Altenheim zu ziehen. Welch ein Glück für mich, daß ich diesen Entschluß auf dem schnellsten Wege in die Tat umsetzte. Zwar besaß ich ein schönes freistehendes Einfamilienhaus, in welchem ich die meisten Jahre meines Lebens gewohnt hatte, aber ich war allein. Und da ich ein geselliger Mensch bin, war dies Gift für mich. Nun wohne ich schon 10 Jahre im Altenheim des Sozialzentrums der Arbeiterwohlfahrt in Hadamar. Und ich fühle mich wohl, und vor allem geborgen hier. Wenn ich Hilfe brauche, ist Tag und Nacht jemand zur Stelle. Welch große Beruhigung für einen alten Menschen! Mein Lebenswille ist neu erwacht. Und was mich besonders froh und glücklich macht, ich habe im hohen Alter noch eine Aufgabe gefunden, welche mich so ausfüllt, daß nie Langeweile bei mir aufkommt. Im Gegenteil. Der Tag dürfte meinetwegen mehr als 24 Stunden haben. Eine Begabung, welche in mir schlummerte, kam in den letzten zehn Jahren erst zur Entfaltung. Und zwar das Interesse und die Liebe zur Literatur. Die Schriftstellerei wurde mir (es ist nicht übertrieben) zur Leidenschaft. Ich schreibe seit Jahren für unsere Heimzeitung das „Sofa" und die Hadamarer Wochenzeitschrift „Heimatpost". Ich weiß, daß ich vielen Menschen mit meiner Schreiberei Freude bereite. Und das macht mich glücklich. Ich bitte Gott täglich, daß er mir meine Sehkraft und meine geistige Vitalität erhält. Ich danke ihm auch, daß ich trotz des leidvollen Lebens, welches ich hinter mir habe, wieder Humor besitze. Es gibt leider so viele alte Menschen, welche so apathisch, oder sogar traurig sind. Wie glücklich bin ich, wenn ich mit Humor ein Lächeln auf ihr Gesicht zaubern kann. Noch etwas, was mich in diesem Haus glücklich macht: Die jungen Menschen, welche mich hier umgeben. Schwestern, Pfleger, Zivis, ich möchte sagen, das gesamte Personal im Hause. Alles junge Menschen. Sie haben es oft nicht leicht mit uns Alten. Und trotzdem sind sie immer lieb und hilfsbereit. Das tut gut. Es ist Balsam für die Seele. Ich bin so zufrieden und glücklich hier. Hoffentlich schenkt Gott mir noch einige Jahre. Er weiß ja, wie gerne ich noch lebe. Von Herzen danke ich ihm für jeden Tag den er mir noch schenkt.

Erinnerungen an die Kindheit

Als der erste Weltkrieg ausbrach, war ich noch kein Jahr alt. Mein Vater wurde kurz nach Kriegsbeginn Soldat und war die vier Jahre bis Kriegsende an der Front. Gott dank kehrte er gesund zurück. Während seiner Abwesenheit zog Mutter mit mir zu ihren Eltern ins Bahnhofsgebäude nach Hadamar. Da Opa Bahnhofsvorsteher war, stand ihm und seiner Familie eine riesige Wohnung zur Verfügung. Im Parterre waren der Wartesaal, Schalterhalle, Büros, Gepäckannahme usw. untergebracht. Damals noch ein Bahnhof erster Ordnung. Alles sauber und gepflegt, in und um das Gebäude. Ein Schmuckstück. Der Fahrkartenschalter immer besetzt. Ebenso Gepäckannahme und –ausgabe. Viele Bedienstete Tag und Nacht im Einsatz. Und heute? Alles verkommen, öd und verlassen. Ein Schandfleck für die Stadt. Ein Rattenasyl. Aber kein Wunder! Wer fährt denn heute noch die Strecke Frankfurt – Köln mit dem Zug? Die Autos haben die kleinen Bahnhöfe kaputt gemacht! Und die machen auch der Bundesbahn immer mehr zu schaffen. Alles bewegt sich auf den Straßen. Wie lange dauert es noch, bis es zum Totalstau kommt?

Und in dem damals so schmucken Bahnhofsgebäude wohnten die Großeltern mit ihren acht Kindern im ersten Stock. Die Wohnung war so groß, da hatten Mama und ich auch noch Platz. Die vier ältesten Onkels waren Soldaten und die beiden jüngsten besuchten noch das Gymnasium. Ich war das einzige Kind unter den vielen Erwachsenen. Das war eine herrliche Zeit für mich. Ich wurde nach Strich und Faden verwöhnt. Es sind über 80 Jahre vergangen und ich kann mich noch gut an einige Erlebnisse aus dieser Zeit erinnern, als seien sie kürzlich erst geschehen. In der Etage über uns wohnten Zwillinge. Elschen und Mariechen. So alt wie ich. Die beiden hatten blonde Lockenköpfchen. Allerliebst! Für mich waren es Engelchen. Wir hatten Freundschaft geschlossen, waren unzertrennlich und spielten fast immer im Freien. Es war ja so schön, das große Bahnhofsgelände mit den vielen Büschen und Bäumen und daneben die verlockende Mauer am Elbbach entlang. Sie war etwa zwei Meter hoch, einen halben Meter breit und wir spielten darauf „Nachlauf". Zwar war es uns streng verboten worden, aber wie das so ist, die verbotene Frucht lockt. Onkel Hans, der jüngste Onkel, etwa 16 Jahre alt, hatte mir gedroht: „Wenn du herunterfällst, haue ich dich windelweich!" Und eines Tages war es geschehen. Ich war heruntergefallen, zum Glück auf einen weichen Uferstreifen. Demzufolge nur eine Hautabschürfung an einem Ärmchen. Aber Onkel Hans hatte es gesehen und, wie versprochen, bekam ich meine Hiebe auf den Po. Ich habe nicht geweint, bis Mama aus dem Fenster rief: „Du hast mir mein Kind nicht zu hauen!" Da habe ich gebrüllt wie am Spieß. Das gesamte Bahnhofspersonal lief zusammen, um das arme Kind zu bedauern. Ein Glück, daß nicht gerade ein Zug einlief. Wer weiß, was da noch passiert wäre. Ich wurde mit verbundenem Ärmchen ins Bett gesteckt. Mein armes Ärmchen! Ich glaube, es tat ja gar nicht weh. Aber die Behandlung, welche mir Unfallopfer zuteil wurde, habe ich genossen. Mit Onkel Hans stand ich auf Kriegsfuß. Während die anderen mich mit lieben Kosenamen bedachten, nannte er mich nur „kleine Petze". Er hatte von seinen Eltern Rauchverbot. Aber er frönte weiter heimlich dem Laster, und alle die Verstecke, welche er aufsuchte, nützten ihm nicht. Eine kleine Detektivin stöberte ihn auf, um dann auf schnellstem Weg der Oma zu berichten: „Onkel Hans raucht!" Dann gab's eine Strafpredigt für ihn, an der die kleine Petze ihren Spaß hatte. Heute denke ich, damals war ich ja wirklich ein kleines Biest. Und Onkel Hans hatte mir doch einmal das Leben gerettet. Er erwischte mich, als ich auf einem Stuhl vor einer Frisierkommode stand mit offenem, gezücktem Rasiermesser, im Begriff mich zu rasieren. Man sagt, was ein Häkchen werden will, krümmt sich beizeiten. Ob dies bei einem Biest zutrifft? Ich weiß es nicht. Vielleicht wissen Sie es?

Am Tag meines Unfalls hatte ich noch großes Glück. Einer der Onkels (Soldat) kam auf Urlaub. Diesmal war es Onkel Moritz. Wenn ich nicht irre, kam er aus Belgien. Denn wo sollte er im Krieg sonst die Rahmbonbons organisiert haben? Gleich wurde ihm berichtet, welch schlimmen Unfall das Kind hatte. Aber bei ihm löste es kein Bedauern aus. Wenn ich daran denke, bin ich heute noch gekränkt. Er legte mir zwei Karamellen aufs verbundene Ärmchen und sagte: „Wenn es nicht mehr weh tut, darfst du es essen." Nun raten Sie mal, wie schnell die Schmerzen verschwunden waren?

Uns Kindern war es streng verboten die Gleisanlagen zu betreten. Und wir hielten uns daran. Mama wußte genau, wann man die Gleise überqueren konnte. Sie nahm mich manchmal mit in den Garten, dann mußten wir über die Gleise. Für mich jedesmal ein tolles Erlebnis. Vor allem, als die Johannisbeeren reif waren. Ich erzählte Elschen und Mariechen von den leckeren Früchten. Und da die Armen keinen Garten hatten, hatte ich Mitleid mit ihnen. Sie sollten doch auch mal den schönen Garten sehen. Ich dachte, wir sehen doch, wenn ein Zug kommt und wenn keiner kommt, können wir doch schnell über die Gleise laufen. Gedacht, getan! Im Garten füllten wir unsere Schürzchen mit Beeren, dann ging's wieder zurück über die Gleise. Wir waren kaum in Sicherheit, als ein Zug heranbrauste. An die Strafe, welche wir anschließend erhielten, kann ich mich nicht mehr erinnern, ich weiß nur noch: Nie mehr über die Gleise! Eines Tages kam Papa aus Rußland auf Urlaub und brachte mir ein paar selbstgeschnitzte Holzschühchen mit. Solch holländische Schiffchen, welche so schön klappern. Sie paßten wie angegossen, auch den Zwillingen. Ich habe sie ihnen oft geliehen. Die armen hatten ja keine, aber dafür hatten sie immer ihren Papa zu Hause. Als Bahnbeamter brauchte er nicht in den Krieg. Wir Kinder hatten uns so lieb und wir haben immer die Schiffchen gewechselt. Und die Erwachsenen hatten Glück.

Sie brauchten nicht mehr laufend ängstlich aus den Fenstern zu schauen, ob wir auf den Gleisen liefen, oder womöglich in den Elbbach fielen. Wenn sie das Klappern hörten, waren wir in Sicherheit. Mutter erzählte später: Eines Tages war draußen alles so unheimlich stille. Keine Kinderstimmen, kein Klappern der Holzschuhe. Die Kinder spurlos verschwunden. Eine Suchaktion wurde gestartet, an welcher sich auch das gesamte Bahnpersonal beteiligte. Die Zwillinge wurden bei ihren Eltern in der Wohnung gefunden. Sie wußten aber nicht, wo ich geblieben war. Welch eine Aufregung! Das ganze Gelände und der Bach wurden abgesucht. Vergebens! Auf einmal aus der Ferne ein Klappern. Eine Frau hatte mich in der Großstadt gefunden. Und zwar habe ich am Schützenhof auf einem Meilenstein gesessen und krampfhaft mein Schürzchen zugehalten. Auf ihre Bitte, ihr zu zeigen, was ich im Schürzchen hatte, kam mein meistgebrauchtes Wort: „Nein". Wie sie es dann doch fertig brachte, dass ich ihr zeigte, was im Schürzchen war, weiß ich nicht. Es sollte Kaffee für Mama sein. Und zwar waren es getrocknete Ziegenkötterchen, welche ich auf dem Marktplatz gesammelt hatte! Wie wird Mama sich über die Kaffeebohnen gefreut haben? Jedenfalls auf dem ganzen Bahnhof ein Jubel, daß das Elvirchen wieder da war. Auf eines möchte ich noch hinweisen. Ich hatte als Kleinkind schon einen prächtigen Appetit und den habe ich heute noch. Als Model hätte ich nie auftreten können, und vor Magersucht brauche ich mich auch nicht zu fürchten! Ich danke Gott heute noch dafür, dass ich nie, auch in den beiden Weltkriegen, keinen Hunger leiden mußte.

Auf dem Land gab's immer etwas zu essen.

Neben dem Bahnhofsgebäude stand ein junger Lindenbaum, darunter eine Bank. Da haben wir oft gespielt. Im zeitigen Frühling, wenn sich die ersten Blattknospen am Baum zeigten, kletterten wir auf die Bank und pflückten die Knospen. Sie schmeckten ja so gut!

Auch am verbotenen Bachufer fanden wir immer etwas Eßbares. Ich muß sagen, wir hatten einen guten Schutzengel! Bei mir machte sich schon in frühster Kindheit eine böse Eigenschaft bemerkbar: Eigensinn - und wie! Wenn ich nein sagte, blieb es ein „Nein", trotz schwerer Strafen. Ob es damit zu tun hatte, daß ich als Skorpion geboren bin? Ein Beispiel: Ab und zu besuchte Mama mit mir ihre Schwiegereltern. Der Opa bekam ein Händchen, aber die Oma nicht. Warum ich die Abneigung gegen die Frau hatte, weiß ich nicht. Alles gute Zureden und Schelten von Mamas Seite halfen nichts. Es war Krieg. Die Menschen waren froh, wenn sie satt, Brot zu essen hatten. Eines Tages wieder ein Besuch bei der ungeliebten Oma. Sie hatte ja tatsächlich einige Kekse organisiert. Mit strahlenden Augen habe ich danach gegriffen. Da sagte Oma: „Nein, erst gibst Du mir ein Händchen, dann bekommst du die Plätzchen!". Meine Reaktion: Händchen auf den Rücken und „Nein"! Ich verzichte, um meinen Dickkopf durchzusetzen. Ein

Glück, daß der Krieg zu Ende war und Papa nach Hause kam. Wir zogen wieder in unsere Wohnung nach Niederhadamar. Das schöne Leben auf dem Bahnhof war vorbei! Mit dem „Nein" sagen war's auch bald vorbei. Papa war so streng und machte oft so ein böses Gesicht. Geschlagen hat er mich nie, aber sein Gesicht genügte schon, daß ich gehorchte. Wenn ich mit Mama unterwegs war und es begegneten uns Bekannte, mußte ich oft hören: „Die Kleine ist ja der zweite Schah (Jean)". Können Sie sich vorstellen, was das jedesmal für mich bedeutete? Nein, können Sie nicht! Es war schrecklich für mich. Ich sollte aussehen wie Papa, der Mann, dessen Gesicht mir gar nicht gefiel. Während des Krieges zeigte Mama mir öfters ein Foto von ihm. Da war er noch ein schöner Mann. Damals war ich stolz auf ihn. Ob vier Jahre Krieg einen Menschen so verändern können? Mein armer Papa! Mit seinen Strenge hat er es gut gemeint. Es hat mir auch nicht geschadet. Aber als Kind hatte ich Angst vor ihm. Und das wurde so schlimm, daß ich vor allen Menschen mit einem strengen Gesichtsausdruck Angst bekam. Später auf der höheren Schule (Marienschule), die von Ordensfrauen geleitet wurde. Meine Klassenlehrerin war Schwester Philomena, der Name paßte zu ihr. Eine große Frau mit strengem Gesicht. Ich glaube, die hat noch nie gelacht. Und ausgerechnet sie unterrichtete uns in Mathe. Für mich das schlimmste Fach. Das wußte sie. Deshalb mußte ich so oft an der Tafel vorrechnen. Sicher, weil ich das so gut konnte!!! Wie habe ich manchmal gezittert vor Angst. Und dann wurde ihr Gesicht noch grimmiger. Heute wundere ich mich noch, wie ich das damals überlebte? Auf etwas möchte ich noch hinweisen: In der Schulzeit war ich nicht nur ein ängstliches, sondern auch ein sehr sensibles Kind. Wenn irgend etwas Tragisches zur Sprache kam, kämpfte ich mit den Tränen. Wenn der Lehrer dann fragte: „Bist Du schon wieder am Flennen?", lachten die anderen Kinder mich aus. Das war für mich grausam! Machte der Pädagoge nicht einen Fehler mit der Frage???

In meinem langen Leben mußte ich furchtbare Schicksalsschläge verkraften. Oft war ich der Verzweiflung nahe. Aber mit Gottes Hilfe habe ich es geschafft, auch, dass ich kein Angsthase mehr bin. Im Gegenteil. Heute als 88-jährige würde ich es sogar mit dem Teufel in der Hölle aufnehmen. Aber ich hoffe, das bleibt mir erspart! In der Angstphase war der Skorpion scheinbar in mir gestorben. Aber er ist wieder zu neuem Leben erwacht, und dies im hohen Alter. Darüber freue ich mich.

Ich bin ein mitteilungsbedürftiger Mensch. Hoffentlich läßt Gott mir noch einige Jahre, damit ich noch allerhand erzählen kann.

Weihnachtsabend

Es war einmal in den 20er Jahren. In Deutschland herrschte große Armut, über 6 Millionen Arbeitslose. Heute haben wie über 4 Millionen und das sind noch viel zu viele. Heute erhalten die Menschen wenigstens eine angemessene Unterstützung. Dies war damals nicht der Fall. Ihre Unterstützung war so gering, daß es gerade zum Überleben reichte, daß sie nicht verhungern mußten. Wer das nicht erlebte, kann sich das heute nicht vorstellen.

In dieser Zeit entstand folgende Erzählung:

Am Weihnachtsabend durch die Gassen, ging einer still im Arbeitskleid.
Im Angesichte in dem blassen, den bangen Gram, das Herzeleid.
Es walten Freude und Entzücken wohin das Auge schauen mag,
doch ihm will schier zu Boden drücken, des Kummers Last,
seit manchem Tag.
Wie hat's ihm tief ins Herz geschnitten, da in des Stübchens engem Raum,
umschmeichelt ihn der Kinder Bitten um den ersehnten Weihnachtsbaum.
Ein krankes Weib mit leisem Weinen, im Kissen birgt ihr bleich' Gesicht.
Die Not ist groß. Oh Gott die Kleinen, wie schwer es ist, sie ahnen's nicht.
Geschäftig eilt die frohe Menge und keiner sieht den armen Mann,
der hier im festlichen Gedränge nicht Trost noch Frieden finden kann.
Er kehrte heim, ein heimlich Zagen begleitet ihn auf Schritt und Tritt.
Was werden wohl die Kinder sagen, nicht eine Gabe bringt er mit.
Da auf des kleinen Stübchens Schwelle umbraust ihn fröhliches Getön.
Das Auge blendet goldene Helle, die Kinder jubeln: „Oh wie schön.
Ein Christbaum, wie er herrlich nimmer geprangt in diesem dürftigen Haus,
gießt seinen märchenhaften Schimmer auf reiche Liebesgaben aus.
Die Kranke mit verschlungenen Händen schaut lächelnd ihren Kindern zu:
„Oh Gott zum Besten will sich's wenden, nun wilder Kummer geh zur Ruh."
Da muß der Kranken Hand er fassen, und jubelnd bricht sich's Bahn.
„Oh Frau, noch sind wir nicht verlassen. Gesegnet sei, wer das getan!"

Erinnerungen an das Entsetzliche, was in Hadamar geschah!

Die Jahrzehnte, die seitdem vergangen sind und das, was wir in dieser Zeit erlebten, hat die Erinnerung an das, was damals in Hadamar geschah, verblassen lassen. Aber vergessen hat es bestimmt kein Hadamarer, der es erlebte und auch im hohen Alter noch seinen gesunden Geist besitzt. Wie gesagt, die Erinnerung war verblaßt. Als ich nun kürzlich von meinem Haus, wo ich

14

damals wohnte, zum Mönchberg (PKH) fuhr, Strecke Mainzer Landstraße, Alte Chaussee, hinauf zum Mönchberg, stand es plötzlich während der Fahrt wieder vor meinem geistigen Auge mit einer solchen Deutlichkeit, als sei es erst jetzt geschehen. Mir fiel ein, daß damals die Busse mit den todgeweihten Menschen immer die gleiche Strecke fuhren. Wäre es den armen Menschen möglich gewesen, aus den Fenstern zu schauen, hätten sie das gleiche Bild vor Augen gehabt, wie ich heute. Denn es hat sich, außer auf der Mainzer Landstraße, wo viele Neubauten entstanden sind, in den langen Jahren an dem Straßenbild fast nichts geändert. Die alte Chaussee ist die alte geblieben, ebenso die Auffahrt zum Berg. Der Mönchberg wird von den Hadamarern nur der „Berg" genannt, und das schon vor über 80 Jahren. Hadamar ist ja eine bucklige Welt mit vielen Bergen, aber der Mönchberg ist und bleibt „der Berg"! Aber den Armen war es ja nicht möglich, einen Blick nach draußen zu werfen. Scheußliche, dunkle, dichte Vorhänge hatte man vor die Fenster gezogen.

Vermutlich sollten die Passanten auf den Straßen nicht sehen, wer da befördert wurde. Was wird während der Fahrt im düsteren Bus in den armen Menschen vorgegangen sein?

Ich weiß nicht mehr, wann es genau anfing. 1941 oder 1942. Ich wohnte an der Mainzer Landstraße, eine Hauptverkehrsstraße, welche von Mainz nach Siegen führt. Damals eine schöne ruhige Wohnstraße, heute ist sie leider zur Rennstrecke geworden. Da Krieg war, fuhren weder Autos noch Busse, nur ab und zu Militärfahrzeuge. Deshalb staunten wir nicht wenig, als eines Tages drei hintereinander fahrende Busse am Haus vorbeifuhren.

Sie waren direkt unheimlich anzusehen, stumpfe Farbe, dunkelgrau fast schwarz, mit dicht zugezogenen Vorhängen in gleicher Farbe. Im Führerhaus saßen zwei große junge Männer in weißen Kitteln. Von da an fuhren nun täglich die unheimlichen Busse am Haus vorbei, immer zwei oder drei hintereinander. Wir hatten ja schnell herausgefunden, daß sie zum Mönchberg fuhren, damals schon ein psychiatrisches Krankenhaus. Anfangs war ich so naiv anzunehmen, unser Führer würde die Kranken aus den bombengefährdeten Gebieten nach Hadamar bringen lassen, um sie vor den Bomben zu schützen, denn in Hadamar fielen keine Bomben. Den Grund dafür möchte ich kurz erwähnen: Im Konvikt, jetziges Musisches Internat, waren hohe kriegsgefangene Offiziere untergebracht, Engländer, Franzosen, Russen und Polen. Nach einem internationalen Abkommen mußten diese vor Bomben geschützt werden. Wieder mal nach dem Motto: „die Großen läßt man...", in diesem Fall, die Großen schützt man. Die hatten es gut. Für sie war der Krieg vorbei. Fast täglich wurden sie an unserem Haus spazierengeführt, in ihren Uniformen, schick und sauber. Sie hatten bestimmt nicht in vorderster Front gekämpft. Sie wurden von deutschen Soldaten mit aufgepflanzten Bajonetten bewacht. Wie oft habe ich gedacht, was haben die alle ein

Glück, die Gefangenen wie die Bewacher.

Der Gedanke, daß die Kranken auch vor Bomben geschützt werden sollten und aus diesem Grund auf den Berg gebracht wurden, zerplatzte schnell wie eine Seifenblase. Wir zerbrachen uns den Kopf, wo sie die vielen Menschen dort oben unterbringen würden. Auch diese Rätsel war schnell gelöst. Uns Deutschen war es unter Todesstrafe verboten, einen Feindsender abzuhören, weil die Feinde ja mit Lügen um sich warfen. Ich weiß noch, daß die Kinder sangen: "O, Du armer Lügenlord, was machst Du für Sachen? Wenn der Tommy Dich durchschaut, hast Du nichts zu lachen!" usw. Also vor den Engländern wurden wir am meisten gewarnt. Warum wohl? Vermutlich, weil die englische Sprache, vor allen anderen Fremdsprachen, den Deutschen am bekanntesten ist.

Nun hat es ein Bekannter trotz allem gewagt und heimlich einen englischen Sender gehört. Da hieß es, daß Hitler alle Geisteskranken und Behinderten als „unwertes Leben" vernichten ließ.

Unter den wenigen Orten, wo dies geschehen würde, war auch Hadamar genannt. Also wußten die „verlogenen" Engländer noch vor uns, was in Hadamar geschah.

Was wir da hörten, war ein Schock für uns. Nun dauerte es noch ein bis zwei Tage, da stiegen bereits dicke Rauchwolken vom Berg auf und über unser Städtchen ging eine nach verbrannten Haaren und Knochen übelriechende Dunstglocke nieder. Es war furchtbar. Der Gedanke, daß es von verbrannten Menschen herrührte – entsetzlich! Die Verbrennungsanlage war ja in Eile provisorisch errichtet worden. Keine Spur eines Krematoriums, wie es hätte sein müssen. Es war ja eine Massenverbrennung. Sie brachten die armen Menschen ja nicht nur in Bussen, sondern auch mit der Bahn, aber nicht in Personenwaggons, sondern in Viehwaggons. Einmal kam ich übers Bahngelände, als ein solcher Waggon ausgeladen wurde. Wieder die jungen Männer von Hitlers Elitetruppe SS, die dort ihr schlimmes Handwerk trieben. Sie brauchten nicht an die Front wie andere junge Männer, die ihr Leben aufs Spiel setzen mußten und viele es auf schreckliche Weise verloren. Nein, sie waren freigestellt, um in der Heimat kranke Menschen umzubringen. Sicher, sie haben einen Befehl ausgeführt, aber wurde ihnen auch befohlen, die armen Menschen vor ihrem Tod grausam zu behandeln, wie manche es taten?

Wenn ich jetzt nach über 50 Jahren über Bahngelände gehe, steht jedesmal die Erinnerung an ein Erlebnis deutlich vor mir, als sei es gestern erst gewesen. An der Rampe wurde ein Viehwaggon ausgeladen. Die Menschen, die darin zusammengepfercht waren, wurden herausgezerrt und in Viererreihen gestoßen. Konnte man die armen Geschöpfe nicht nebeneinander aufstellen, statt sie brutal zu stoßen? Wer weiß, was sie vor und während der Fahrt nach Hadamar aushalten mußten?

Eine kleine alte Frau sehe ich noch heute vor mir. Sie war ärmlich gekleidet, schwarzer Mantel, altmodisches schwarzes Hütchen auf, kleines Handtäschchen am Arm. Plötzlich brach sie aus der Reihe aus, lief zu einer Stelle, an der Kastanien lagen. Sie bückte sich, nahm einige auf. Ihre Augen leuchteten plötzlich aus Freude über ihren Fund. Sie öffnete ihre Handtasche, um die Kastanien hineinzustecken. In dem Moment kam einer der brutalen Kerle, schlug ihr die Kastanien aus der Hand und zerrte die Frau brutal zurück in die Gruppe zu den anderen. Was mag in dieser Frau vorgegangen sein? Ich war erschüttert! Warum diese Unmenschlichkeit? Dann setzte sich der traurige Zug in Bewegung, Richtung Berg. So etwas zu sehen und zu wissen, daß diese Menschen noch am gleichen Tag vergast und verbrannt werden würden, war entsetzlich!

Und wir Hadamarer durften unserer Empörung nicht Luft machen, und wenn wir es unter vorgehaltener Hand taten, war es äußerst gefährlich. Meine Mutter war fast erwischt worden. Sie stand mit einer Nachbarin vor unserem Haus, als wieder zwei Todesbusse (so wurden sie von der Bevölkerung genannt) aus Richtung Limburg nahten. Meine Mutter hatte eine abfällige Bemerkung hinter vorgehaltener Hand gemacht. Der erste Bus hielt. Einer der Weißbekittelten sprang heraus, kam auf meine Mutter zu und fragte: „Was haben Sie soeben zu der Frau gesagt?" Mutter war vor Schreck erstarrt und antwortete: „Schrecklich, welchen Staub die Autos machen." Antwort des Mörders: „Wenn Sie sehen wollen, wo wir hinfahren, steigen Sie ein. Dann erfahren Sie, was dort geschieht, vielleicht auch mit Ihnen!" Mutter kam ins Haus gewankt, vor Schreck wie gelähmt. Tagelang wagte sie sich nicht mehr auf die Straße, in der Befürchtung diesem Menschen erneut zu begegnen. Sie meinte, wenn Blicke töten könnten, wäre sie, als der Mensch sie ansprach, tot umgefallen.

Eine Freundin von mir war zu dieser Zeit in Hamburg als Büroangestellte in einem Exportgeschäft tätig. Eines Tages erhielt sie einen Brief von ihrer in Oberzeuzheim wohnenden Mutter. Unter anderem teilte die Mutter ihr mit, „in Hadamar raucht noch immer der Schornstein". Die Tochter hatte den Brief auf dem Schreibtisch liegen lassen, ein fanatischer Nazi fand ihn. Am anderen Tag schon wurde die Mutter von der Gestapo abgeholt und kam in ein KZ. Als der Krieg zu Ende war, wurde sie von den Amerikanern befreit, eine 47-Jährige, das Haar schlohweiß, der Körper ein Wrack. Nach ungefähr drei Wochen war sie tot. Die Tochter hat sich ihr Leben lang den Vorwurf gemacht, an dem grausamen Schicksal und frühen Tod der Mutter schuld zu sein, weil sie den Brief mit dem schlimmen Satz: „In Hadamar raucht noch immer der Schornstein" liegen gelassen hatte.

Haben die Verbrecher denn geglaubt, sie könnten ihre Untaten vertuschen?

In den letzten Jahren war ich einige Male zu Besuch in einem anderen Bundesland, Bayern und Westfalen. Wenn die Leute hörten, daß ich in Hadamar wohne, wurde ich oft gefragt: „Ist da nicht mal was Schlimmes passiert?" Somit hat unser schönes kleines Städtchen keinen guten Ruf mehr in der Welt. Schade, es kann doch nichts dafür, was damals in seinen Mauern geschah. Für mich ist und bleibt es der liebste Ort auf der Welt!

Fulda

Hadamar ist meine Heimat, wo ich geboren bin und die meisten Jahre gelebt habe. Viele viele schicksalsschwere, leidvolle Jahre. Wenig Glück und Freude. Und dennoch für mich der liebste Ort auf der Welt.

Eine andere Stadt kommt an zweiter Stelle, die wunderschöne Barockstadt Fulda. Dort habe ich einige Jugendjahre verlebt. Es war die schönste Zeit meines Lebens. Unbeschwerte „glückliche Jugendzeit". Wie oft habe ich mich danach gesehnt, noch einmal diese Stadt zu besuchen. Und jetzt nach über 60 Jahren wurde mir das große Glück zuteil, an einer Busfahrt dorthin teilzunehmen. Schon Wochen vorher war ich richtig aufgeregt in Erwartung, was ich alles dort wiedersehen soll. Endlich war es soweit. Wir fuhren in einem super-modernen Bus. Ich hatte das Glück, ganz vorne zu sitzen, wo ich alles sehen konnte, was uns entgegen kam. Gersfeld, Lauterbach usw., die Orte, durch welche wir als Jugendliche gewandert sind. An den Wochenenden in die herrliche Rhön, Wasserkuppe, Milseburg, Kreuzberg. Mit Schifferklavier und Mundharmonika, lachend und singend. Was waren wir doch glückliche, junge Menschen, welche sich noch an Gottes herrlicher Natur erfreuten. Und heute? Sehen wir noch junge, frohe Menschen singend wandern? Nein! Wer wird noch wandern? Wofür haben wir die Autos? Und abends hüpfen sie in den Discos herum, in Gestank und Lärm, nehmen womöglich Drogen und meinen, das alles macht sie glücklich. Schuld daran ist der gottlose Zeitgeist, in den sie geboren wurden. Sie tun mir leid! Und was wird die Zukunft noch bringen?

Fulda kam immer näher. Und ich wurde immer aufgeregter. Als wir in die Stadt einfuhren, hatte ich nicht genug Augen, alles Bekannte in mich aufzunehmen. Ich muß sagen, in den 60 Jahren hat sich im Stadtkern kaum etwas verändert. Vor allem das Barockviertel mit dem schönen Dom, Orangerie, Schloßgarten und die zum Teil berühmten Gebäude im Umkreis, alles noch genau wie vor 60 Jahren. Ich war überglücklich! Zuerst besuchten wir den Dom mit dem Grab des heiligen Bonifatius. Er war der Apostel der Deutschen. Ein Engländer. Er brachte den alten Germanen das Christentum. Die wollten nichts davon wissen. Ihre Götter waren Wotan, Donar, Freia usw. Bei Fritzlar verehrten sie eine dem Gott Donar geweihte Eiche. Die Donareiche. Die Geschichte erzählt, daß Bonifatius die Eiche gefällt habe. Die Germanen gerieten in Wut und enthaupteten ihn. Seine letzte Ruhestätte befindet sich im Dom zu Fulda. Wie froh war ich, noch einmal am Grabe des Apostels der Deutschen zu weilen. Nachdem wir den Dom und alle anderen Sehenswürdigkeiten besichtigt hatten, fuhren wir zum Mittagessen. Anschließend gemütliches Beisammensein. Mir dauerte das alles zu lange. Endlich war es soweit. Nun standen uns ungefähr zwei Stunden zur freien Verfügung. Um 17 Uhr sollten wir uns am Bus zur Heimfahrt einfinden. Ich hatte mir für diese Zeit so viel vorgenommen. Es sollte ein Trip in die Vergangenheit werden. Ich entfernte mich von der Gruppe, ohne daß sie es merkten. Die hätten mich ja nicht alleine gehen lassen. Ich wollte mir ein Taxi mieten und mich über- all hinfahren lassen, an die Orte, wo ich einmal schöne Stunden verlebt hatte. Aber leider kam es nicht dazu. Auf der Suche nach Telefon und Taxi fing das Drama schon an. Niemand konnte mir Auskunft geben. Die Menschen, welche ich um Auskunft bat, zuckten die Achseln, vielleicht verstanden sie mein Hadamarer Dialekt nicht, oder es waren Ausländer, welche mit: „Kann nit ver- stan" oder einem anderen Kauderwelsch antworteten. Mir rutschte das Herz immer tiefer in die Schuhe. Ich befürchtete schon, als einzige Deutsche in Fulda zu sein. Ich kam mir vor wie ein Schaf, welches herum irrt und die Herde nicht mehr findet. Wo waren denn auch die Hadamarer? Sie waren samt dem Bus wie vom Erdboden verschwunden. Ich bin wieder zurück zum Domplatz. Ein junges Paar begegnete mir. Welch ein Glück, es waren Deutsche und zudem hilfsbereite Menschen. Die Frau sagte: „Nun regen Sie sich nicht auf. Bleiben Sie bei mei- nem Mann. Ich werde Ihre Leute schon finden." Ich dachte, wie denn? Sie kennt doch die Hadamarer nicht. Ich sah noch, wie sie im Eingang des Dommuseums verschwand. Einige Minuten später kam sie wieder heraus, und „Oh Wunder", zwei Hadamarer im Schlepptau. Am liebsten wäre ich der Frau aus Dankbarkeit und Freude um den Hals gefallen. Ich war gerettet! Bin den Hadamarern nicht mehr von der Seite gewichen. Die hatten noch nichts von meinem Alleingang gemerkt. Sie machten mir Vorwürfe. Was nicht alles hätte passieren können. Das haben die Leute so an sich, mich immer auf mein Alter hinzuweisen. Das gefällt mir nicht! Ich weiß doch selbst, wie alt ich bin! Sie meinten, sie wären nicht eher nach Hause gefahren, bis sie mich gefunden hätten. Das hätte aber eine Suchaktion geben können. Ich war nämlich nahe dran, mich vor Erschöpfung irgendwo in eine Ecke zu legen und zu schlafen. Und wenn ich schlafe, höre ich nichts. Wenn in Hadamar auf dem Schloßplatz ein Open Air Konzert stattfindet und die Bewohner des Sozialzentrums am anderen Morgen sich alle beschweren, daß sie wegen des Lärms die ganze Nacht nicht schlafen konnten, dann ist immer eine dabei, die nichts gehört hat, weil sie wie ein Murmeltier schlief. Nun raten Sie mal, wer das ist? Stellen Sie sich vor, meine Leute hätten mich nicht gefun- den. Sie hätten die Polizei eingeschaltet. Die wären mit Lautsprechern durch die Straßen gefahren und ich hätte nichts gehört. Natürlich hätte die Presse davon erfahren. Für die wäre das ein Fressen gewesen: „85-Jährige aus Hadamarer

Altenheim in Fulda vermißt." Die Schlagzeilen in der „Bildzeitung" kann ich mir vorstellen! Bild war dabei! Gott sei Dank kam es nicht so weit. Von meinem Erinnerungstrip in die Vergangenheit bin ich geheilt.

Fulda ade!!! Ich bin wieder glücklich in der Hammelburg gelandet.

Eine wahre Geschichte

Als mein Sohn zur Schule ging, hatten wir den reinsten Privatzoo zu Hause. Ein großes Aquarium mit exotischen Fischen. Ein Terrarium mit verschiedenen Frosch- und Salamanderarten. Auch Molche, welche mir gar nicht gefielen. Die Tiere hatten alle einen Namen. Die Namen zweier Frösche habe ich noch in Erinnerung: „Frocki" und „Fretti". Der eine grün, der andere braun mit hübschen Zeichnungen. Solch' schöne Frösche habe ich nie mehr gesehen. Ein Salamander namens „Lurchi", auch ein Prachttier. Er war so zahm, daß er öfters seine Spaziergänge im Zimmer machen durfte. Nun hätte ich fast „Musi", die weiße Maus vergessen. Ein possierliches Tierchen. Sie hatte einen mit allen möglichen Schikanen ausgestatteten Käfig, in dem sie sich sichtlich wohl fühlte. Aber mein Junge befürchtete, das arme Tierchen sei einsam, es müsse Gesellschaft haben. Ich legte mein Veto ein, in der Befürchtung, daß es bei uns bald von weißen Mäusen wimmeln würde. Eines Tages, ich war im Nebenzimmer, der Junge in der Schule, da hörte ich auf einmal Musi ganz laut piepsen. Solche Stimmen hatte sie noch nie gemacht. Ich eilte hin, was sehe ich? Musi verfolgte im Käfig eine graue Maus, welche Todesschreie ausstieß. Das kleine weiße Biest wollte von der Feldmaus nichts wissen und biß sie. Was tun? Ich ließ sie beide aus dem Käfig. Die graue hatte sich blitzschnell hinter einem Möbelstück versteckt und ließ sich nicht mehr blicken. Die zahme Musi konnte ich mit einem Stückchen Speck überlisten und hatte sie bald wieder im Käfig. Später hatten wir unsere Last, das graue Tier wieder einzufangen. Ich wollte eine Falle stellen, aber mein Junge, der große Tierfreund, ließ es nicht zu. Er trug die Maus ins Feld, dorthin, wo er sie tags zuvor gefangen hatte. Da hat sie sicher ihren Artgenossen von ihren schrecklichen Erlebnissen mit dem weißen Ungeheuer erzählt. Da wir einen großen Garten und Rasen hatten, wurde das Anwesen immer mehr zum Zoo. Ein großer Teich mit Wasserpflanzen, dazwischen tummelten sich Fische und Wasserschildkröten. Die Tiere hatten auch alle ihre Namen. Einige Namen habe ich behalten: „Cheloni, Julius und Indira". Letztere war eine indische Schmuckschildkröte. Ein großes Prachtexemplar. Die kleine, vielleicht nur ein Drittel so große Cheloni, eine griechische Schildkröte, mochte die große steife Indira nicht und stieß sie immer in den Teich, da hatte sie ihre liebe Not, wieder heraus zu kommen. Kaum war sie auf dem Trockenen, da wurde sie von der Kleinen schon wieder verfolgt und ins Wasser gestupst. Titus, unsere größte und schönste Wasserschildkröte, war eines Tages spurlos verschwunden. Nicht nur wir Hausbewohner, sondern auch die ganze Nachbarschaft beteiligte sich tagelang an der Suchaktion, vergebens. Titus war spurlos verschwunden. Ungefähr zwei Monate später kommt eine Frau und berichtet, sie sei aus dem Bus gestiegen und wäre bald über eine Schildkröte gefallen, welche an der Bushaltestelle spazieren ging. Vielleicht wollte Titus mal Bus fahren. Es war wirklich unser Titus. Als mein Junge ihn bei der Finderin abholte, saß er vor einem Berg Salatblätter und schaute beleidigt aus dem Panzer. Die Frau befürchtete, Titus sei krank. Er würde ja den Salat nicht anrühren. Das war ja auch zu viel verlangt. Titus ließ sich nicht zum Vegetarier machen. Als Wasserschildkröte ernährte er sich von Fleisch, während die Landschildkröten Vegetarier sind. Das wußte die Frau nicht.

Welch eine Freude in unserem Haus und bei den Nachbarn. Zwar war er ganz abgemagert, hatte spindeldürre Beinchen, aber mein Junge hat ihn wieder aufgepäppelt, so daß Titus bald wieder der Alte war.

Unsere zahmen Vögel darf ich nicht vergessen. Eine Dohle aus dem Schloßturm in Hadamar. Jakob hieß sie und war anfangs sehr frech. Wenn sie nur in unsere Nähe kam, versuchte sie zu picken. Außerdem hatten wir einen großen Kolkraben mit Namen Habakuk. Er war ein lieber anhänglicher Kerl. Er hatte Freundschaft mit Lumpi, unserem Hund, geschlossen. Die beiden schliefen sogar nachts zusammen in der Hütte. Aber eines Abends gab es ein furchtbares Geschrei im Hof. Als wir nachsahen, stand der arme Habakuk vor der Hütte und durfte nicht mehr herein. Lumpi saß im Eingang seines Hauses und hatte einen Knochen zwischen den Pfoten, fletschte die Zähne, rollte die Augen und knurrte furchterregend. Wahrscheinlich wollte der Asylant ihm den Knochen entwenden. Und so etwas kann der friedlichste Hund nicht vertragen. Habakuk bekam nun eine eigene Voliere mit Hütte gebaut. Er war auch damit zufrieden. Ein Ehepaar, Bewohner des früheren Altenheimes (jetzt Minimal), hatte den Vogel besonders ins Herz geschlossen. Sie kamen fast täglich und brachten ihm Leckerbissen und waren glücklich, wenn Habakuk zum Dank einmal „rab rab" krächzte. Für Jakob und Karla fiel auch meist etwas ab. Aber Karla habe ich ja noch gar nicht vorgestellt: Eine zahme Elster, ein freches verstohlenes Luder. Und doch hatten wir sie gern. Ein großes Nest hatte sie sich gebaut, wo sie ihr Diebesgut versteckte. Ein Glück, daß sie das Nest nicht in den Kirschbaum, sondern an eine mit wildem Wein bewachsene Mauer gebaut hatte, und zwar in einer Höhe, daß wir ohne zu klettern mit Leichtigkeit das Diebesgut holen konnten. Da hatte die sonst so schlaue Karla einen Fehler gemacht! Alles, was irgendwie glänzte, war im Nest zu finden. Glas und Metallstückchen, vor allem aber Kugelschreiber oder auch nur Teile davon. Die schienen ihr am besten zu gefallen. Es war einmal ein schöner Sommertag, so daß wir bei weit geöffnetem Fenster am Kaffeetisch saßen. Karla saß außen auf der Fensterbank und schaute uns zu. Sie hielt das Köpfchen schief und ihre Augen blitzten. Sie wagte aber nicht, auf den Tisch zu fliegen, wo so schöne glänzende Dinge lagen. Wir begaben uns in einen Nebenraum und ließen die Tür einen schmalen Spalt offen, um sie beobachten zu können. Kaum hatten wir das Zimmer verlassen, flog sie auf den Tisch, stibitzte einen Kaffeelöffel und weg war sie. Eines Tages saß sie im Kirschbaum mit einem glänzenden Rosenkranz. Es sah aus, als wollte sie beten. Später fanden wir das Diebesgut und konnten es der Besitzerin, einer Dame aus der Nachbarschaft, zurückgeben. Karla war durch das offene Fenster geflogen und hatte sich den auf dem Nachtschränkchen liegenden Rosenkranz geschnappt. Im ganzen Ort war die kleine Diebin schon bekannt. Die Leute ließen keinen wertvollen Schmuck bei offenem Fenster unverschlossen herumliegen. Und trotz allem liebten sie das Tier. Eines Tages hörten wir im Garten eine Stimme, welche ohne Unterbrechung rief: „Karla komm, Karla komm". Wir haben vielleicht gelacht, als wir feststellten, daß es Karla selbst war, welche da rief. Das war eine Sensation. Kaum zu glauben, eine sprechende Elster! Einige Tage später rief sie laut und deutlich: „Mistvieh, Mistvieh". Später erfuhren wir, wie sie zu diesem Wort kam. Wenn die Hühner gefüttert wurden, ließ Karla sich ebenfalls an dem gedeckten Tisch nieder. Die Hühner mochten das nicht und stoben jedes mal mit Geschrei auseinander. Die Bäuerin schimpfte dann und rief: „Das Mistvieh ist ja schon wieder da". Den Kosenamen „Mistvieh" wird die Frau wohl öfters gebraucht haben und Karla gefiel scheinbar dieser Titel und sie hat so lange geübt, bis sie selbst laut und deutlich „Mistvieh" rufen konnte. Manchmal mischte sie ihren Sprachschatz so durcheinander, daß es ein schlimmes Kauderwelsch gab. Oft habe ich befürchtet, mich noch krank zu lachen. Nun fing Jakob, die Dohle, ebenfalls an zu sprechen. Sie ahmte aber nur Tierstimmen nach. Aber so deutlich, daß man meinte, ein Hund würde bellen, ein Huhn gackern, oder ein Hahn krähen. Es ist unglaublich, aber wahr! Wau, wau, wau; Gagagagagaa und Kikeriki. Wenn die beiden Vögel sprachen, saßen sie meist mit dick aufgeplusterten Halsfedern auf der Lehne einer Gartenbank. Welche Freude hatten wir doch an den Tieren. Eines Tages war ein Rabengeschrei in der Luft. Ein ganzer Schwarm Dohlen kreiste über unserem Anwesen. Sie kreisten immer rund und machten ein furchtbares Geschrei. Es war unheimlich, wie ein Krimi von Hitchcock. Jakob saß im Kirschbaum, schlug aufgeregt mit den Flügeln und schrie ebenfalls: „Rab, rab". Es ist kaum zu glauben. Jakobs Artgenossen haben ihn geholt. Ob er, als er wieder im Turm des Schlosses war, immer noch „Kikeriki und Gagagaga" gerufen hat? Hoffentlich haben ihn die anderen nicht verstoßen, oder gar umgebracht. Karla, welche jetzt öfters weitere Ausflüge unternahm, kam eines Tages auch nicht mehr zurück. Vielleicht war es bei ihr auch die Stimme des Blutes, welche sie zu ihren Artgenossen zurückkehren ließ. Hier in der Nahe des Heimes, in den hohen Tannen, wohnen Elstern. Wenn ich sie sehe, muß ich immer an Karla denken. Ob es vielleicht ihre

Enkel oder Urenkel sind, welche auf der Hammelburg wohnen? Sie werden lachen. Schon einige Male stand ich unter den Tannen und rief ihren Namen. Aber keine Antwort. Weder: „Karla komm". noch „Mistvieh". Ich weiß ja, es ist unmöglich, daß sie noch lebt. Aber ich rufe und denke mit Wehmut an Karla, diese schöne, freche Elster.

Der arme Habakuk wurde Opfer eines Wiesels. Nun werden Sie fragen, was aus den Schildkröten wurde. Können ja bis zu zweihundert Jahre alt werden. Ich denke oft an sie und habe das Gefühl, daß sie alle noch leben. Ich kann mich noch an ihren Namen und an ihr Aussehen erinnern. Habe mich manchmal danach gesehnt, sie wieder zu sehen. Die Möglichkeit bestand auch, aber ich hatte Angst, große Angst, daß das Wiedersehen mir das Herz brechen würde.

Im Jahre 1965 traf unsere Familie, besonders mich, der härteste Schicksalsschlag unseres Lebens. Mein Sohn, erst 24 Jahre alt, mußte sterben. Er wußte, daß es keine Rettung für ihn gab und versuchte uns zu trösten mit der Hoffnung auf ein Wiedersehen. Aber sein Jammer: „Meine armen Tiere, was wird aus ihnen?" Wir versprachen ihm, uns genau so um die Tiere zu kümmern, wie er es getan hatte. „Das könnt Ihr nicht!" Dann die Bitte an mich: „Mama, setze Du Dich mit dem Direktor des Frankfurter Zoos in Verbindung und bitte ihn, daß die Tiere im Zoo Aufnahme finden. Dort wird es ihnen gut gehen. Den Wunsch erfüllte ich ihm. Der damalige Direktor des Zoos, Professor Doktor Grzimek beantwortete umgehend meinen Brief. Er wußte, wie mir zumute war, da er selbst kurz vorher seinen einzigen Sohn verloren hatte. Sein Brief datiert am 9. September 1965. Ich hatte ihn soeben in Händen. Dieser großartige Mann versuchte mir Trost zu geben. Obwohl, so schrieb er, der Zoo grundsätzlich von Privat keine Tiere aufnehmen würde, machte er in diesem Falle eine Ausnahme. Das Schreiben aus Frankfurt kam zwei Tage vor dem Tod meines Sohnes. Welch ein Trost, er erfuhr noch, daß seine Tiere in beste Hände kamen. Obwohl ich manchmal Sehnsucht nach den Tieren hatte, vor allem, wenn ich den Frankfurter Zoo besuchte, wagte ich mich nie ins Exortarium, aus Angst vor dem Wiedersehen der Tiere (ich würde einige erkennen, z.B. Julius, ein Albino und Indira, welche besonders gekennzeichnet war). Nein, ich habe Angst, daß die inzwischen vernarbten Wunden bei mir wieder aufbrechen, und ob mein krankes Herz dies noch verkraften würde? Ich werde keines der Tiere vergessen. Sie gaben uns so viel Freude. Es war eine überaus glückliche Zeit mit ihnen, welche dann so tragisch endete.

Armes Rialein

Es ereignete sich vor ungefähr 35 bis 40 Jahren. In einer Nacht von Fastnachtsonntag auf Montag wurde ich durch einen lauten Knall auf der Straße aus dem Schlaf gerissen. Wie damals so oft waren wieder zwei Autos kollidiert. Vom Fenster aus sah ich, daß auf dem Bürgersteig vor meinem Haus eine Person lag. Drei Männer standen daneben. Ich ahnte schon, was ich da vorfand, schnappte mir deshalb ein Kissen und eine Decke und eilte nach draußen. Ein Glück, daß ich die Lampe vor der Haustüre eingeschaltet hatte, sonst wäre ich über einen Autoreifen gestürzt, welcher auf der Treppe lag. Derselbe war beim Zusammenstoß der Autos ungefähr 10 Meter weit übers Tor auf meine Treppe geflogen. Man muß sich mal vorstellen, welche Wucht dahinter steckte. Die Mainzer Landstraße ist eine gerade breite Fahrbahn. Wie konnten da zwei Autos zusammenprallen? Unfaßbar! Ein junges Mädchen lag auf dem Bürgersteig. Ob sie bei dem Aufprall dorthin geschleudert wurde oder ihre Begleiter sie dort hingelegt hatten, weiß ich nicht. Sie war in der kalten Nacht mit einem dünnen Fastnachtsfummel bekleidet. Das arme Ding lag da wie tot. So weit ich feststellen konnte, hatte sie keine äußeren Verletzungen. Aber sie war bewußtlos. Den drei jungen Männern hätte ich am liebsten ein paar runtergehauen. Einer von ihnen war doch der Fahrer. Er hätte wissen müssen, daß man einen Bewußtlosen nicht auf eine harte Straße auf den Hinterkopf legt, den Kopf kein bisschen zur Seite geneigt. Wenn sie erbrochen hätte, wäre sie erstickt. Keiner war auf die Idee gekommen, seinen Pullover auszuziehen und ihn zusammengerollt dem Mädchen unter den Kopf zu schieben und sie bei der Kälte wenigstens mit einer Jacke zuzudecken. Zwei der Helden standen wie versteinert und schauten mit entsetzten Augen auf das Mädchen und der Dritte, wahrscheinlich der Freund des Mädchens, sprang nur um die Verletzte herum, raufte sich die Haare und jammerte: „Mein Rialein, mein Liebchen, mein Schätzchen, mein armes Rialein". Es würde zu weit führen, wenn ich all die Kosenamen und Liebesbeteuerungen aufzählen würde. Als Notarzt und Rettungswagen eintrafen, war Rialein immer noch bewußtlos. Das war kein gutes Zeichen. Sie wurde ins Krankenhaus nach Limburg gebracht. Einige Tage später erfuhr ich, daß sie schwere Prellungen und eine Gehirnerschütterung davongetragen hatte, aber keine Lebensgefahr bestehe, daß sie bereits auf dem Weg der Besserung sei. Das Rialein habe großes Glück gehabt, daß sie keine Schädelverletzung davongetragen habe. Wie habe ich mich gefreut, als ich das hörte und ihrem Schutzengel gedankt.

Ich könnte ein Buch darüber schreiben, was ich in den langen Jahren, als ich an der Mainzer Landstraße wohnte, Schlimmes mit den Autos erlebte. In vier verschiedenen Nächten je einen Toten. Ich habe sie alle gekannt. Sie wurden auf dem Bürgersteig überfahren. Obwohl damals viel weniger Autos fuhren als heute. Ist dies nicht unbegreiflich? Kürzlich äußerte ich einem Bekannten gegenüber meine Verwunderung darüber, daß jetzt, nachdem die Mainzer Landstraße zur Rennstrecke geworden ist, im Gegensatz zu damals kaum noch Unfälle passieren. Der Mann erklärte mir die Ursache. Er sagte: „Damals gab es noch nicht das strenge Alkoholverbot am Steuer. Da hatten die Fahrer „einen sitzen" und führen wie die „gesengten Säue". Aber gesengte Säue! Daß es sowas gibt, habe ich nicht gewußt. Und daß die auch noch einen sitzen hatten und Auto fuhren. Unglaublich! Da kann man wieder mal sagen: „Man darf alt werden wie eine K.., sagen wir lieber Methusalem, man lernt immer noch dazu. Darüber freue ich mich! Sie hoffentlich auch?

Was aus dem armen Rialein geworden ist, möchte ich gerne wissen. Die jungen Leute kamen aus Dietkirchen. Was hatten sie in der Nacht in Hadamar zu suchen? Jugendlicher Übermut hat oft schwere Folgen. In solchen Fällen sind immer die armen Eltern zu bedauern.

„Tante Julchen"

Je älter ich werde, um so häufiger erinnere ich mich an Erlebnisse aus der Kindheit. Eine schlaflose Nachtstunde kann manchmal etwas Gutes haben. So wurde ich in einer der letzten Nächte an eine Frau erinnert, welche ich im Laufe meines langen Lebens fast vergessen hatte. Die Erlebnisse mit dieser wunderbaren Frau standen plötzlich vor meinem geistigen Auge, als seien sie erst jetzt geschehen. Als Kind hatte sie bereits beide Eltern verloren. Ich lernte sie erst kennen, als sie Magd auf einem Bauernhof war. Eines Tages heiratete sie einen kinderlosen Bauern, dessen Frau verstorben war. Die Leute freuten sich, daß das arme Julchen es so gut getroffen hatte. Der Mann war reich. Er besaß einen großen Hof mit vielen Grundstücken. Aber das Glück dauerte nur kurze Zeit. Der Mann starb. Sie konnte den Hof nicht mehr bewirtschaften, verkaufte alle Maschinen und die Tiere, außer einem Schwein, zwei Ziegen und ein paar Hühnern. Verpachtete die Äcker und bestritt sich damit ihren Lebensunterhalt. Eine sehr anspruchslose zufriedene Frau. Sie hatte selbst keine Kinder, liebte aber Kinder über alles. Wenn wir sie besuchten, wurden wir immer mit Leckereien verwöhnt. Ihre selbstgemachten Karamellbonbons, waren für uns die besten die es gab. Solch gute habe ich im Leben nie mehr gelutscht. Ihre Tiere hatten alle Namen. Das Schwein, „Wutz", die Ziegen „Lotte" und „Liese". Die Namen der Hühner habe ich vergessen. Nur an Eines erinnere ich mich noch. Es hieß „Zahmchen". Es ließ sich von uns Kindern streicheln und das zahme Tier blieb unbeweglich sitzen. Heute weiß ich, daß das nicht normal war. Das arme Tier war krank. Niemand brachte es zum Arzt. Als es tot von der Stuhllehne fiel, war unsere Trauer groß. Tante Julchen begrub es im Garten und wir nahmen an der Beerdigung teil. Anschließend wurden wir mit Karamellen getröstet.

Bei Tante Julchen war für die Tiere immer Tag der offenen Türen. Die liefen ja alle frei herum. Eine Stufe zur Haustüre, welche stets offen stand, gleich in die riesige Wohnküche. Ein Paradies für die Tiere. Ein Huhn kam sogar ins

Schlafzimmer und legte fast täglich sein Ei auf den Kleiderschrank. Warum nicht ins Bett? So ein dummes Huhn! Lotte und Liese, gute Kletterer, kamen öfters in die Küche, um sich Leckerbissen zu holen. Die Wutz schaffte die eine Stufe nicht, sie war zu fett. Ich kann mir nicht denken, daß sie jemals geschlachtet wurde. Sie ist bestimmt, wie all die anderen Tiere, eines natürlichen Todes gestorben.

Zu Hause hatten wir Kinder genug und gut zu essen. Aber bei Tante Julchen schmeckte es allemal, gleich was sie auf den Tisch brachte, viel besser. Kakao und Butter aus Ziegenmilch, dazu selbstgemachte Marmelade. Heute muß ich mich schütteln, wenn ich daran denke, daß das mir einmal geschmeckt hat. Aber eines Tages war es mit meinem Appetit vorbei. Ich sah, wie aus einem kleinen runden Loch aus der Schranktüre eine Maus kam. Ich rief : „Eine Maus, die kam aus dem Schrank". Tante Julchen meinte, daß sei nicht die einzige die dort wohne. Ich sagte: „Du hast doch das Brot in dem Schrank, da gehen die Mäuse doch sicher dran?" „Ist doch nicht schlimm", meinte sie, „was kann den so ein Mäuschen schon viel fressen?" Ich war entsetzt: „Aber Tante Julchen, Deine Schlafzimmertür steht doch immer offen, hast du denn keine Angst, daß die mal in Dein Bett kommen?" Antwort: „Das ist doch nicht schlimm, manchmal laufen sie über mein Kopfkissen. Die tun mir nichts." Auf meine Frage, ob sie denn schlafen könne mit den Mäusen im Bett? Antwort: „Ich schlafe immer gut." Fürwahr, ein sonniges Gemüt! In der großen Küche herrschte für uns Kinder eine wundervolle Unordnung. Zu Hause mußten wir immer eine schreckliche Ordnung halten. Bei Tante Julchen stand und lag alles durcheinander und mittendrin ein kleines Butterfaß, in welchem sie den Rahm von der Ziegenmilch sammelte. Nachdem ich ihre Zuneigung zu den Mäusen kannte, wer weiß, ob nicht die eine oder andere Maus Selbstmord im Butterfaß verübte, da dasselbe meist offen stand. Wenn sie Butter schlagen wollte, mußten wir manchmal den Deckel im Durcheinander suchen. Der Gedanke an den Selbstmord der Mäuse hatte mir den Appetit total zerstört. Besorgt fragte Tante Julchen: „Bist du krank, weil du nichts mehr ißt?" Zu Hause gab es manchmal Schelte. Mutter fragte: „Wo bist Du zu Hause, bei Tante Julchen, oder hier?" Nun ist sie schon lange tot. Diese wundervolle, liebenswerte Frau mir ihren Tieren und der schönen großen Küche voller Unordnung, wo wir Kinder uns so wohl fühlten. Könnte ich die Zeit meines langen Lebens noch mal zurückdrehen, dann in die Kindheit, zu Tante Julchen.

Möge Gott ihr die Freude lohnen, welche sie uns Kindern gab!

Ein Lob der Schöpfung und Dank dem Schöpfer

Heute will ich vom Dank sprechen, den ich gegenüber dem Schöpfer empfinde. Vor allem, daß er mir den Zugang zur Tierwelt erschlossen hat und die Liebe zu ihr. Von der Tierwelt den Zugang zur herrlichen Natur, zum Kosmos, zum

Himmel, zu seinem Licht, seinen Wolken und Gestirnen. Jeder Tag kann uns zum Lobgesang werden, wenn wir noch staunen können über die Wunder der Schöpfung. Wenn die Vögel singen, vor allem die Amseln. Wenn sie so jubilieren habe ich das Gefühl, als wollten sie des Ewigen Ehre rühmen. Und das mit ihren winzigen Kehlen. Das in Einklang zu bringen, tut Not in unserer Zeit, die von unaufhörlichem Lärm durchtobt wird. Ein Großteil tragen die Autos dazu bei. Aber leider brauchen wir sie. Als Kinder haben wir auf der Fahrbahn Mainzer Landstraße Klicker und Dopp gespielt. Das waren noch Zeiten! Und heute muß man fast eine halbe Stunde warten, wenn man diese Straße überqueren will. Sie ist zur Rennstrecke geworden. Ein Tag, den der Mensch mit einem stillen Lobgesang beginnt, und sei es nur ein dankbarer Blick zum Himmel, wird in allem was er bringt, gesegnet sein. Auch in schweren, leidvollen Stunden. Wenn wir still sein können in Harmonie mit allem was lebt. Still im innersten Grund der Seele. Das tut wohl! Mit einem „Ja" zur Schöpfung sprechen wir auch ein „Ja" zum Tier, von dem wir noch lernen können. Was wäre die Schöpfung ohne unsere Mitgeschöpfe, die Tiere? Undenkbar! Sprechen wir auch ein „Ja" zu unseren Mitmenschen. Vor allem zu denen, um die es Nacht geworden ist. Nacht der Bitternis, Kälte und Herzenshärte. Auch ein „Ja" zu denen, die uns unsympatisch sind. Rings um uns machen sich Skepsis und Zynismus breit, bis zur Leugnung aller Ordnung Gottes und der Menschen. Dadurch wollen wir uns nicht beirren lassen. Unser „Ja" zur Schöpfung ist auch ein „Ja" zum Schöpfer, dem wir nicht genug danken können.

Max Huber, ehemaliger Präsident des internationalen Komitees vom Roten Kreuz, ein in der Welt geachteter Völkerrechtler, hat sich nicht gescheut, aus tiefer Religiosität heraus dieses „Ja" zur Schöpfung zu sprechen, als Dank zum Schöpfer. Dieser unvergessene Mann von historischer Bedeutung, sein Gerechtigkeitssinn machte auch vor den Tieren nicht halt. Er liebte sie. Auch wir können unser Herz weit machen, und in der Hingabe an alles Schöne was die Schöpfung uns bietet, werden Beglückung und Dankbarkeit in uns wachsen.

Ich wünsche es allen Hadamarern.

Hunger

Oft muß ich über die soziale Ungerechtigkeit nachdenken, welche auf der Erde herrscht. In den reichen Industrieländern gibt es zwar auch Arme, aber verhungern muß niemand. Die meisten leben sogar im Überfluß. Das ist ein Drittel der Weltbevölkerung. Während zwei Drittel aller Menschen in bitterster Not leben. Viele hungern nicht nur, sie müssen sogar verhungern. Ist das nicht himmelschreiend? Können wir Satten uns das vorstellen? Verhungern? Im Krieg litten die Menschen in den Städten auch Hunger. Aber verhungert ist niemand. Gott läßt genug wachsen, damit alle Menschen satt werden. Aber er hat es den Menschen überlassen, die Güter der Erde zu verteilen. Und was dabei herauskommt erleben wir. Mögen die Egoisten, die alles im Überfluß haben und noch nicht zufrieden sind, doch bald umdenken. Wenn die verantwortlichen Politiker auf der ganzen Erde sich nicht ernsthaft bemühen diesen Zustand zu beenden, befürchte ich, daß es noch zu einer schlimmen Katastrophe kommen wird. Wir werden es nicht mehr erleben. Aber wehe den kommenden Generationen. Möge Gott das Gewissen der Verantwortlichen aufrütteln, damit sie bald Wege finden zu mehr sozialer Gerechtigkeit auf der Erde. Aber wie wir wissen, haben Politiker größere Sorgen. Die einen kämpfen, um an der Macht zu bleiben. Und die anderen, um dort hin zu gelangen. Alle Parteien kämpfen mit allen Mitteln, gegeneinander. Und das brave Volk haben sie schon zum Sparen erzogen. Ich frage mich nur, wann fangen die denn an zu sparen? Zum Beispiel an ihren Diäten? Da sind sie sich, welche immer gegeneinander gehen, auf einmal alle einig. Das muß das Volk doch einsehen, daß die Politiker bei ihren niedrigen Gehältern unmöglich sparen können! Mir kommen die Tränen!!!

Die Devise müßte lauten: Verbunden sein, das heißt: an die Anderen denken: das heißt: geben, teilen, helfen! Der Mensch wird jedes Menschen Feind, wenn nicht das Hauptgebot sein Tun bestimmt.

Jahreszeiten des Lebens

Jede Zeit des Jahres hat ihren eigenen Charakter.

Wärme und Kälte, Trockenheit und Regengüsse wechseln einander ab; neues Leben bricht im Frühling hervor, wo eben noch Tod und Verfall regierten.

Auch unser persönliches Leben kennt seine „Jahreszeiten". Den Frühling der Kindheit und Jugend mit seiner Vitalität und Frische. Dann die Jahre des Schaffens, die in ihrer Lebensfülle der warmen Sommerzeit gleichen. Der Herbst des Lebens zwingt uns schließlich dann, auf manches zu verzichten. Gleichzeitig ist es auch die Zeit des Ausreifens, der Freude an den Früchten unseres Lebens. Im Alter schließlich wird es ruhig um uns, wie im Winter. Trotzdem wachsen wir weiter - wenn auch im Verborgenen.

Die einzelnen Lebensabschnitte dauern bei jedem Menschen unterschiedlich lang. Altersangaben sagen in dieser Beziehung nicht viel aus. Bei manchen ist der Frühling sehr kurz. Man muß mit schmerzlichen Verlusten oder einer Behinderung fertig werden, zu einer Zeit, in der andere sich noch auf der Sonnenseite des Lebens befinden. Manche sind mit vierzig schon Großeltern, während ihre Altersgenossen auf die Geburt ihres ersten Kindes warten. Und doch lernt man im Lauf eines langen Lebens die besondere Eigenheit einer jeden Lebenszeit kennen.

Diese Jahreszeiten stellen sich auch nicht immer in ihrer typischen Ausprägung dar. Es gibt milde sonnige Wintertage und es gibt stürmische kalte Tage mitten im Sommer. So ist es auch in unseren Lebenszeiten. Doch zu Beginn einer jeden Phase sollten wir uns fragen. Wo steuert unser Leben hin???

Unter einem alten Baum

Schau Dir einen alten Baum an. Stelle Dich unter ihn, sei ganz still. Du wirst spüren, welche Kraft, Ruhe und Geborgenheit von ihm ausgeht. Wenn Du Kummer hast, lehne Dich an den Stamm eines alten Baumes. Weine Dich in den Furchen seiner Rinde aus. Horche auf das Rauschen seiner Äste. Dann wirst Du glauben an das Ewige über Dir. Es wird Dir Kraft geben, Dein Schicksal zu meistern. Du wirst Dich verströmen können an die Menschen die Dich brauchen. Und zu allen anderen gut und freundlich sein. Die Freude die Du gibst, kehrt in Dein eigenes Herz zurück. Trotz aller Altersbeschwerden wirst Du ein glücklicher Mensch sein.

Nimm´s etwas leichter ... Es geht!

Die rasende Entwicklung unserer Zeit, in allen Bereichen des Lebens, die ständigen Veränderungen in unserer supermodernen Welt, machen das Leben kompliziert. Tag für Tag werden neue Probleme über uns ausgeschüttet durch Zeitungsartikel, Fernsehsendungen, Rundfunkübertragungen. Die unwahrscheinliche Geschwindigkeit, mit welcher die Nachrichten verbreitet werden, macht die Menschen schwindelig, verdreht den Kopf, verwirrt das Herz. Manchmal denke ich es wäre besser, Augen und Ohren davor zu verschließen. Aber wer kann das? Ich denke so oft, in dieser Welt voller Überheblichkeit fehlt uns die Einfachheit. Mein Rat: Stell Dich mit beiden Beinen jeden Morgen auf die Erde, auf die gute Erde, und sage: „Lieber Gott, ich bin froh, daß ich da bin, daß ich ein Dach über dem Kopf habe, daß ich mich satt essen kann." Wir können so beten. Aber denken wir mal an die vielen Menschen auf der Welt, die das nicht sagen können? Über alle läßt Gott die Sonne scheinen. Möge er das Gewissen der Verantwortlichen aufrütteln, daß sie Wege suchen und finden zu sozialer Gerechtigkeit. Ich danke Gott, daß ich mit meinem Leben zufrieden bin. Daß ich kein Ungeheuer von Auto und keinen Alptraum von Pelz brauche, um mich auf den Weg zu ihm zu machen. Um eines bitte ich Ihn, daß er meinen Geist gesund hält, damit ich den Hadamarern ab und zu noch etwas erzählen kann.

Inzwischen erfuhr ich, daß viele sich über meine Schreiberei freuen. Ich wollte anonym bleiben, aber die findigen Hadamarer haben es herausbekommen, wer die Artikel schreibt.

Erlebnis am Elbbach

Ein Erlebnis, welches ich vor einigen Jahren hatte, werde ich nie vergessen. Ein Sonntagnachmittag, herrliches Sommerwetter. Ich machte einen Spaziergang in den Anlagen am Elbbach. Es waren viele Spaziergänger unterwegs. Es war sehr warm. Ich suchte ein schattiges Plätzchen auf einer Bank. Alle Bänke besetzt. Es blieb mir nichts anderes übrig, als neben einem jungen Mann Platz zu nehmen. Er machte zwar einen gepflegten Eindruck, aber so etwas von Unfreundlichkeit war mir noch nie begegnet. Auf meinen Gruß keine Antwort. Nun ja, dachte ich, ein „Buttbaff"! Ich setzte mich aufs äußerste Bankende. Er saß am anderen. Ab und zu warf ich einen verstohlenen Blick nach dem komischen Kauz und dachte, dem muß ja eine dicke Laus über die Leber gelaufen sein. So ein unzufriedenes, ja grimmiges Gesicht. Da konnte man ja Angst bekommen. Wären nicht die vielen Spaziergänger vorüber gekommen, ich wäre geflüchtet. So saßen wir einige Zeit stumm nebeneinander. Plötzlich kam ein Hund auf uns zu. Er schwänzelte um die Bank, würdigte meinen Nachbarn keines Blickes, sondern kam auf mich zu und schnupperte an meinen Beinen. Vormittags hatte ich Hundebesuch, das hatte er scheinbar gerochen. Er wedelte freudig mit dem Schwanz und schaute mich mit seinen treuen Hundeaugen so lieb an, so daß wir gleich Freunde wurden. Ich habe ihn nach Herzenslust gestreichelt. Ihm gefiel das, mir auch. Aber mein Banknachbar nahm scheinbar Anstoß an unserem Geschmuse. Mißbilligend schüttelte er den Kopf und brummte etwas vor sich hin. Jetzt konnte ich den Mund nicht mehr halten. Ich sagte: „Sehen Sie mal, wie lieb und freundlich das Tier ist, und wie wir uns miteinander freuen. Ihnen gefällt das scheinbar nicht. Sagen Sie mal, was ist denn mit Ihnen los. Sie sind doch noch so jung und machen so ein mürrisches Gesicht." Da sprudelte es aus ihm heraus. Sein Leben habe keinen Sinn mehr. Mit den Angehörigen verkracht. Keine Freunde, keine Aussicht auf einen Arbeitsplatz usw. usw. Er machte einen hoffnungslosen Eindruck. Heute denke ich, wer gab mir alten Frau damals den Mut, diesen Menschen in ein Gespräch zu verwickeln. Es war aber gut, daß ich ihn ansprach und er mir daraufhin sein Herz ausschüttete. Ein total verbittertes Herz. Alle meine Versuche, ihn durch gute Ratschläge zu helfen, schlugen fehl. Ich erhielt nur patzige Widerreden. Sein Tagesablauf, den er mir schilderte, hat mich erschüttert. So gut ich kann, will ich ihn wiedergeben. So fing er an: „Atmen". So etwas dachte ich. Atmen muß der Arme! Wie mancher Asthmatiker wäre er froh, wenn er atmen könnte. Also atmen, aufstehen, waschen, kämmen, sich anziehen, essen. Dann herumlaufen mit Leuten „reden müssen" oder nur in ihre „dummen Gesichter" gucken. Jetzt bin ich ja fast explodiert. So ein Schnösel, dachte ich. Dumme Gesichter habe ich in meinem langen Leben noch nicht gesehen. Alle möglichen Gesichtsausdrücke, aber keine dummen. Weiter, sich wieder ausziehen ins Bett kriechen. Und am anderen Morgen der ganze „Unsinn" von vorn. Ich war geschockt! Gab aber nicht auf. Redete ihm gut zu. Er dürfe doch die Hoffnung nicht aufgeben, daß sich bei ihm noch etwas zum Guten wenden würde. Vergebens! Er wollte oder konnte einfach nicht mehr hoffen. Wie wir wissen, kann ein Mensch ohne Hoffnung nicht leben. Er war in hohem Maße Suizid gefährdet. So ein blutjunger Mensch! Ich schickte ein Stoßgebet zum Himmel. Zu der Frage welche ich ihm nun stellte, brauchte ich Mut. Da er so verstockt war, befürchtete ich eine bösartige Reaktion seinerseits. Meine Frage: „Glauben Sie denn nicht an Gott?" Keine Antwort. Er blickte still vor sich hin. Ich weiter „Wenn Ihnen niemand helfen kann, er hilft Ihnen, weil er sie liebt. Sie müssen sich nur vertrauensvoll an ihn wenden." So oder so ähnlich redete ich auf ihn ein. Was nun geschah war wie ein Wunder. Ganz still in sich gekehrt saß er da. Der grimmige Gesichtsausdruck war verschwunden. Nach einer Weile erhob er sich, kam auf mich zu, drückte mir die Hand, sagte „Danke" und verschwand. Sein Händedruck war mir Beweis, daß meine Worte gefruchtet hatten. Mir fiel ein Stein vom Herzen. Gott hatte mich einfache, alte Frau zu seinem Werkzeug gemacht, diesem Menschen zu helfen. Leider habe ich den jungen Mann nie mehr gesehen. Denke aber manchmal noch an ihn, auch im Gebet und hoffe, daß es ihm gut geht.

Franziskus und der Wolf

Franz von Asissi war der größte Natur- und Tierfreund aller Zeiten. Ich finde es großartig, daß sein Gedenktag, der 4. Oktober, zum Welttierschutztag ernannt wurde.

Zu Lebzeiten des hl. Franziskus, wurde eine Gegend in Italien von einem bösen Wolf heimgesucht. Tiere und Menschen, welche in seine Nähe kamen, wurden von ihm zerrissen und gefressen. Die Menschen lebten in großer Angst. Sie wagten sich kaum noch aus den Häusern. Die Bauern zogen schwer bewaffnet aus, um ihre Felder zu bestellen. Sie versuchten alles, den Bösewicht zur Strecke zu bringen. Vergebens! Das Tier war nicht nur gefährlich, sondern auch raffiniert. Franziskus hörte davon. Er sagte den Leuten: „Ich gehe zu ihm und werde mit ihm reden." Die Menschen waren entsetzt. Sie sagten: „Das kannst Du nicht wagen, er reißt Dich in Stücke!" Aber Franziskus hörte nicht auf sie. Als der Wolf ihn sah, wollte er sich auf ihn stürzen. Er riß sein großes Maul auf, rollte die Augen und fletschte die Zähne. Wenn ich mir vorstelle, das Tier wäre mir entgegengekommen, vor Schreck wäre ich sofort tot umgefallen. Aber Franziskus hatte keine Angst. Er machte das Kreuzeichen über ihn und sagte: „Bruder Wolf!" Sogleich schloß der Wolf sein großes Maul, setzte sich hin und wedelte mit dem Schwanz, wie ein freundlicher Hund. Franziskus sagte: „Bruder

Wolf, ich weiß, daß Du nicht böse bist, Du hast nur Hunger. Ich werde mit den Menschen sprechen, daß sie dich täglich füttern. Dann brauchst Du weder sie noch die Tiere töten."

Da hob der Wolf seine Pfote und legte sie in die Hand des Heiligen. Die Menschen gaben dem Tier satt zu fressen, sie hatten keine Angst mehr vor ihm. Der Friede war hergestellt.

Ob sich das wirklich zugetragen hat, weiß ich nicht, wahrscheinlich eine Fabel, aber eine sehr gute, finde ich. Auf dem Franziskanerplatz in Hadamar hat ein Künstler eine Statue geschaffen. Wunderbar!

Franziskus sitzt auf einem Stein, neben ihm Bruder Wolf. Beide schauen sich liebevoll an. Der Wolf hat seine große Pfote in die Hand des Heiligen gelegt, eine Idylle des Friedens und der Liebe, wirklich ein großes Kunstwerk. Allein die Blicke der Beiden! Wie ein Bildhauer so etwas in Stein meißeln konnte?

Wirklich ein großes Kunstwerk! Und der Künstler? Unbekannt!

So berühmt wie Picasso wird er wohl nie werden. Aber meines Erachtens, hat der berühmte Picasso noch nie so etwas Schönes, Natürliches geschaffen. Diese gegenseitigen Blicke voller Liebe und Wärme zwischen Mensch und Tier. Wunderbar!!!

Vermutlich wissen die meisten Hadamarer nicht, daß ein solches Kunstwerk sich in ihren Mauern befindet.

Unikum

Wissen Sie was das ist, ein Unikum?

Ich brauchte über 80 Jahre um es zu erfahren. Das heißt, bis dahin habe ich nie darüber nachgedacht, was das ist. Wenn ich das Wort hörte, vermutete ich, es handelt sich um einen Spaßmacher, einen Hofnarren oder ähnliches. Bis ich vor einigen Jahren an einem viertägigen Seminar im Bildungswerk der Palottinerinnen in Limburg teilnahm. Das Thema, welches behandelt wurde, „Lebens- und Sterbehilfe", interessierte mich sehr. Der bekannte und umstrittene Arzt Dr. P. Becker hielt Vorträge. Der Aufenthalt in dem Kloster gefiel mir so gut, daß ich am liebsten noch einige Wochen geblieben wäre. Aber leider nicht möglich. Vielleicht wenn ich mich entschlossen hätte, Nonne zu werden? Aber vermutlich wollen sie dort eine solche Alte nicht mehr haben.

Es waren nur Frauen, welche an dem Seminar teilnahmen. Und ich war mit Abstand wieder die Älteste. Das bin ich ja schon gewöhnt. Mich wundert, daß die anderen mich nicht Oma nannten. Aber behandelt wurde ich so. Fürsorglich liebevoll. Ich möchte sagen, regelrecht „umtuddeld", ob die Hadamarer wissen was das heißt? Eine von mir erfundene „Wortschöpfung". Steht nicht im Duden. Vielleicht hatten die Frauen alle keine Oma mehr und haben mich als Ersatz gewählt. Jedenfalls habe ich diese Behandlung sehr genossen. Denn hier auf der Hammelburg wird mir ja so etwas nicht zuteil. Hier wimmelt es ja von Omas!

In den Vorträgen wurde ein sehr ernstes Thema behandelt. Aber in der Zwischenzeit, vor allem Abends, genossen wir ein gemütliches Beisammensein. Da ich gerne erzähle und im hohen Alter noch Humor besitze, konnte ich viel zur Volksbelustigung beitragen. Wir hatten unseren Spaß. Für mich war es aber plötzlich zu Ende. Ich hörte schlecht, aber bekanntlich was man nicht hören soll, hört man. Ich war geschockt, als ich hörte, daß am Nachbartisch über mich getuschelt wurde. Nur einen Satz habe ich deutlich verstanden: „Sie ist ein richtiges Unikum!"

Ich habe so getan als habe ich nichts gehört. Aber innerlich habe ich gekocht. Bald wäre ich explodiert. Ich dachte, so eine Hinterlist. Schön ins Gesicht schmusen und hinter dem Rücken beleidigen. So was habe ich gern! Am nächsten Tag fuhren wir nach Hause. Ich ließ mir beim Abschied nichts anmerken. Das war eine große Leistung von mir. Zu Hause angekommen, als Erstes, das Unikum im Lexikon gesucht. Was da stand war eine große Überraschung für mich. Da hieß es. „Unikum lat.: Eins in seiner Art, Einziges, Besonderes!"

Kann man da beleidigt sein, wenn man so tituliert wird???

Der Schiffbrüchige und sein Retter

Das was ich Ihnen jetzt erzähle, hat sich vor ungefähr 70 Jahren ereignet. Als ich davon erfuhr, war ich tief erschüttert. Es ereignete sich an der Nordseeküste. Ein schwerer Sturm tobte, so daß die Wogen des Meeres sich hoch auftürmten. Die Küstenbewohner waren entsetzt, als sie in diesem furchtbaren Seegang ein einsames Fischerboot entdeckten, welches von den Wellen hin und her gerissen wurde. Ein Mensch befand sich in dem Boot. Er kämpfte um sein Leben. Keiner von den meist erfahrenen Seeleuten, welche am Ufer standen wagte es, ihm zu helfen. Es wäre ja auch einem Selbstmord gleich gekommen. Da meldete sich ein junger Mann: „Ich fahre hinaus. Mit Gottes Hilfe kann ich ihn vielleicht noch retten." Alle rieten ihm ab. Vor allem eine Frau. Es war seine Mutter. Sie klammerte sich an ihn, um ihn gewaltsam von seinem Vorhaben abzubringen. Sie erinnerte ihn daran, daß sein Vater bei einer Sturmflut ums Leben kam. Und sein Bruder Uwe, seit Jahren ebenfalls nicht zurückgekehrt sei. Die verzweifelte Mutter rief: "Drei Jahre verschollen ist Uwe schon, mein Uwe, mein Uwe."

Der junge Mann erwiderte: „Und seine Mutter?" Er ließ sich nicht zurückhalten. Die Menschen, welche von der Küste aus seinen Kampf gegen das wild aufwogende Meer verfolgten, hatten die Hoffnung aufgegeben, daß er es schaffen würde. Und, oh Wunder, er hatte es geschafft! Nachdem er den Schiffbrüchigen mit großer Mühe unter Lebensgefahr in sein eigenes Boot gerettet hatte, begann wieder sein Kampf gegen das tobende Meer, zurück zur Küste. Fast am Ziel ange-kommen rief er mit lauter Stimme: „Sagt Mutter, es ist Uwe!"

Bauer Zornig

Was Bauer Zornig heute bekannt gibt, ist wichtig und sehr dringend:

Großer Bulle mit weißem Gesicht ist in meine Weide eingebrochen. Hat mei-nen kleinen Bullen verjagt. Mindestens hundert Meter Weidezaun niedergetram-pelt, um zu meinen Rindern zu gelangen. Durch sein flegelhaftes Benehmen, ver-setzte er meine Tiere in Angst und Schrecken. Sollte der Besitzer den Wüterich bis heute Abend nicht abgeholt haben, lade ich die ganze Gemeinde am Sonnabend zu einem kostenlosen Spießbratenessen ein.

Bauer Zornig

Noch etwas zum lachen

Brief eines Schülers an eine Versicherung:

Liebe Versicherung! Bitte versichere mir, daß ich immer meine Hausaufgaben mache. Meine Mutter will mir das nicht glauben. Auch mußt Du mir versichern, daß ich im Sommer versetzt werde. Auch das glaubt sie mir nicht. Wenn Du mir das nicht versichern kannst, wieso nennst Du Dich dann Versicherung?

Dein Reiner

Aus einer Gerichtsverhandlung

Der Angeklagte: „Herr Richter ich schwöre, daß ich unschuldig bin. Die Beiden zu verletzen war nicht meine Absicht, sondern ein Versehen. Als ich von der Heuernte nach Hause fuhr, sah ich am Weg noch einen Haufen Heu liegen: „Sapperlott, dachte ich, den nehme ich noch mit. „Als ich mit der Heugabel hin-ein stach um ihn aufzuladen, sprang schreiend mein Nachbar Pankraz heraus. Hinterher meine Frau Amanda. Ich hatte beide ins Hinterteil getroffen. Aber nicht absichtlich, sondern ganz aus Versehen. Die Beiden sind selbst schuld. Was hat-ten die auch in dem Heuhaufen zu suchen?!?

Kraft aus der Stille

Schon vor über 2000 Jahren gab es Menschen, welche die Stille aufsuchten um sich dort Kraft für ihr Leben zu holen. Einige lebten sogar eine Zeit lang in der Wüste. Später, und auch heute noch suchen manche ein Kloster auf. Auch dort finden sie „Kraft aus der Stille".

Als mich vor Jahren ein schwerer Schicksalsschlag traf, war ich der Verzweiflung nahe. Mein Lebenswille war gebrochen. Ich fand aus dem seelischen Tief nicht mehr heraus. Heute sucht man in einer solchen Situation einen Psychiater auf. Das ist ratsam und gut so. Damals kannte man diese Hilfe noch nicht. Die armen Menschen mußten sehen wie sie mit ihren Depressionen fertig wurden. Leider haben manche es nicht geschafft. In den letzten Jahrzehnten haben einige Hadamarer ihrem Leben ein Ende gemacht. Die Bedauernswerten suchten den Tod im Elbbach. Welch schrecklicher Tod!

Für mich war es damals wie ein Wink vom Himmel, als ich zufällig irgendwo den Satz las „Kraft aus der Stille". Es wurde auf einen Erholungsaufenthalt in einem Kloster hingewiesen. Mich zog es dahin. Heute wundere ich mich noch, wie ich das schaffte dorthin zu kommen? Ich verbrachte drei Wochen dort. Die absolute Stille, welche mich umgab, wirkte Wunder. Ich kann es nicht beschreiben, was in mir vorging. Der Wille zum Leben kehrte zurück. Eine unbeschreibliche Kraft stärkte den Körper, vor allem aber Geist und Seele. Und diese Kraft hat mich bis ins hohe Alter nicht mehr verlassen. Ich habe aber auch in den über 30 Jahren, immer wieder mal einen Ort der Stille aufgesucht und mir neue Kraft geholt. Dazu mußte ich nicht jedesmal ein Kloster aufsuchen. Nein, es gibt einen Rastplatz mitten in der Stadt, wo man sich auch Kraft aus der Stille holen kann. Den „Rastplatz Kirche". Auch dort herrscht zwischen den Gottesdiensten absolute wohltuende Stille. Traurig, daß diese wunderschöne Kirche immer leer ist. Wer Zeit hat, sollte sie doch ab und zu einmal aufsuchen. Nur wenige Minuten in einer Bank sitzen, und die Stille auf sich einwirken lassen, kann schon eine Wohltat sein. Wer in dieser Stille, zu einer Meditation oder Gebet findet, für den wird es noch heilsamer sein. Ich komme leider nur noch selten in die Stadt. Wenn möglich, suche ich dann den „Rastplatz Kirche" auf und jedesmal ist es eine Wohltat für mich. Gott sei dank dafür!

Autos I

Der bekannte Kabarettist Dieter Hildebrand wurde kürzlich an seinem 70. Geburtstag von einem Reporter interviewt. Eine Frage des Reporters: „Wenn Sie etwas ändern könnten, wo würden Sie ansetzen?" Antwort: „Ich würde beispielsweise in vielen Städten den Verkehr ändern und eine große Kampagne gegen die Autolawine machen. Eines Tages – der Tag wird kommen – kann kein Auto mehr fahren. Dann stehen alle im Totalstau. Ja, es ist höchste Zeit, daß wir uns umstellen. In meiner Nachbarschaft wohnt eine Familie, die mit ihren Autos die ganze Straße zuparkt. Heute hat eine Familie mit drei Kindern sieben Autos. Wahnsinn! Man sollte große Löcher graben und die Verkehrsschilder entsprechend aufstellen ... Die Leute müssen noch aussteigen können, dann stürzen die Autos ab."

Ein Kabarettist. Er hat übertrieben. Aber so ganz Unrecht hatte er nicht. Jeder der einen gesunden Menschenverstand besitzt, kann sich ausmalen, wozu das führen wird, wenn sich bezüglich der Autos nichts ändert? Aber wie??? Sie vermehren sich wie der Sand am Meer? Und die Fußgänger werden immer weniger. Wieso? Weil sie sich auf den Straßen nicht mehr sicher fühlen. Sie sind wahrscheinlich in die Autos geflüchtet. Da sind sie von Blech, Plastik, Gummi usw. umgeben. Es ist doch gewissermaßen ein Schutz. Und als Fußgänger zwischen den Autos? Welchen Schutz haben sie da? Und wenn sie noch auf dem Bürgersteig in einen toten Winkel geraten, wo der Autofahrer, wenn er rückwärts fährt, sie nicht sieht? Weil das Schicksal uns Fußgängern im toten Winkel immer eine Tarnkappe überstülpt, damit wir nicht gesehen werden! Wenn wir da keinen Schutzengel haben, sind wir verloren. Mir ist es zweimal passiert, daß ich mich angeblich im toten Winkel mit Tarnkappe befand. Als ich den Polizisten später frug, was denn ein toter Winkel sei, und wie ein Fußgänger sich davor schützen könne, konnte er meine Frage nicht beantworten. Dann müsse ich einen Führerschein besitzen, um zu wissen wie ein toter Winkel entsteht. Nein, das geht nun doch zu weit, daß ich erst den Führerschein machen muß, um meine Neugierde zu befriedigen. Wenn ich überlege, in meiner Kindheit gab es keine Autos. Und die Welt konnte bestehen. Heute unmöglich! Auf der einen Seite bedeuten sie ja einen Segen für die Menschheit, für viele aber auch ein Fluch. Man denke nur an die vielen Toten, oft blutjunge Menschen, die durch einen Autounfall ums Leben kommen. Aber wir können den Zeitgeist nicht ändern.

Ich wollte der Polizei schon einmal einen guten Rat geben, vor den toten Winkeln Warnschilder aufzustellen. Etwa so: Fußgänger Vorsicht: Hier toter Winkel, „Lebensgefahr". Aber das Risiko ist mir zu groß, daß die Polizisten sich womöglich totlachen und wir wären unsere Freunde und Helfer los.

Zum Schluß allen Fußgängern den Rat: „Geben Sie acht, daß Sie nicht in einen toten Winkel tappen. Wie Sie das machen, kann ich Ihnen leider nicht sagen! Die Polizei weiß es auch nicht.

Autos II

Sie werden denken, was hat sie den schon wieder mit den Autos? Ja leider muß ich noch einmal darauf zurückkommen. Kürzlich warnte ich die Fußgänger vor rückwärts fahrenden Autos. Vor allem wenn die Menschen das Pech haben, in einen toten Winkel zu geraten. Zweimal passierte es mir, daß ich von einem rückwärts fahrenden Auto auf die Straße geworfen wurde. Vom zweiten mal, es war vor ungefähr drei Jahren, habe ich eine schmerzhafte Behinderung eines

Schultergelenks behalten. Diagnose der Ärzte, daß ich mich damit abfinden muß, dieses Übel nie mehr los zu werden. - Nun stellen Sie sich vor, vor einigen Tagen passierte es bald wieder. Und zwar an der gleichen Stelle wie das letzte Mal.

Allmählich werde ich den Verdacht nicht los, daß die Autos es speziell auf mich abgesehen haben. Die mögen mich scheinbar nicht. Wenn dem so ist, beruht es auf Gegenseitigkeit. Als Fußgängerin mag ich sie auch nicht. Sie sind mir sympathisch, während sie mich fahren. Also, ich ging die Hospitalstrasse hoch, in Richtung Stadthalle. Brav auf dem Bürgersteig. Rechts sind einige Parktaschen. Der Boden zum Bürgersteig hin abschüssig. Wenn ich dort vorbei gehe schaue ich immer ängstlich hin, ob sich nicht wieder eins der dort parkenden Autos in Bewegung setzt. Welch ein Glück, daß ich aufgepaßt hatte. Es kam ja schon wieder eins aus der Parktasche auf mich zu. Gott dank, ich hatte es früh genug gesehen und konnte mich durch einen Sprung in Sicherheit bringen. Wenn Passanten das gesehen haben, dachten sie vielleicht, ich würde für die Olympiade trainieren. Ob es das dort gibt? Weitsprung der Senioren???

Aber Spaß beiseite. Mir war es nicht zum spaßen. Allmählich wird mir die Sache unheimlich. Ich muß mich wundern, wie mein krankes Herz die laufenden Aufregungen durch die Autos verkraftet? Das Auto kam mit den Hinterrädern auf dem Bürgersteig zum Stehen. Die Fahrerin stieg aus und entschuldigte sich vielmals damit, daß sie vergaß, die Handbremse anzuziehen. Aber die Kinder, welche mit im Auto saßen, seien Schuld gewesen. Die hätten sie nervös gemacht. Aber so ist das ja fast immer. Der schuldige Autofahrer sucht einen Anderen, der schuldig ist.

Folgend ein typisches Beispiel: Als ich noch zu Hause wohnte, geschah etwas in dieser Hinsicht Unfaßbares. Ich befand mich im Vorgarten. Auf dem Bürgersteig war ein Mercedes abgestellt. Vorschriftsmäßig geparkt. Ich dachte, so ein schönes Auto, das scheint ja ganz neu zu sein. Zwei Minuten später war es nicht mehr neu. Es gab einen furchtbaren Knall. Ein aus Richtung Hadamar kommender Kleinwagen war mit voller Wucht auf das parkende Auto geknallt. Der Kleine zusammengedrückt wie eine Wanze, rauchte aus allen Öffnungen. Ich befürchtete, der geht gleich in Flammen auf. Und die Insassen, ob da noch jemand lebend heraus kommt? Kaum zu glauben. Aus den Trümmern krabbelte der einzige Insasse, der Fahrer. Er torkelte auf dem Bürgersteig hin und her, zeigte auf den Mercedes und beschimpfte ihn wie folgt: „Was fällt dem denn ein, mir einfach hineinzufahren!" Somit war der Schuldige gefunden. Und der volltrunkene Mensch hatte großes Glück gehabt. Wie es schien, war er unverletzt geblieben.

Noch etwas Unfaßbares. Nach meinem letzten Unfall, wurde der Fahrer als allein Schuldiger bestraft. Seine Versicherung mußte mir ein Schmerzensgeld zahlen. Was auch geschah. Kurze Zeit später schickte er mir eine Rechnung von über 2.000 Mark. Soviel hatte die Reparatur der Delle, welche durch den Aufprall vom Heck seines Wagens entstanden war, gekostet. Er sei nicht schuld gewesen. Er habe lange nach hinten geschaut und mich nicht gesehen. Ich hätte nicht aufgepaßt. Alles, daß er nicht schrieb, ich sei mutwillig gegen das Heck seines liebsten Kindes gerannt. Um seiner Forderung Nachdruck zu verleihen, schickte er sie durch seinen Anwalt. Er dachte sicher, er habe es mit einer alten, einfältigen dummen Frau zu tun. Er hat mir Schmerzen zugefügt und ich sollte auch noch dafür bezahlen. Da hatte er sich aber geirrt. Er war an die falsche Adresse geraten. Nun mußte er zur Strafe für seine Unverschämtheit, auch noch die Anwaltskosten zahlen. Mir ist es unverständlich, daß der Anwalt, welcher doch genau wußte, daß sein Klient im Unrecht war, ihn nicht darauf hinwies, statt ihm Unkosten zu verursachen?

Nun noch eine Warnung an die Fußgänger. Wenn Sie an einer Ampel stehen und auf grün warten, nicht gleich losspurten, wenn das grüne Männlein erscheint. Es könnte lebensgefährlich werden. Erst abwarten, bis die eiligen Biester alle stehen. Mir passierte es an der Kreuzung Hospitalstraße/Nonnengasse. Ich wartete bis ich grün hatte. Dann darf ich doch rüber, oder etwa nicht? Ich war schon fast auf der Mitte der Fahrbahn, als eine Autofahrerin in einem tollen Tempo an meinem Gesicht vorbeiraste. Sie hätte mir ja bald die Nase weggefahren. Daß sie rot hatte, war kein Hindernis für sie. Vielleicht dachte sie, die Alte geht so langsam, da komm ich schnell noch vorbei.

Wir Fußgänger sind zwischen den Autos immer in Gefahr. Aber heute las ich etwas in der Zeitung, was mir einen Schreck einjagte. Falls Sie es nicht gelesen haben: Es wurde darauf hingewiesen, daß in Folge der kommenden Erhöhung des Benzinpreises (der Liter 5 Mark) mit einem Massenansturm der Fahrräder auf den Straßen zu rechnen sei. Nichts gegen die Radfahrer und ihre Drahtesel. Ich war ja selbst einmal leidenschaftliche Radlerin. Aber das war ja eine ganz andere Zeit. Da machte das Fahren auf den Straßen noch Freude. Aber heute zwischen den Autos?? Sollte es wirklich so kommen wie die Zeitung prophezeit, dann wehe uns Fußgängern! Wenn die Drahtesel ja auf der Fahrbahn blieben, wäre alles gut. Aber im Geist sehe ich sie schon auf den Bürgersteigen herumflitzen. Wie können wir uns da noch schützen? Hoffentlich steht unser Schutzengel uns stets zur Seite, sonst sind wir verloren.

Kunst

Die großen Künstler aller Zeiten. Ihre Werke wurden und werden noch nach hunderten von Jahren bewundert. Einige möchte ich nennen: Michelangelo, Rubens, Van Gogh, Rembrand, Dürer usw. Nicht zu vergessen, unser Hadamarer

Künstler. Prof. Ernst Moritz Engert. Auch seine Werke sind große Kunst und wurden weltberühmt. Diese Menschen haben etwas geschaffen, was Auge und Herz erfreut. Solch große begnadete Künstler gab es zu allen Zeiten und es wird sie auch noch bis ans Ende der Welt geben. Die anderen, welche auch Kunstvolles schufen, aber nicht berühmt wurden, möchte ich nicht vergessen. Auch sie verdienen Lob und Anerkennung.

Nun gibt es auch leider solche, welche den unmöglichsten Kitsch als Kunst darstellen. Wäre das Geschmiere auf der Leinwand nicht von dem Affen, sondern von einem Menschen, würde er in der heutigen Zeit der modernen Kunstexperten zum genialen Künstler ernannt. Und die anderen, welche sich einbilden Kunstkenner zu sein, würden das Kunstwerk bestaunen und womöglich ein Vermögen dafür hinblättern. Sie wären dann stolz, als Kunstkenner ein solch wertvolles Gemälde zu besitzen. Vor einiger Zeit besuchte ich eine Patientin in der Psychiatrie. In ihrem Zimmer hingen einige von Patienten gemalte Bilder. Bei einem Bild vermutete ich, daß es ein Picasso sei. Ich sagte der Schwester, die Patientin müsse doch eine Vorlage des berühmten Bildes von Picasso gehabt haben? Genau dieses unnatürliche, entstellte Gesicht. Augen, Mund und Nase zwar vorhanden, aber überall dort, wo sie nicht hingehören. Die Schwester sagte: „Die Patientin hat nie ein Bild von Picasso gesehen, sie hat sich das in ihrem kranken Geist selbst ausgedacht." Nun frage ich mich: „Warum wird diese Kranke nicht auch zur genialen Künstlerin ernannt?" Wahrscheinlich, weil sie krank ist, die Arme! Wissen wir denn, ob die modernen Künstler einen gesunden Geist besitzen, oder besaßen? Der Künstler Beuys, der in den letzten Jahren die Menschheit mit seiner Kunst beglückte, hat sich sicher ins Fäustchen gelacht, daß man ihm für seine tollen Werke Hunderttausende hinblätterte. Zum Beispiel ein Stuhl mit zermatschten Butterklumpen drauf. Oder einen Tisch mit Aggregat. Bei diesen beiden „Kunstwerken" kann ich keinen Funken Kunst entdecken. Eine deutsche Politikerin zahlte für den Tisch 400.000 DM. Aber wohlweislich nicht aus der eigenen Tasche, sondern aus den Taschen der Steuerzahler. Die haben's ja! Da könnte man doch aus der Haut fahren. Es ist zu befürchten, daß ein Häufchen, welches auf dem Gehweg sitzt, wo es nicht hingehört und um welches die Fußgänger, aber auch alle ohne Ausnahme einen Bogen machen, zu Kunst erklärt wird. Warum sind alle so bedacht das Gebilde nicht mit den Schuhen zu berühren? Vielleicht befürchten sie ein großes Kunstwerk der Zukunft zu zerstören. Weiß man es? Jetzt wird man mich „Banause" nennen. Das ist mir egal. Die Hauptsache, mein Urteilsvermögen, kommt aus einem gesunden Verstand.

Gott sei Dank dafür!

Mundfaul

Ist es Ihnen vielleicht auch schon aufgefallen, daß die Kinder immer mundfauler werden? Beispiel: Frage ich heute einen Jungen: „Kannst Du mir sagen wo Hans ist?" Bekomme ich zur Antwort: „Minimal". „Und Du?" Antwort:" Gehe Schule!" Ist sonst heute noch was los?" „Verein hat Halle gemietet. Wir haben Spiel nachher." Ein vollständiger Satz scheint nicht mehr zeitgemäß. Wozu auch umständlich sagen: „Hans ist zum Minimal" Ich befürchte, ein Virus grassiert unter Deutschlands Kindern. Er hat ihr Sprachzentrum befallen. Die Symptome: Einzelne Wörter verschwinden in schwarze Löcher. Die deutsche Sprache ist nur noch lückenhaft vorhanden. Ist sicher nicht mehr „in" sondern „out". Wo wird das noch hinführen? Ein Glück, daß ich es wegen meines hohen Alters nicht mehr erlebe, ich müßte mich ja laufend aufregen.

Kürzlich hatte ich ein amüsantes Erlebnis. Ich ging über einen Flur des Krankenhauses. Ein Kind, etwa zwei Jahre alt, krabbeltet auf dem Boden herum. Die Mutter sagte: „Komm, laß die Oma vorbei." Die Kleine stand auf, fixierte mich von Kopf bis Fuß und sagte: „Das ist eine ‚alte' Oma." Das Wort „alt" besonders betonend.

Gleich versuchte die Mutter sich für das Kind zu entschuldigen. Ich sagte: „Hören Sie mal, das Kind hat doch die Wahrheit gesagt!" Die Kleine hatte wahrscheinlich eine Oma, welche womöglich 40 Jahre jünger war als ich, und sie hat den Altersunterschied festgestellt. Solch kleine Kinder sagen noch die Wahrheit. Schade, daß das nicht so bleibt. Was mir noch auffiel, dies kleine Kind sprach einen vollständigen Satz. Sein Sprachzentrum war noch nicht vom Virus befallen. Bei ihm verschwand nicht ein einziges Wort in einem schwarzen Loch. Es wußte ja auch noch nichts von „in" und „out".

Der Kampfhund

Der Wirt des Ausflugslokals machte eine grimmige Miene und ließ seine Blicke durch die Gaststätte schweifen. Endlich hatte er entdeckt wonach er suchte. An einem großen Tisch saß eine muntere Wandergesellschaft und unter dem Tisch ein kleines Hündchen, das einer älteren Dame gehörte. Dieses Hündchen mit dem fein ondulierten Fell, einem Tüchlein um den Hals und treuen Augen, war das Objekt des Zorns. Als sich die Wandergesellschaft dem Ausflugslokal genähert hatte, war der Jagdinstinkt, der wohl in jedem Hund steckt, erwacht und hatte aus dem Pudel einen Kampfhund gemacht. Er war in dem nahe gelegenen Hühnerstall eingedrungen und hatte doch tatsächlich zum großen Schrecken seines Frauchens ein Huhn gerissen. Das mußte die Dame nun bezahlen. Natürlich hatte der Kampfhund sich auch noch das beste Huhn des Wirts ausgesucht, welches die meisten Eier legte. Zwar konnte er das nicht beweisen, aber die Frau zahlte um den Wirt zu besänftigen. Das Suppenhuhn verschwand in der Küche. Am nächsten Tag fand man auf dem Speiseplan das verlockende Angebot „Hühnerfrikassee à la carte". Aber keinen Dank für den Kampfhund. Derselbe drückte sich zitternd unter dem Tisch und war wieder ganz Pudel.

Sauwetter

Das Wetter darf ja wirklich nicht beleidigt sein, wenn wir es manchmal so nennen. In einem Monat des Jahres hört man besonders häufig dieses Schimpfwort. Ich glaube, Sie brauchen nicht lange zu raten, welcher Monat das ist. Der April, der darf ja machen was er will. Und das tut er auch, ohne zu fragen, ob uns das gefällt. Meist gefällt es uns ja nicht, wenn er seine Kapriolen treibt. Er scheint nicht zu wissen, daß er der Frühlingsmonat ist, da er immer noch mit dem Winter flirtet!

Und der Winter, der üble Gesell, will nicht weichen. In der Schule lernten wir: „Und droht der Winter noch so sehr, mit trotzigen Gebärden, und wirft er Eis und Schnee umher, es muß doch Frühling werden. Und drängen die Wolken noch so dicht sich vor den Blick der Sonne, sie weckte doch mit ihrem Licht einmal die Welt zur Wonne!" Welch ein Glück! Merke Dir das garstiger Geselle April mit Deinem „Sauwetter" Dein Regiment ist bald zu Ende. Dann kommt unser liebster Monat. Der viel besungene wonnige Mai. Daß du nicht besungen wirst, bist Du selber Schuld, weil Du immer machst, was Du willst. Nun will ich hoffen, daß der sonnige Mai seinem Namen alle Ehr macht? Manchmal hat er uns ja auch schon enttäuscht! Aber bei allem Ärger über das Wetter: Welch ein Glück, daß wir es nicht machen können. Es gäbe eine klimatische Katastrophe. Bei allen Enttäuschungen, welche es uns manchmal bringt, wollen wir zufrieden sein und Gott danken, wenn es nicht zum Unwetter wird.

Atzel

Viele Menschen fragen: "Was ist das?" Die alten Hadamarer wissen es bestimmt. Früher sagte man, die oder der klaut wie eine Atzel. Ich denke, jetzt ist der Groschen gefallen! Es handelt sich um eine diebische Elster.

Als mein Junge zur Schule ging, hatten wir eine zahme Elster. Ein verstohlenes Luder. Alles was glänzte und nicht Niet und nagelfest war, schleppte sie in ihr Nest. Zum Glück hatte sie es an eine mit Efeu bewachsene Aufwand gebaut und zwar in eine Höhe, daß wir mit Leichtigkeit das Diebesgut holen konnten. Was wir da nicht alles fanden? Glänzendes Metall und Glasstückchen, Kugelschreiber, sogar einen Kaffeelöffel und einen silbernen Rosenkranz. Einmal hatte ich Zwiebeln gepflanzt. „Karla", so hieß die Atzel, hüpfte um mich herum und schaute mir zu. Ihrer Augen blitzten! Als ich später zufällig aus dem Fenster in den Garten sah, traute ich meinen Augen nicht. Karla war auf dem Beet, welches ich mit Mühe bepflanzt hatte, am ernten. Das Biest zupfte die Zwiebeln wieder aus der Erde. Was wollte sie denn damit? Die glänzen doch gar nicht. Leider gibt es auch Menschen, die so veranlagt sind. In meiner Kindheit gab es in unserem Ort eine Frau, die nannte man auch „Atzel" oder sogar „Rabvul". Auf deutsch „Raubvogel". Die ließ auch alles mitgehen, was nicht niet- und nagelfest war. Heute nennt man diese Menschen Diebe, Spitzbuben, Langfinger, usw. Aber neuerdings haben sie einen modernen Namen erhalten. Man nennt sie „Kleptomanen". Es hört sich vornehmer an. Wie dem auch sei. Für mich sind sie alle „Atzeln".

Schadenfreude

Hinterläßt nicht die Schadenfreude einen faden Nachgeschmack? Es stände schlimm um uns, wenn es nicht so wäre. Denn, wenn wir über das Unglück unseres Nächsten - selbst, wenn er uns Böses zugefügt hat - nur noch von Herzen lachen können, dann sind wir Gott weit davongelaufen. Dann haben wir vergessen, was Gott für uns getan hat.

Er hat nicht gelacht, als er uns in unserem selbst verschuldeten Elend sitzen sah. Er hat sich nicht schadenfroh abgewandt, obwohl er allen Grund dazu gehabt hätte. Statt dessen sandte er seinen Sohn in diese Welt und ließ es zu, daß dieser vor Gericht und am Kreuz zum Gespött der Leute wurde. Damit wir aus unserem Unglück herauskommen und wieder froh werden können. Wenn wir das einmal wirklich verstanden haben, dann werden wir Gott um Kraft bitten, dem Anderen zu vergeben und ihn in seiner Not mit Liebe und Verständnis zu begegnen, statt ihn auszulachen!

Boris

Nun werden Sie denken, ich würde Ihnen von einem der beiden weltberühmten Männer mit Vornamen Boris, von Jelzin oder Becker erzählen. Nein, von den beiden wurde über Jahre in den Medien schon genug berichtet. Von Boris, von dem ich jetzt berichte und der jahrelang in Hadamar auf der Hammelburg lebte, wissen die Hadamarer nichts. Eigentlich traurig, aber wahr. – Es war der Hammel von der Hammelburg! Jetzt staunen Sie aber. Wer hätte das gedacht? Ein Hammel auf der Hammelburg! Das waren noch Zeiten, als Boris mit seiner kleinen Herde (sieben Tiere waren es) als lebende Rasenmäher auf den Grünflächen eingesetzt waren.

Mit Wehmut denke ich an diese Zeit zurück. Ich mochte die Tiere, vor allem Boris. Wie habe ich mich gefreut, wenn ich in die Nähe des Pferches kam und sie es so eilig hatten, an den Zaun zu kommen, um mich zu begrüßen. Boris immer vorne weg. Er war viel größer und kräftiger als seine Frauen. Vor allem hatte er einen größeren Kopf. Sicher, damit er die Menschen besser umstoßen konnte. Darin bestand seine sportliche Leistung. – Und sage mir nochmal einer, Schafe seien dumm! Das stimmt nicht. Ich behaupte das Gegenteil. Damals konnte ich noch Spaziergänge ins Feld machen. An den Ackerainen fand ich dann ein Unkraut, welches die Schafe besonders gerne mochten. Ich glaube, man nennt es wilden Kümmel. Wenn sie mich kommen sahen mit diesem für sie Leckerbissen in Händen, waren sie außer Rand und Band. Sie sahen genau, ob ich Kümmel oder ein anderes Grünzeug, etwa Löwenzahn, brachte. Auf Letzteres waren sie nicht erpicht, davon hatten sie genug auf ihrer Weide. Ich denke schon, daß Boris seine Frauen liebte. Aber wenn Leckerbissen winkten, war er alles andere als ein Gentleman. Dann stieß er nach ihnen, um als erster am Zaun zu sein. Manchmal habe ich mit ihm geschimpft, aber es nützte nichts. Das hätte ich mir ja denken können. Es hört ja kein Mensch auf mich; alle meine Ratschläge und Ermahnungen werden abgelehnt. Daran habe ich mich gewöhnt. Wie konnte ich da erwarten, daß ein Hammel auf mich hört? Aber die anderen bekamen ja auch alle von den Leckerbissen etwas ab. Und während sie mampften sahen sie mich mit ihren treuen Schafsaugen so dankbar an. Haben Sie einem Schaf schon einmal in die Augen geschaut? Sicher nicht. Dann müssen Sie es bei Gelegenheit nachholen. Solch scharfe Augen habe ich noch nie gesehen. Aber jetzt irre ich mich. Katzen haben ja auch solche scharfe Augen. Auch die Tigeraugen werden als sehr scharf bezeichnet. Aber dazu fehlt mir der Mut, einem Tiger in die Augen zu sehen, um mich zu überzeugen, ob's auch stimmt. Ja, diese Tiere brauchen nie eine Brille. Das wäre ja lustig, wenn es unter ihnen Brillenträger gäbe. – Trockene Brotreste waren auch Leckerbissen für die Schafe. Ich brachte sie ihnen immer im gleichen Plastikbeutel. Wenn ich von weitem kam, sahen sie schon, ob ich einen anderen Beutel in Händen hielt. Dann kamen sie zwar auch zur Begrüßung an den Zaun, aber nicht in dem Tempo, als wenn Leckerlis winkten. Von wegen, dumme Schafe! Wie habe ich mich und auch andere Heimbewohner sich an den Tieren gefreut. Boris war mein Freund geworden. Jetzt werden manche die Nase rümpfen. Einen Hammel als Freund! Tch, tch, tch!

Was es nicht alles gibt. Das dumme Schaf kannte mich genau. Wenn ich kam, stellte er sich am Zaun hoch, dann war er fast ebenso groß wie ich und ich konnte ihn streicheln. Im Pferch lammfromm. Aber außerhalb ein böser Hammel. Er verfolgte dann alle Menschen und stieß sie mit seinem dicken Kopf um. Einige der Bediensteten (es waren Gott dank alles junge Leute) hatten schon das Pech, mit seinem Kopf Bekanntschaft zu machen. Und die Zuschauer hatten ihren Spaß daran. Alle paar Tage wurde der Pferch an eine andere Stelle gerückt. Der Schäfer mußte dann höllisch aufpassen, daß ihm dann keines der Tiere, besonders Boris nicht, entwischte.

Eines Tages war es passiert. Die Biester (außer Boris, welcher schon im neuen Pferch eingesperrt war) hatten das Weite gesucht. Die hatten einen Spaß, in Freiheit auf dem großen Gelände herumzulaufen. Sie sprangen sogar vor Freude in die Luft. Ich dachte, es ist unmöglich, daß der Mann sie wieder einfangen kann. Kaum zu glauben, er hat es geschafft. Er hatte Flöckchen gefangen, an einen Strick gebunden und ging mit ihm durch die Anlagen, immer hinter sich rufen: „Komm, komm, komm! Und, o Wunder, sie kamen aus allen Richtungen und liefen hinter dem guten Hirten und her in den Pferch. Das schöne Bild vergesse ich nie. Flöckchen muß ich ja noch vorstellen. Wahrscheinlich war es die Lieblingsfrau von Boris. Denn die beiden grasten fast immer nebeneinander. Das einzige der Tiere mit einem weißen Gesicht. Boris und die anderen hatten alle schwarze Gesichter. Eines Tages, der Mann war wieder mit dem Verrücken des Pferches beschäftigt. Ich ging in der Nähe spazieren. Da sehe ich auf einmal ein Schaf auf mich zukommen. Ich dachte, da ist ihm doch wieder eins entwischt. In dem Moment schrie der Mann: „Bleiben Sie stehen, ruhig stehen bleiben, dann tut ‚Er‘ Ihnen nichts.“ – „Er“ hatte der Mann gerufen. Da wußte ich, es ist Boris. Von wegen, stehen bleiben! Gerannt bin ich, wie noch nie im Leben und Boris hinterher. Die, welche es sahen, haben sich fast kaputt gelacht. Sie meinten, ich hätte „Nurmi“ Konkurrenz gemacht. Das war aber ein Vergleich. Ich über Achtzigjährige und „Nurmi“!!! Jedenfalls hatte ich es bis zum Eingang geschafft. Die Türe hinter mir zu. Ich war gerettet, aber einem Infarkt nahe. Der Schäfer tadelte mich später, warum ich nicht stehen geblieben sei. Das Risiko wollte ich nicht eingehen, daß Boris mich mit seinem großen Kopf wer weiß wohin gestoßen hätte. Womöglich wäre ich dann heute nicht mehr am Leben. – Ich sag ja, im Pferch lammfromm und draußen ein Teufel. Ein Schlawiner!

Wie haben wir es bedauert, daß die Schafe eines Tages weg mußten. Warum? Weil einige empfindliche Damen den Geruch der Tiere nicht mochten. Du meine Güte! Die Tiere befanden sich auf Rasenflächen, weit von den Gebäuden entfernt. Man nahm den Geruch nur wahr, wenn man in ihre Nähe kam. Mich hat das nie gestört. Nun ja, ich bin ja auch keine vornehme Dame, von Snobismus weit entfernt. Trotz aller Proteste der Tierfreunde, die Schafe mußten weg. Sie kamen von der Hammelburg auf den Westerwald. Vor zwei Jahren hörte ich zum letzten Mal von ihnen. Mir wurde berichtet, daß Boris wieder mal Vater geworden sei. Agathe habe Zwillinge bekommen. Die Tiere hatten alle einen Namen. Ich kann mich nur noch an Flöckchen, Agathe und Gerda erinnern.

Nun haben wir eine Hammelburg ohne Hammel! Das ist mehr als traurig.

Sonntag

Ob die Hadamarer es wissen, daß in ihren Mauern 1839 ein Dichter geboren wurde? Zwar nicht berühmt wie Goethe oder Schiller. Hadamar ist ja auch nicht so groß wie Frankfurt oder Weimar. Aber was nicht ist, kann ja noch werden. Weiß man's? Jedenfall können wir auf diesen Mann stolz sein. Dr. Franz Alfred Muth. Sein Geburtshaus befindet sich auf dem Neumarkt, die jetzige „Stadtschänke". Damit er nicht ganz in Vergessenheit gerät, hat die Stadt eine Straße nach ihm benannt. Die Franz-Alfred-Muth-Straße. Dieser großartige Mann war nicht nur Dichter, sondern auch Pfarrer. Er hielt in den beiden Gemeinden Dombach und Schwickershausen den Sonntagsgottesdienst. Er nahm dann den kürzesten Weg vorbei an Feldern und Gärten. Damals kannte man weder Autos noch Fahrräder. Die Menschen legten weite Strecken auf Schusters Rappen zurück. Auf seinem Wege von einer Gemeinde zur anderen an einem herrlichen Sommertag dichtete er die folgenden schönen Verse:

Sonntag ist's am Zaun die Lilie betet still in's Gras für sich.
Rose hebt die süßen Augen und die roten Lippen hauchen,
ein Gebet, demütiglich.
Sonntag ist's in allen Herzen. Sonntag ist für alle Schmerzen,
heiliger Sonntag weit und breit.

Als wir dieses Gedicht in der Schule lernten, war ich etwa acht Jahre alt. Damals war ich begeistert über das Gebet der Blumen. Es ist doch auch so schön! Oder etwa nicht?

Sehen Sie sich eine Lilie oder eine Rose an. Vielleicht haben auch Sie das Gefühl, daß diese herrlichen Blumen mit ihrem Duft und ihrer Schönheit dem Schöpfer danken möchten.

Erinnerungen

Wer hat sie nicht, die schönen und auch die bösen. Ich habe so viele Erinnerungen in meinem Kopf, daß ich es selbst kaum noch glauben kann. Nach meinem sehr schweren, leidvollen Leben versuche ich jetzt im hohen Alter, die schlimmen Erinnerungen zu verdrängen. Ganz will und kann man das ja nicht. Aber doch weitgehend schönen, erfreulichen Platz machen. Und vor allen Dingen dem Humor. Er war jahrzehntelang aus meinem Leben verschwunden. Gott sei Dank, er ist wieder erwacht. Und ich versuche, andere Menschen damit aufzuheitern. Oft gelingt dies. Es läßt mich froh und glücklich sein. Nachdem immer mehr Hadamarer mich wissen lassen, daß sie sich über meine Erzählungen in der

Heimatpost freuen, möchte ich ihnen heute wieder eine Freude machen.

Die Erinnerung an das damals Erlebte tauchte heute Nacht wieder bei mir auf. Vermutlich, weil wir jetzt die Jahreszeit haben, wo die schönen, braunen, glänzenden Früchte wieder von den Bäumen knallen. Bei ihnen kann man nicht sagen, sie fallen, nein, sie knallen. Was wird das wohl sein? Also, ein Erlebnis, welches ich vor Jahren hatte. Es stand in der vergangenen Nacht vor meinem geistigen Auge, als sei es erst gestern geschehen. Ich saß mit Bekannten am sonntäglichen Mittagessen in einer Gartenwirtschaft. Plötzlich gab es einen dumpfen Knall, der in einem Krimi sicher tödliche Folgen gehabt hätte. Nun erhob sich ein Windstoß und der Knall vervielfachte sich. Es waren Kastanien, neue Früchte, die vom alten Baum auf das Glasdach krachten, unter welchem wir saßen. Ohne das Dach wären wir regelrecht bombardiert worden. Und jetzt belagerten sie uns. Wir mußten doch zurück durch den Garten zum Hauseingang. Und es wäre äußerst riskant gewesen. Aber der Wirt, ein kluger Mann, hatte vorgesorgt und gelbe Helme an die Wand gehängt mit der Weisung: „Nur für Gäste!" Damit tat er sich selbst etwas Gutes. Denn ein Gast, dem eine Kastanie auf's Hirn knallt, versinkt in Bewußtlosigkeit und vergißt alles. Auch das Bezahlen.

Ehrfurcht vor der Schöpfung

Wenn man die Sorge um Gottes Schöpfung ernst nimmt, dann muß man ein Wort für einen Stand sagen, der seit Jahrhunderten den Umgang mit der Schöpfung eingeübt hat und der nun europaweit bedroht ist. Es ist der Bauer.

In den Konzepten moderner landwirtschaftlicher Produktion scheint man den Menschen ja nicht mehr zu brauchen. Aber auf weite Sicht kann das auf die Dauer nicht gut gehen. Die Beseitigung des Bauern ist nicht mehr das Auslöschen eines Standes und einer Kultur, es ist auch ein weiterer Schritt zur Schöpfungsverachtung. Der Ausruf, den eine einfache Bäuerin kürzlich rief, trifft die Sache genau: „Die vergessen die Schöpfung!"

Wem es mit der Schöpfung ernst ist, der muß heute mit dem Bauernstand Solidarität üben. Wir würden es alle bitter büßen, wenn dieser Stand den Technokraten weichen müßte. Aber ein Trost in all diesen Sorgen sollte uns doch bleiben. Gott, der Herr, hat die Schöpfung gesegnet. Und darum sollten wir diesen Segen neu herbeirufen. Gesegnet seien alle Eltern, die es verstehen, ihren Kindern Staunen und Ehrfurcht vor der Schöpfung ins Herz zu senken. Gesegnet seien alle Wissenschaftler und Fachleute, die bessere Alternativen entwickeln. Gesegnet seien alle, die Behinderten zur Seite stehen und sich für den Schutz der Ungeborenen einsetzen. Gesegnet seien alle, die zur Neuorientierung der Schöpfungsgesinnung in der Gesellschaft beitragen. Gesegnet seien die Reservate, die Biotope und Quellschutzgebiete, alle Initiativen zum Schutz gefährdeter Pflanzen- und Tierarten. Der Segen Gottes möge uns alle ermuntern, wach zu werden für die Würde des Lebens und die Kostbarkeiten der Natur, die uns Gott der Allmächtige in so großer Fülle geschenkt hat.

Wir können ihm nicht genug danken!

Die Jahre meines Lebens

Viele Jahrzehnte sind es geworden, die Jahre meines Lebens. Du, mein Gott, hast sie mir geschenkt. Von Herzen danke ich Dir dafür. Ich danke Dir für die Zeit, die mir gehörte und noch gehört, Zeit zum Lieben, Zeit zum Lachen, Zeit zum Trauern, Zeit zum Fähigsein, Zeit zum Ruhen. Du gabst mir viel Zeit zum Leben, dafür kann ich Dir nicht genug danken.

Nun neigt sich mein Lebensbogen. Er wird immer kürzer, Tag für Tag bis heute. Am Morgen des Lebens schien mir die Zeit unendlich zu sein.

Am Mittag schaute ich rückwärts und vorwärts, ich gewann Einsicht in die Vergänglichkeit, darüber Trauer – schon damals. Die Uhr ist unerbittlich. Immer mehr fühle ich, daß die Uhr des Lebens ausläuft.

Ich bitte Gott, daß er mich an meinem letzten Tag durch das Tor des Todes ins andere, das ewige Leben begleiten möge. Ich danke ihm (trotz aller Altersbeschwerden) für jeden Tag, den er mir noch schenkt. Bin aber jeder Zeit bereit, wenn er mich heim holt.

Sein Wille geschehe, denn was er will, ist das Beste für uns.

Vorschriften

Ohne Vorschriften geht es wohl nicht. Aber sie haben mitunter ihre Tücken; sie sind oft unverständlich, und keine Rechtschreibereform wird daran etwas ändern.

Ich kenne einen Aufzug, an dem ein Schild die Interessenten wie folgt belehrt: Darf nur von acht Personen benutzt werden. Also muß ich, wenn ich losfahren will, warten, bis sieben weitere fahrwillige eingetroffen sind, denn der Aufzug darf ja nur von acht Personen benutzt werden. Mittlerweile hat, um diese Skrupel zu beseitigen, eine mitleidige Hand vor die „acht" ein „max." geschrieben und damit allerseits für Erleichterung gesorgt. Es dürfen nicht mehr als acht Personen mitfahren. Wir atmen auf!

Ein ähnlicher Fall. Ein Schild an einer Rolltreppe in Limburg: „Auf der Rolltreppe müssen Hunde getragen werden!" Ein Passant stöhnt: „Wo bekomme ich jetzt bloß einen Hund her?"

Zum Schluß eine Frage an die Hadamarer: Wissen Sie, wer die besten Freunde der Fußgänger sind? Falls Sie es nicht wissen, es sind die grünen Ampelmännchen!

Gerücht

Was erzählst Du mir da? Ich kann's ja gar nicht glauben. Der Willi?! Das paßt doch überhaupt nicht zu ihm. Obwohl, wenn ich darüber nachdenke: Da war doch damals schon etwas. Da hat er sich doch auch schon so eigenartig verhalten. Findest Du nicht auch?

Aber damals wurde das noch nicht richtig gedeutet. Und die Anette hat ja auch gesagt: „Da stimmt was nicht!" Na ja, gewundert habe ich mich schon immer, aber nichts gesagt. Ist ja auch schließlich seine Sache, geht mich ja nichts an. Und ich klatsche nicht gerne. Ich habe es doch schon immer gewußt.

Ja, wie schön, daß man über Gerüchte klatschen kann!

Leiden

Ein berühmter Mann schrieb einmal: „Man muß über das Leiden hinaus wachsen!" Aber, wie macht man das? Er rät: Etwas ergreifen, was größer ist, als man selbst ... das Gebet. Ich glaube, der Mann hatte recht.

Warum mich selbst die Hoffnung, sogar die Freude in den schweren Tagen der Schicksalsschläge nicht ganz verlassen hat? Warum ich nicht in den Abgrund der Verzweiflung stürzte, kann ich nicht erklären. Aber es war so: Eine unsichtbare Hand hielt mich! Und dem Besitzer dieser Hand kann ich nicht genug danken!

Kühe

Geldgierige Menschen haben diese armen Tiere jetzt in den Wahnsinn getrieben. Aber das Schicksal schlug diesmal zurück: B.S.E. Im Übrigen ist die Kuh ein verkanntes Tier. Gemeine Wissenschaftler behaupten, daß sie das Ozonloch kaputtrülpst. Nur weil sie beim Wiederkäuen unfreiwillig Methangas entwickeln. Wie fies! Die Tiere können doch nichts für das Wiederkäuen. Die Zweibeiner müssen doch froh und dankbar sein, daß ihnen das erspart bleibt und sie deshalb das Ozonloch nicht kaputtrülpsen. Aber die Menschen haben ja schlimmere Mittel, um das Ozonloch zu zerstören.

Außerdem gilt die Kuh als dumm, und was noch gemeiner ist, als wesensverwandt mit der Frau. Oder sagt etwa jemand „dumme Kuh" zu einem Mann? Na also. Zugegeben, auch diese Gemeinheit birgt einen wahren Kern. Kühe sind in der Regel friedfertig, gucken lieb und zeigen Interesse an ihrer Umwelt. Eben wie Frauen.

Mein Freund Otto riet, wer dafür Beweise suche, müsse einmal durch das norddeutsche Tiefland radeln. Dort würden ihm die Kühe in den Dörfern lange sinnend nachblicken – und sich ihren Teil denken.

Vielleicht darüber, warum die Menschen es so eilig haben. Aber der Mensch erkennt nur den Rinderwahnsinn und nicht seinen eigenen. Das geht auf keine Kuhhaut. Muh!

Okay

Die Sprache ist oft die Quelle der Mißverständnisse, sagte einst ein gelehrter Mann. Dabei sagte er wahrscheinlich noch nicht einmal „okay". Denn „okay" ist das Schlüsselwort vieler Mißverständnisse.

So könnte man okay am Ende eines Telefongesprächs für Freundlichkeit und Bestätigung halten. Ich finde, Letzteres ist ja auch oft gemeint. Meist heißt es aber im Klartext: „Laß mich endlich in Ruhe. Ich habe zu tun!" Ähnliches gilt auch, wenn ein Hilfsangebot mit den Worten: „Ist schon okay" abgewehrt wird. Da kann man schon seine Zweifel haben, was hinter diesem okay steckt. Verbirgt sich dahinter nicht etwa die Ansicht: „Das schaffst Du doch sowieso nicht!

Ganz fies ist es aber, wenn ein Autofahrer früh aufsteht, um seinen Wagen aus dem Halteverbot zu fahren. Und, o Schreck, da steht schon der Mann vom Ordnungsamt. Man ruft ihm zu: „Ich fahre den Wagen sofort weg." Und er antwortet: „Ist schon okay!" Erst vier Wochen später erfährt der Fahrer, wie tückisch dieses „okay" war. Es bedeutete: „Ich hatte schon alles für die Verwarnung notiert."

Was heißt bloß dann der Psychologen-Satz: „Ich bin okay, du bist okay?" Besser, man denkt gar nicht darüber nach. Okay?

Telekom

Als im vorigen Jahr die Banken streikten, drohten die Mitarbeiter der Frankfurter Banken: „Wir lassen die Türme wackeln!" Meine Güte, dachte ich, wenn die ihre Drohung wahr machen, das wird ja gefährlich für Frankfurts Bevölkerung. Stellen Sie sich vor, diese riesig hohen Türme würden wackeln, und fielen womöglich um. Eine unvorstellbare Katastrophe wäre es geworden. Aber Gott dank, kam es nicht so weit. Ob die Bänker durch ihre Drohung Erfolg hatten, weiß ich nicht. Aber ich denke schon, da sie aufeinmal so still geworden sind. Das wäre ja auch noch schöner gewesen, wenn man auf die Forderungen der „armen Banken" (mir kommen die Tränen) nicht eingegangen wäre. Mein Freund Otto mußte natürlich, als die Türme wackeln wollten, nach Frankfurt fahren. Ich muß sagen, Otto ist ein mutiger Mann. Er sieht jeder Gefahr ins Auge, obwohl er weiß, daß er ein großer Pechvogel ist. Kaum auf der Autobahn, blieb er prompt im Stau stecken, und konnte anderthalb Stunden unfreiwillig mitstreiken. Wegen eines dringenden Telefonats. Er befürchtete, in der Eile zu Hause ein Elektrogerät nicht ausgeschaltet zu haben. Nun suchte er fieberhaft unter den anderen Autofahrern nach einem Handybesitzer. Trotz seines Angebots, die Gebühren üppig zu begleichen, kein Erfolg. Der Gründe waren viele: Akku leer, Gerät defekt, Funkloch. Was das ist „Funkloch" weiß ich nicht. Vielleicht wissen es die

Hadamarer? Aber die verblüffende Antwort erhielt Otto von einem jungen Mann, der in einem Wagen mit der verheißungsvollen Aufschrift „Telekom" saß und munter drahtlos telefonierte. Er könne sein Handy nicht zur Verfügung stellen, da es sich um ein Diensttelefon handele und er über jedes Gespräch Rechenschaft ablegen müsse. Der Arme! Da helfe guter Wille genau so wenig, für fürstliche Bezahlung, ja, bei der Telekom sind Handys in besten Händen.

Und der Pechvogel Otto hatte Glück. Das Elektrogerät war ausgeschaltet. Demzufolge das Haus nicht abgebrannt.

In Frankfurt hatte kein Banken-Turm gewackelt, auch sonst war alles in bester Ordnung. Ja, Glück hat man manchmal auch, wenn man ein Pechvogel ist!

Komplizierte Kuchen

Sie fragen zu Recht: Was ist denn das? Die Ausländer beneiden uns darum, daß wir in der deutschen Sprache so elastisch mit Zusammensetzungen umgehen. Ja, das können die nicht! Wenn die manche unserer zusammengesetzten Wörter lesen, kann es zu schweren Mißverständnissen kommen. Sie fragen sich wenn der Schokoladenkuchen aus Schokolade ist und der Apfelkuchen aus Äpfeln, woraus wäre denn der Marmorkuchen und der Hundekuchen? Wenn das Schweine-schnitzel aus Schwein und das Kalbschnitzel aus Kalb, woraus ist dann das Jägerschnitzel? Es müßte doch dann aus einem Jäger sein, denken die Ausländer. Und die Deutschen essen das! „Ts, ts, ts". Und wenn der Eisverkäufer Eis und der Zeitungsverkäufer Zeitungen verkauft, was verkauft dann der Spitzenverkäufer oder der Straßenverkäufer? Woraus wieder einmal hervorgeht, die deutsche Sprache war schon kompliziert genug, da hätte es nicht auch noch der Recht-schreibereform bedurft!

Ein Ausländer soll einmal gesagt haben: „Deutsche Sprache, schwere Spra-che. Hat sich mal Busen hinten, hat sich mal Busen vorne."

Typ auf dem Bild

Es gibt Paßbilder, über die man direkt lacht, weil sie ein purer Witz sind. Das meinige gehört auch dazu. Ich zeige es deshalb keinem Menschen. Möchte ja nicht schuld sein, daß sich jemand kaputt lacht. Es existieren ja schon allerlei Witze über Paßfotos. Hier einer, den ich kürzlich gelesen habe: Eine Frau braucht ein neues Paßbild und ist froh bei dieser Gelegenheit das alte unvorteilhafte los-zuwerden. Doch mit dem neuen ist sie noch weniger zufrieden. Sie zeigt es ihrem Mann: „Kannst du dir vorstellen mit jemanden verheiratet zu sein, der so aus-sieht?" – „Ich? Nein.", antwortet der Mann. „Aber vielleicht der Typ auf dem Foto in meinem Paß!"

Natur

Kürzlich erzählte mir mein Freund Otto empört, was eine Zeitgenossin ihm angetan. Er ist davon überzeugt, daß die GRÜNEN ein besonders inniges Verhältnis zur Natur haben, deshalb wunderte er sich auch nicht, daß eine Politikerin besagter Coleur bei einem Spaziergang durchs Wohnviertel plötzlich von einem üppigen Trompetenbaum in seinem Vorgarten angezogen wurde. Sie verschwand im Grün, dann wackelten die Äste, und nach einiger Zeit – Otto wurde schon ganz unruhig – schlüpfte sie wieder hervor, in der Hand eine Trophäe, ein Blützenzweig des Baumes, mit dem sie ihren Spaziergang fortsetzte. Otto verschlug es die Sprache. Dann aber ließ er den Vorfall auf sich wirken und machte sich so seine Gedanken. – Zeugte der Grünklau nun von einem allzu innigen Verhältnis zur Mutter Natur, oder sind auch GRÜNE nur Menschen, welche manchmal der Versuchung erliegen, sich mit fremden Zweigen zu schmücken. Dieser Gedanke hat Otto beruhigt.

Torso

Früher besuchte ich gerne Museen. Dort herrscht Stille. Vor Bildern und Skulpturen sind Bänke aufgestellt, welche die Besucher zum Verweilen einladen. Oft habe ich von dieser Einladung Gebrauch gemacht. So kam ich einmal in einen Raum, in dem ein Torso stand, eine zerstörte oder nicht vollständig erhaltene Skulptur. Oder der Künstler hatte sie absichtlich unvollkommen gelassen. Ich dachte darüber nach, was kann dieser Torso erzählen? Wie mag dieser dargestellte Mensch ausgesehen, wie und wo mag er gelebt haben? Während ich darüber nachdachte, mußte ich plötzlich über mein eigenes vergangenes Leben nachdenken. Eigentlich müßte ich es auch, trotz der vielen Jahre, welche Gott mir schenkte, als unvollendet ansehen. Wie Vieles habe ich in der Jugend erträumt, was ich leisten wollte und wozu mir Gott die Begabung gab. Aber alles kam anders.

Manch geschenkte Kräfte ließ ich ungenutzt. Vieles blieb in meinem Leben unvollendet. Ein Bruchstück. Ein Torso. Aber es war nicht immer meine Schuld, daß es so kam. Die größte Schuld hatte wohl das Schicksal, welches mir solche Schläge versetzte, daß ich nicht anders handeln konnte, daß so manches in meinem Leben ein Torso blieb.

Aber ich denke, Gott hat es so gewollt, und was er will, ist immer das Beste für uns, auch wenn wir es nicht verstehen! Ich hoffe, daß er mich so sieht, wie er mich haben wollte, mich so annimmt, wie ich sein wollte, auch wenn ich dahinter zurückgeblieben bin. Außer mir wird es noch vielen Menschen geben, deren Leben Stückwerk geblieben ist. Wir dürfen deshalb nicht traurig sein, sondern hoffen, daß Gott der Meister ist, der vollendet und nicht noch unser Stückwerk zerschlägt.

Streß

"Nichts ist schwerer zu ertragen, als eine Reihe guter Tage." Das sagte Goethe einst, und ich glaube, er hatte recht! Aber wer möchte nicht lieber gute erholsame Tage haben, als Streß? Je länger der Arbeitstag, desto größer der Streß, je mehr Hetze, desto mehr Streß. Stimmt alles – oder auch nicht? Wer bis an die Ohren in Arbeit steckt, will bestimmt von Goethes Worten nichts wissen. Jeder von Streß geplagte Mensch sehnt sich nach Urlaub oder nach dem Ruhestand, wenn endlich die Plagerei zu Ende ist. Aber wenn sie dieses Ziel erreicht haben, sind viele von ihnen auch nicht zufrieden. Einigen fehlt etwas, kaum zu glauben, ihnen fehlt der Streß. Zum Beispiel mein Freund Otto. Er hatte einen sehr stressigen Beruf. Wie oft erzählte er mir, was er alles vorhabe, wenn er mal in Rente sei. Sein Garten, seine Hobbys. Wie hat er sich darauf gefreut, seine Pläne einmal verwirklichen zu können. Und nun ist er im Ruhestand. Man sollte annehmen, er sei nun glücklich und zufrieden. Aber nein? Als ich ihn kürzlich traf, erschrak ich. Auf meine Frage, ob er sich nicht wohl fühle, meinte er: „Ich bin richtig krank!" Meine weitere Frage, was ihm fehle? Seine Antwort: „Der Streß". Ich war geschockt. Er hatte sich doch immer danach gesehnt, seinen Ruhestand so richtig zu genießen. Und jetzt genießt Otto gar nichts! Alle guten Ratschläge kommentiert er mit: „Ach was!" Er fühlt sich krank, nervt seine Umgebung. Ich denke, das ist jetzt der Wechsel von Streß in den Ruhestand. und wie ich Otto kenne, bringt er das hinter sich. Dann wird er sich allerhand Aktivitäten ausdenken, bis er wieder Streß hat. Und zwar den viel belächelten Rentenstreß. Den genießt er dann – hoffentlich.

Wir (die meisten von uns) brauchen Beschäftigung, manche suchen sogar den Streß, weil Streß auch was Gutes haben kann. Ich meine jetzt nicht den bösen aus Hetze, Überforderung, der uns fertig macht. Nein, ich meine den guten. Den gibt es auch. Die Wissenschaftler gaben ihm einen Namen, den ich leider vergaß. Sie meinen, wo nach einer Anstrengung die Belohnung winkt, das gute Gefühl: Ich hab's geschafft, ich habe die Herausforderung bestanden. Das tut gut – für Körper, Geist und Seele. Wir haben viele Helden des Alltags unter uns. Ich denke jetzt nicht an einen Manager. Ich denke eher an die Mutter, die kocht, putzt und wäscht, die Kinder und den Mann betreut. Wenn er ihr das dankt, die Kinder gedeihen, dann war es gut. Dann kann sie sich nach getaner Arbeit entspannen, bewußt zur Ruhe finden, denken, ich hab's geschafft! Wer möchte das bezweifeln, daß das gut tut? Und wer hatte nicht schon das Gefühl, nach einigen hintereinander folgenden Feiertagen, wenn er nur gefaulenzt, gut und reichlich gegessen hatte. Ja, es waren gute Tage. Aber wie haben wir sie vertragen??? Denken wir nur an die Kilos, welche wir wieder zunahmen. Aber was soll's. Es gibt ja so viele Diäten zu ihrer Bekämpfung. Aber eine Abmagerungskur kann der schlimmste Streß sein, den es gibt. Dann bleibe ich lieber mollig!

Goethe hatte recht! Aber wer möchte auf die guten Tage verzichten? Ich nicht, trotz der bösen Kilos!

Was denken die Leute?

Als ich zur Schule ging, war Niederhadamar noch ein kleines Dorf, wo jeder den anderen kannte. Ungefähr 1500 Einwohner. Hadamar hatte 3000 Einwohner. Nach dem Kriege hat sich Niederhadamar so vergrößert, daß es jetzt mehr Einwohner als die Kernstadt hat. Der Ort ist auch städtischer geworden. Die Zeiten haben sich gewaltig geändert. Vermutlich ist aber eines wie vor 75 Jahren das Gleiche geblieben. Und zwar die Angst der Menschen, was die Leute von ihnen oder über sie denken.

Welch ein Glück, daß wir die Gedanken der lieben Mitmenschen nicht lesen können. Meines Erachtens ist man aber in dieser Hinsicht doch liberaler geworden. Wer regt sich denn heute noch auf, wenn junge Frauen halbnackt in der Stadt herumlaufen? Damals undenkbar! Vermutlich machen sich die, welche so herumlaufen, keine Sorgen, was die Leute denken.

Nun möchte ich Ihnen schildern, wie es in meiner Kindheit und Jugend diesbezüglich war. Unter anderem war es ein Gebot, den Sonntagsgottesdienst zu besuchen. Außer wenigen Sündern hielten sich auch alle daran. Ich kann mich noch erinnern, wie eine Bekannte während eines Besuches bei uns sich bitter über ihren Mann beklagte. Die Arme war unglücklich, weil ihr Mann nur Weihnachten und Ostern zur Kirche ging. Er war der Ansicht, Gott habe den Sonntag zum Ruhetag eingesetzt und daran würde er sich halten. In der Kirche würden die Frauen eine Modenschau veranstalten und auch noch plärrende Kleinkinder mitbringen. Da könne er keine Ruhe zum Gebet finden. Was die Modenschau betraf: konnte man es damals den Landfrauen verübeln, wenn sie sich sonntags mal herausputzten? Wegen der schweren Arbeit, welche sie werktags im Stall und auf dem Feld verrichteten, liefen die Armen manchmal wie die Aschenputtel herum. Da waren sie froh, wenn sie sonntags mal ihre schönen Kleider tragen konnten. Der komische Mann störte sich daran. Er ging lieber in den Wald. Dort unter den hohen Bäumen würde er sich Gott nahefühlen und mit ihm reden. Aber seine Frau meinte: „Das genügt doch nicht. Er kommt noch in die Hölle." Und was denken die Leute, und erst der Pfarrer? Die merkten das doch, daß er immer fehlt. Und ob die es merkten. Wie wurde über den schlimmen Sünder getuschelt. Das habe ich schon als Kind mitgekriegt. Heute denke ich, die Einstellung des Mannes war doch gar nicht so schlecht. Ich hätte auch mal Lust, in der Stille des Waldes Gott nahe zu sein. Aber jetzt bin ich zu alt dazu.

Nun denken Sie vielleicht, ich sei ein Antichrist. Aber denken Sie, was sie

wollen. Ich tue es auch. Glücklich bin ich und dankbar, daß es in Hadamar opfer-
bereite Menschen gibt, die uns alten Leute Sonntag für Sonntag mit ihren Autos
im Altenheim abholen und zum Gottesdienst in die Kirche und später wieder
zurück zur Hammelburg bringen. Das ist Nächstenliebe. Wir können nicht genug
dafür danken! Gott wird es diesen Menschen lohnen.

Nun bin ich wieder mal vom Thema abgekommen. Zurück zu der unglückli-
chen Frau. Als Kind hatte ich schon den Eindruck, daß es nicht ihre größte Sorge
war, ihr Mann würde in die Hölle kommen, sondern was die Leute denken.
Mutter versuchte die Unglückliche zu trösten. Sie sagte: „Dein Mann ist doch ein
guter Mensch. Er tut keiner Fliege was zuleide. Und als Bauer muß er die ganze
Woche schwer arbeiten. Gott wird ihn nicht verdammen, weil er sich sonntags
mal ausruht.

Noch ein Beispiel: Donnerstags war vor Schulbeginn ein Schulgottesdienst in
der Kirche. Die Kinder mußten deshalb eine Stunde früher aufstehen. Und sie
brachten das Opfer. Warum wohl? Weil sie fromm waren, oder weil der Pfarrer
frug: „Wer war heute nicht in der Kirche?"

Als junge Frau holte ich auf einem Bauernhof Milch. Die Bäuerin war in
Aufregung: „Heute ist wieder der Teufel los. Ich bin schon fix und fertig." Auf
meine Frage warum, war die Antwort: „Immer donnerstags ist eine Hetzjagd für
mich. Dann muß ich die Kinder für den Schulgottesdienst fertigmachen und die
Kühe zur gleichen Zeit melken. Ich werde noch verrückt!" Ich sagte: „Muß denn
das sein, daß die Kinder donnerstags nochmal zur Kirche gehen? Sie waren doch
am Sonntag dort!" Antwort: „Unsere Kinder sind etwas dumm und deshalb bei
den Lehrern der Pleß." (Was Pleß ist, weiß ich bis heute noch nicht. Vielleicht
eine Wortschöpfung der Bäuerin?). Soll der Pfarrer auch noch einen „Piek" auf
sie bekommen? Was ein Piek ist, kann ich mir denken. Der Pfarrer fragt doch
wieder: „Wer war heute nicht in der Kirche?" Arme Mutter, arme Kinder! Für
mich undenkbar, daß diese Methode dem Willen Gottes entsprach?"

Als Kinder mußten wir Sonntagnachmittags um zwei Uhr nochmal zu einer
Andacht in die Kirche. Es gab Jungens, welche sich dagegen auflehnten. Einen
Fall hatten wir im Ort. Jeden Sonntag gegen zwei Uhr gab es in einer Familie
einen lautstarken Krach, daß es die ganze Nachbarschaft hörte. Der Junge, etwa
acht Jahre alt, schrie seinen Eltern an: „Ihr geht doch auch nicht zur Kirche.
Warum soll ich immer gehen?" Antwort des Vaters: „Wenn du einmal so alt bist
wie ich, brauchst du auch nicht mehr zu gehen!" So viel ich weiß, hat der Junge
sich das letztere gemerkt. Die Sorgen der Eltern waren sicher auch: „Was denkt
der Pfarrer und was denken die Leute?"

Mein Mann wuchs in Gladbeck, Westfalen, in der Nähe von Schalke auf. Er
und seine Brüder waren Fans von Schalke 04. Auch sie wurden Sonntagnachmittags noch mal zur Kirche geschickt und landeten auf dem Fußballplatz

von Schalke 04. Und die Eltern haben nie erfahren, welche Sünder ihre Söhne waren.

Als meine Mutter noch lebte, trugen die Frauen nur Röcke. Männerhosen waren damals unvorstellbar! Wenn Mutter nochmal zurückkäme wäre sie entsetzt, mich in Hosen und meine Enkelin in Miniröcken zu sehen. Ihr Kommentar: „Schämt ihr Euch denn nicht, so herumzulaufen, was denken die Leute?"

Wie haben sich doch die Zeiten geändert. Wer heute zur Kirche geht, tut es freiwillig. Welch ein Glück! Und wer nicht geht, fragt nicht danach, was die Leute denken. Auch ein Glück!

Wollen wir das alte Sprichwort beherzigen: „Tue recht und scheue niemand. Dann mögen die Leute denken, was sie wollen."

Der gelbe Sack

Die Nonnengasse, eine ansonsten sehr ruhige Straße, gerät ab und zu in Aufregung. Es naht nämlich der Tag der gelben Säcke. Irgendwo taucht des Abends zuvor schon hier und da eine solche pralle Hülle vorne an der Straße auf. Duftmarke einer vorsichtigen Hausfrau, die am folgenden Morgen unweigerlich sich zum großen Haufen auswächst. Selbst Frühlingsfarben können mit gelben Säcken und deren Inhalt nicht konkurrieren. Nie sieht die Nonnengasse attraktiver aus, als in Erwartung der eifrigen Sammler des Dualen System Deutschlands. Dankenswerterweise sind die Säcke nach wie vor durchsichtig gehalten, damit die Neugierigen, welche sich für den Inhalt interessieren, auf ihre Kosten kommen. Schon kurze Inspektionen ermöglichen weitreichende Einblicke in Konsum – vor allem Eßgewohnheiten und damit Seelenleben des Nachbarn. Ist das nicht toll? Und alles kostenlos! Mühelos identifiziert man Joghurt, Erbseneintopf, flotte Weichspüler, Kukident-Haftcreme. Na sowas, wer hätte das gedacht, daß in dieser Familie schon jemand Haftcreme braucht? Und eine Whiskybüchse. Was? Whisky aus der Büchse? Ts, ts, ts, wer hätte das gedacht! Der gelbe Sack muß uns unbedingt erhalten bleiben! Aber ich denke, in dieser Hinsicht haben wir nichts zu befürchten. Diese Tage las ich noch in der NNP, die Deutschen seien „Weltmeister" im Müll sortieren. Wenn ich alles nicht glaube, aber das glaube ich! Das duale System in Deutschland kann sich sehen lassen. Die interessanten gelben Säcke werden uns erhalten bleiben. Welch ein Glück für uns!

Der Opa aus China

Kürzlich erfuhr ich von einem Pendler, der täglich mit der S-Bahn fährt, daß dort Völkerverständigung gelebt wurde. Er erzählte mir folgendes Erlebnis. Eines morgens, er sei in seine „Zeit" versunken, aber noch leicht verschlafen gewesen, habe deshalb kaum Notiz davon genommen, daß ein kleines, asiatisches Mädchen auf den freien Sitzplatz neben ihm hoppste. Aber schon kurz darauf wich seine Konzentration von der Lektüre. Seine ganze Aufmerksamkeit galt fortan dem Gespräch, das die Kleine und ihr großer, ebenfalls asiatischer Begleiter führten. Fernöstliche Wortgeschwader flogen in atemberaubender Geschwindigkeit hin und her, flankiert von rekordverdächtigem Dauer-Lächeln der beiden. Dem Mädchen, es hieß „Jing", wie sich herausstellte – blieben seine Neugier und Faszination nicht verborgen. Sie schubste ihren Nachbarn an und erklärte ihm in authentischem Hessisch: „Ei, des is de' Opa aus China!"

Kinder werden zum „Nein"-Sagen ermutigt

Nein, daß es so etwas gibt! Für mich unglaublich! Für mich war das „Nein" schon in frühester Kindheit mein Lieblingswort. Welche Last hatten damals die Erwachsenen, mich zum „Ja"-Sagen zu ermutigen.

Meine Enkelin, auch Skorpion, ist mir in dieser Hinsicht nachgeschlagen. Ihre Mutter suchte mit ihr eine Erziehungsberatung auf. Zwei Psychologinnen testeten das Kind und kamen zu dem Ergebnis, daß die Veranlagung des Kindes auf eine starke Charakterbildung hinweise. Wie tröstlich für uns!

Den Hadamarern ein Lob

Wie habe ich mich gefreut, als ich es am 1.12.1998 in der „Nassauischen Neue Presse" las. Es wurde berichtet: Während des letzten Blutspendetermins in Hadamar kamen die Mitarbeiter des DRK ganz schön ins Schwitzen. Einen solchen Andrang hatten sie nicht erwartet. Auf Grund bisheriger Erfahrungen hatten sie mit etwa 140 Spenderinnen und Spendern gerechnet. Die Hadamarer zeigten ihnen aber, was wirklich in ihnen steckt. Es erschienen gleich 184 Menschen, welche ihr Blut spendeten. Bravo ihr Hadamarer, ich bin stolz auf Euch!

Anschließend möchte ich noch auf andere Hadamarer hinweisen, die ebenfalls Lob und dank verdienen. Es sind die, welche Sonntag für Sonntag das Opfer bringen, zum Altenheim fahren, dort die alten Menschen, welche gerne den Gottesdienst in der Kirche mitfeiern möchten, abholen und später wieder zur Hammelburg bringen. Wir können ihnen nicht genug dafür danken!

Die anderen darf ich nicht vergessen. Auch ihnen Lob und Dank. Wie dankbar sind wir Alten, wir wir unsere steifen Beine die Nonnengasse hochschleppen und ein Autofahrer hält und nimmt uns mit. Und dies ist keine Seltenheit. Es gibt noch gute Menschen auf der Welt. Welch ein Glück!!! Kürzlich kam mir sogar ein Auto von oben entgegen. Der Fahrer hielt und bot mir an, mich heimzufah-

ren. Ich sagte: „Das geht doch nicht. Sie fahren doch in die andere Richtung."
„Macht nichts", sagte er, „ich kann doch drehen." Ich habe ja zwar noch nicht den
Führerschein, aber trotzdem kamen mir Bedenken. Es war ein großes Auto und
die Nonnengasse ist so schmal. Er fing an zu manövrieren und zu fluchen, denn
es hatten sich inzwischen noch mehr Autos eingefunden, welche die Straße rauf
oder runter wollten. Mein Fahrer wurde immer nervöser. Die anderen manövrier-
ten jetzt auch hin und her, um durchzukommen. Die hatten es doch alle eilig.
Oder haben Sie schon mal einen Autofahrer kennengelernt, welcher Zeit hätte?
Ich dachte, was gibt das? Jetzt werden die sicher ein Hupkonzert veranstalten. Im
Geist sah ich schon die Schlagzeilen in der „Bild Zeitung": Verkehrschaos in der
Nonnengasse. Bild war dabei! Zum Schluß ging noch alles gut. Mein Fahrer war
stolz. Er brachte mich bis vor die Türe und meinte: „Es war doch alles halb so
wild". Da bin ich anderer Meinung. Nie mehr werde ich mit einem Auto fahren,
das in der Nonnengasse drehen muß! Lieber krabbele ich auf allen Vieren zur
Hammelburg.

Feindesliebe

Folgendes geschah im Jahr 1944: Studienrat Dr. Mant behandelte in einer
Oberstufenklasse die Missionsgeschichte. Es ging um die Feindesliebe. Darauf
fragte ihn eine Schülerin, ob das Gebot der Feindesliebe auch heute noch gelte?
Der Lehrer antwortete: „Ja, denn Jesu Worte gelten immer und überall und unter
allen Umständen". Die nächste Frage der Schülerin: „Müssen wir denn auch die
Engländer lieben?" Ein uneingeschränktes „Ja" die Antwort des Lehrers. Darauf
die Schülerin: „Aber Dr. Göbbels hat doch gestern in seiner Rede dazu aufgeru-
fen, daß wir sie hassen müssen!" Deutlich spürte der Lehrer die Falle, in die er
gelockt wurde. Er machte eine kurze Pause, dann sagte er ruhig: „Auch Dr.
Göbbels kann das Gebot Jesu nicht aufheben." Studienrat Dr. Mant wurde am folgenden Tag verhaftet und starb im Konzentrationslager Dachau den Hungertod.
Folgendes geschah in der Zeit 1946 bis 1948: Ein junger russischer Soldat
führte ein Dutzend Gefangene über die Straße. Er mußte sie irgendwohin zur
Arbeit bringen. Plötzlich geschieht es. Aus einer Ruine stürzt eine Frau, sie
schreit und umarmt einen Gefangenen. Das Trüpplein bleibt stehen und der wach-
habende Soldat begreift, was sich ereignet hat. Er tritt zu dem Gefangenen, der
die Schluchzende im Arm hält und fragt: „Deine Frau?" Die Antwort: „Ja!"
Daraufhin der Soldat zu den beiden: „Weglaufen, weg!" Sie können es nicht fassen. Doch der Russe marschiert weiter mit den elf anderen, bis er einige hundert
Meter weiter einen Passanten mit der Maschinenpistole zwingt einzutreten, damit
das Dutzend, das der Staat von ihm verlangt, wieder voll ist.

Zufall oder Fügung

Heute möchte ich von einem Erlebnis berichten, welches ich vor über 30 Jahren hatte und nie vergessen werde.

Ich befand mich zu einem Erholungsurlaub in einem Kloster im Taunus. Eines Tages machte ich mit einigen Frauen eine kleine Wanderung durch den Wald. Plötzlich hörten wir aus der Richtung, welche wir einschlugen, singende Kinderstimmen. Beim Näherkommen sahen wir vor einer Kapelle eine Schar Kinder mit zwei Betreuerinnen. An ihrem Dialekt erkannten wir, daß es keine Hessen, sondern Westfalen waren. Nun erfuhren wir auch, daß sie aus einem Dortmunder Kinderheim kamen und zur Zeit drei Ferienwochen im Taunus verlebten. Nachdem die Kinder sich entfernt hatten, kam eine von uns Frauen auf die Idee, wir könnten doch auch vor der Kapelle (dieselbe war leider abgeschlossen) ein Lied singen. Es wurden verschiedene Vorschläge gemacht. Ich schlug das Lied vor: „Alles meinem Gott zu Ehren!" Mein Vorschlag wurde abgelehnt. Hätte ich mir ja denken können. Ich bin das schon gewöhnt, daß, wenn ich was vorschlage, es abgelehnt wird. Also war die Enttäuschung nicht groß. Aber trotzdem tat es diesmal weh. Ich hätte doch so gerne in dem schönen Wald dieses Lied gesungen.

Als wir wieder im Kloster waren erfuhren wir, daß abends in der Kapelle des Klosters eine Andacht stattfinden würde. Ich nahm daran teil. Die Andacht wurde von einem Franziskaner-Pater gehalten. Seine ersten Worte waren: „Zu Beginn singen wir das Lied: ‚Alles meinem Gott zu Ehren!'" Die Orgel begann zu spielen und ich vergoß Tränen der Freude. Ein unbeschreiblicher Jubel erfüllte mich. Das Lied, welches ich einige Stunden vorher im Wald so gerne singen wollte und welches die anderen abgelehnt hatten, wurde nun gesungen. Mit einer solchen Inbrunst wie jetzt hatte ich selten ein Lied zur Ehre Gottes gesungen. Ich war überglücklich! Nun frage ich Sie: War dies, was geschehen, nun Zufall oder Fügung? Ich glaube es zu wissen! Folgend die erste Strophe des so schönen Liedes:

Alles meinem Gott zu Ehren in der Arbeit, in der Ruh.
Gottes Lob und Ehr zu mehren, ich verlang und alles tu.
Meinem Gott allein will geben, Leib und Seel mein ganzes Leben.
Gib o Jesu Gnad dazu!
Und die Melodie paßt wunderbar zu dem Text.

Fastenzeit

In der Annahme, daß nicht alle Hadamarer täglich die „Nassauische Neue Presse" lesen, aber viele die „Heimatpost", möchte ich Ihnen folgenden Artikel, welchen ich soeben in der „Neuen Presse" las und welchen ich so amüsant finde, nicht vorenthalten. Ein Michael Kluger, der meines Erachtens den Namen „Kluger" zu Recht verdient, schreibt Folgendes:

„Fastenzeit" Gut, daß es Phoenix gibt (Wer es nicht weiß, Phoenix ist ein Fernsehsender). Also, bei Phoenix kann man nächtelang die Politikerreden von Aschermittwoch noch sehen und hören. Nichts macht mehr Spaß!

Ein zerknirschter Schröder in Vilshofen, der sich immer wieder selbst ermuntern muß. Ein Stoiber in Passau, der schon so putzmunter ist, daß er wie ein Springteufel auf und ab hüpft. Doch da, was ist das? Joschka Fischer in Biberach. Ist der Mann religiös geworden? Er spricht wie ein Priester, der seiner Gemeinde von der Kanzel ins Gewissen redet: Von Fastenzeit und Buße, davon, daß man in sich gehen müsse. Er ruft sogar die großen Asketen und Eremiten an, die sich in schauerlichsten Einöden kasteit und einen furchtbaren Hunger und gräßlichen Durst gelitten haben. Schon wähnt man, die grüne Sekte werde die Müsliriegel einpacken und in die Wüste Gobi aufbrechen. Aber da hat er doch ein Erbarmen mit sich wenigstens: „Für Euch beginnt die Fastenzeit, für mich geht das Leben einfach so weiter." Und das finden alle auch noch lustig!!! Ich glaube aber nicht, daß es „alle" lustig finden, wie die Politiker sich benehmen.

Aber alle werden die Schilderung des Herrn Kluger amüsant finden. Die armen Politiker! Manchmal sind sie doch zu bedauern. Wie wurden sie doch an den vergangenen närrischen Tagen durch den Kakao gezogen. Und seien Sie mal ehrlich: Wollten Sie mit einem von ihnen tauschen? Ich nicht! Wir können wenigstens nachts ruhig schlafen und müssen nicht befürchten, daß eine oder ein Geistesgestörter uns umbringen wird. Beispiel: Schäuble, Lafontaine. Sie können sich auch noch so bemühen, das Unding zu vollbringen, es allen recht zu machen. Unmöglich!!! Also wollen wir sie nicht beneiden.

Skandal

Skandalblätter nennt man sie, die illustrierten Zeitungen, die mit Vorliebe Skandalgeschichten bringen und davon sehr gut leben, vielmehr schon steinreich wurden. Sie sind sich ihrer Leserschaft sicher, die sich unter dem Deckmantel der Entrüstung an dem „Anstößigen" weidet. Dadurch ist das Wort „Skandal" ziemlich herunter gekommen. Aber sein ursprünglicher Sinn ist todernst. Es kommt aus dem Griechischen und bezeichnet eine Falle. Stößt ein Tier dagegen, schlägt die Falle zu und das Tier ist gefangen.

Ein Skandal im ursprünglichen Sinn ist also ein Anstoß, durch den jemand zu Falle kommt.

Rechtschreibereform

Als ich dieser Tage in einer Klagenfurter Zeitung einen Artikel über die geplante deutsche Rechtschreibereform las, dachte ich: „Das darf doch nicht wahr werden!" Ja, sind diese Reformer denn ganz von Sinnen? So etwas wollen sie drei Völkern, Deutschland, Österreich und der Schweiz aufbürden. Haben wir nicht schon genug Probleme? Für wen soll denn dieser Un.... gut sein? Soll es etwa ein Mittel zur Ankurbelung der Wirtschaft, oder Arbeitsbeschaffung sein??? Mir kommen die Tränen! Die einzigen, welche nicht unter der geplanten Reform leiden werden, sind die ABC-Schützen. Aber für alle anderen Deutschen wird es eine ungeheuerliche Zumutung werden. Ja, müssen wir uns denn alles gefallen lassen? Die Österreicher mucken schon auf. In letzter Zeit wurde es ja in Deutschland still um diese Reform. Aber wer weiß, was die jetzt wieder ausbrüten? Hoffentlich mal etwas Gutes! Aber das kann ich mir schlecht vorstellen. Wie folgt ist geplant:

Rechtschreibreform

1. Schritt: Wegfall der Großschreibung:

viele grafiker und werbeleute kümmern sich ohnehin seit jahren nicht mehr um die großschreibung.

2. schritt: wegfall der dehnungen und verdoppelungen:

dise masname eliminirt schon die gröste felerursache in der grundschule.

3. schrit: v wird durch f, z durch s und ch durch k ersetzt:

durk diese redusierung der bukstaben ist das alfabet fil leikter zu erlernen.

4. schrit: wegfal der umlaute:

alles uberflusige ist nun ausgemerst, di ortografi wider schlikt und einfak, naturlik benotigt es einige seit, fileikt fir bis funf jare, bis dise fereinfakung uberal riktig ferdaut ist, aber fur die schuler wird der unterikt dadurk ein riktiger spas.

Und welch ein Spaß wird die Umstellung erst für die Erwachsenen werden??? Sollte man nicht an die Politiker appellieren, daß die sich mit dem geplanten Un.... befassen, ehe es zu spät ist? Aber die haben ja zur Zeit solche Probleme mit Steuerreform und Atomausstieg, daß sie nicht mehr wissen, wo ihnen der Kopf steht. Einen Rat möchte ich ihnen geben. Aber auf mich hört ja niemand!!! Und trotzdem rate ich zu einer Volksbefragung. – Vermutlich gibt es ja noch so viele Deutsche mit einem gesunden Menschenverstand, welche die Reform platzen lassen, indem sie „nein" sagen. Wir leben doch in einer Demokratie, da darf doch jeder seine Meinung äußern. Mein Vorschlag zur Befragung: „Sind Sie für die Rechtschreibereform, ‚ja' oder ‚nein'?" Was dabei herauskommen würde, wissen wir im Voraus.

Zum Schluß den Reformern einen Vorschlag: Wäre es nicht besser, die deutsche Sprache ganz abzuschaffen und durch englisch zu ersetzen??? Ich glaube, das würde den Deutschen mehr Spaß machen, als die geplante Reform. Wir sind doch aufgeschlossen für alles Moderne. Wir haben uns doch daran gewöhnt, daß immer mehr deutsche Wörter durch englische ersetzt werden.

Oder singt heute noch jemand: „Zum Geburtstag viel Glück!" Nein, seit Jahren schon schmettern wir: „happy birthday to you!"

Jetzt aber Halt! Nein, wieder ein Fehler: Stop! muß es heißen.

Schutzengel

Es mag jeder glauben, was er will. Die einen glauben nicht an diese unsichtbaren Geistwesen, die Gott uns zum Schutze gegeben hat. Andere sind felsenfest davon überzeugt, daß sie existieren.

Zu den letzteren gehöre ich. Nicht nur, weil ich an ihre Existenz glaube, sondern weil ich in meinem langen Leben, oft aus höchster Gefahr, auf wunderbare Weise von meinem Engel gerettet wurde.

Folgend einige Beispiele:

Bis zu meinem 70. Lebensjahr war ich eine leidenschaftliche Radfahrerin. Es verging kaum ein Tag, an dem ich nicht auf meinen Drahtesel unterwegs war. Da die Zahl der Autos rapide zunahm, wurde es für uns Radler immer gefährlicher auf der Fahrbahn. Gute Bekannte warnten mich. Trotzdem fuhr ich weiter, bis es aus gesundheitlichen Gründen nicht mehr möglich war. Wie habe ich das bedauert! Ab und zu komme ich mal in mein ehemaliges Zuhause. Sie werden lachen, aber ich besuche dann auch meinen Drahtesel. Der Arme steht jetzt im Keller und gammelt vor sich hin.

Auch ich bin traurig in Erinnerung an die schöne Zeit, welche wir zusammen hatten. Aber nun bin ich ganz vom Thema abgekommen. Ich wollte doch von meinem Schutzengel erzählen. Nun ein Erlebnis, welches unter anderem für mich der Beweis ist, daß es einen Schutzengel gibt. Es war kurz vor meinem 70. Geburtstag. Ich hatte beim Mini-Mal eingekauft, verstaute meinen Einkaufskorb auf dem Gepäckträger des Fahrrades. Das Fahrrad in Händen wartete ich an der Bordsteinkante, bis die Fahrbahn frei wurde und ich hinüber konnte, um in Richtung Niederhadamar zu fahren. Plötzlich bekam ich einen heftigen Stoß in den Rücken. Ich flog mit dem Fahrrad auf die Fahrbahn, hätte ein Autofahrer nicht in letzter Minute eine Vollbremsung vorgenommen, hätte er mich überfahren. Das Auto stand dicht neben mir. Und wer war schuld an diesem Unfall? Eine Autofahrerin, welche rückwärts aus einer Parklücke kam und mich angeblich nicht gesehen hatte. Ich bin ja auch so klein und mickrig, sogar mit Fahrrad sieht man mich nicht! Bei dem heftigen Sturz hatte ich das Gefühl, federleicht zu sein. Eine unsichtbare Hand hielt mich, so daß der Aufprall nicht so heftig wurde.

Hilfsbereite Passanten umringten mich. Sie wollten einen Arzt oder Unfallwagen rufen. Ich bat sie, mir mal auf die Beine zu helfen. Ich fühlte, daß alles am Körper noch heil war. Wie ein Wunder! Die Leute haben gestaunt. Ich hörte einige Male die Worte: „Die hatte aber einen guten Schutzengel."

Nachdem die Leute meine auf der Fahrbahn zerstreuten Waren wieder eingesammelt und auf dem Gepäckträger verstaut hatten, schwang ich mich aufs Fahrrad und fuhr nach Hause. Der Schreck steckte mir zwar noch in den Knochen, aber sonst war alles heil. Nicht eine Schramme, auch mein Drahtesel war heilgeblieben. Die Autofahrerin, welche mich übersehen hatte, war schlimmer dran als ich. Sie hatte einen Schock erlitten, war kreidebleich und zitterte am ganzen Körper. Ich habe sie nicht angezeigt, sie war gestraft genug. Und ich hatte ja großes Glück gehabt und habe meinem Schutzengel innig gedankt. Ich danke ihm täglich und bitte ihn, daß er mich bis an mein Ende begleitet.

Nun, was vor einem halben Jahr passierte! Ich über 80-jährige alte Frau wurde wieder von einem Auto erfaßt und auf die Straße geschleudert. Wieder hatte ich das Gefühl, daß unsichtbare Hände den Aufprall minderten.

Diesmal ging es nicht so glimpflich für mich aus. Ich wurde verletzt, aber den Umständen entsprechend nur leicht. Der Arzt, welcher mich im Krankenhaus untersuchte, meinte, ich hätte großes Glück gehabt. Herzlichen Dank an meinen Schutzengel! Es würde zu weit führen, wollte ich alle Ereignisse aufzählen, bei denen ich so wunderbar aus großer Gefahr errettet wurde. Aber auf eines möchte ich noch hinweisen, es gibt auch Schutzengel in Menschengestalt.

Ein Beispiel: Als die Ampelanlage in der Stadt gebaut wurde, waren einige Straßen eine einzige Baustelle, tiefe Gruben überall. An den Gruben vorbei meist schmale Wege für die Fußgänger. Eines Tages ging ich über einen solchen schmalen Pfad, es hatte geregnet und der Boden war gefährlich glitschig. Ich ging wie auf Eiern, um nicht in die Grube zu rutschen. Plötzlich rief aus der Grube ein Arbeiter: „Du stehen bleiben, ich komme."

Ich dachte, er meint nicht mich und wollte weitergehen. Aber eine unsichtbare Macht hielt mich zurück. Der Mann kam aus der tiefen Grube geklettert, nahm mich am Arm und sagte: „Nicht gut, Du fallen in Loch." Er führte mich an der Gefahrenstelle vorbei, bis ich festen Boden unter den Füßen hatte. Dann kletterte er wieder in die Grube, ein guter Mensch. Ein Ausländer, auch ein Schutzengel. Gott wird ihm die gute Tat lohnen.

Zum Schluß ein Lied, welches ich, acht Jahre alt, in der Schule lernte:

„Du mein Schutzgeist Gottes Engel, weiche, weiche nicht von mir.
Leite mich durchs Tal der Mängel, bis hinauf, hinauf zu Dir.
Laß mich stets auf dieser Erde, deiner Führung würdig sein,
daß ich immer besser werde, nie soll mich ein Tag gereun.

Sei zum Kampf an meiner Seite, wann mir die Versuchung winkt,
steh mir bei im letzten Streite, wenn mein müdes Leben sinkt.
Sei in dieser Welt der Mängel stets mein Freund' mein Führer hier,
Du mein Schutzgeist Gottes Engel, bleibe, bleibe stets bei mir."

Schicksal eines Hundes

Im März 1993 streunte eines Tages ein herrenloser Hund auf der Hammelburg herum. Ein junger völlig abgemagerter Mischling. Wahrscheinlich Schäferhund-Windhund-Mix. Vermutlich wurde das Tier an der Schnellstraße „Meil" ausgesetzt. Dort wurde er von einem Autofahrer, welcher täglich diese Strecke fuhr, des öfteren gesehen.

Der Hund mußte Schlimmes erlebt haben. Er war ja so ängstlich und scheu. Das kann man gar nicht beschreiben. Nachdem wir das Tierheim Limburg verständigt hatte, kamen zwei Männer, um ihn einzufangen. Sie hatten praktische Fanggeräte dabei, versuchten es mit allerlei Tricks. Aber vergebens. Das Tier mit seinen außergewöhnlich langen Beinen (Windhund) war nicht zu fangen. Die Männer rieten uns, kein Futter mehr aus den Fenstern zu werfen, sonst würde er immer ein ums Heim streunender Hund bleiben. Wir müßten auf ihn zugehen und ihm die Bissen hinhalten, damit er wieder Vertrauen zu den Menschen bekäme. Dies war leichter gesagt als getan. Wenn wir uns ihm näherten, war er weg.

Ich hatte ihn bereits in mein Herz geschlossen und versuchte es immer wieder. Wahrscheinlich hatte er ein Metermaß im Kopf, da er immer den gleichen Abstand, ungefähr 10 Meter von mir hielt. Ich warf ihm die Brocken zu, welche er dann gierig verschlang. Ging ich aber einen Schritt auf ihn zu, weg war er. Ich habe ihn immer mit einem Känguruh verglichen, wolche Sprünge macht er. Auf mein Locken hin kam er dann wieder, um immer im gleichen Abstand (10 Meter) mir gegenüber zu stehen. Die Bewohner, welche das Schauspiel von den Fenstern aus beobachteten und auch kommandierten, wie ich es machen müsse, hatten ihren Spaß. So ging das tagelang.

Allmählich wurde er zutraulicher. Ich warf ihm die Brocken immer etwas näher vor mich hin und er holte sie. Nun dauerte es nicht mehr lange und er fraß mir aus der Hand. Meine Freude war unbeschreiblich. Ebenso die Freude der Menschen, welche das Schauspiel die ganze Zeit von den Fenstern aus beobachtet hatten. Als er mir sogar die Hand leckte und sich streicheln und knuddeln ließ, war ich überglücklich. Aber das arme Tier meinte nun, ich sei sein Frauchen. Freudig schwänzelnd sprang er um mich herum. Es tat mir im Herzen weh, daß ich ihn nicht behalten konnte. Er mußte ins Tierheim. Alle tierliebenden Bewohner bedauerten dies sehr. Auch sie hatten das Tier liebgewonnen.

Inzwischen hatte er sich mit Herrn König angefreundet. Der Mann war fast den ganzen Tag in den Anlagen beschäftigt. Und da unser Hund auch immer im Freien war, entstand zwischen den Beiden eine dicke Freundschaft. Immer schwänzelte das Tier freudig um den Mann herum. Aber wehe, ein Fremder näherte sich seinem Freund. Dann stürzte er sich kläffend darauf. Die Menschen bekamen Angst vor ihm. Für mich wieder ein Beweis, daß er nicht bleiben konnte. Eine Bekannte und ich nahmen ihn eines Tages zu einem Spaziergang mit aufs Feld. Voll Freude sprang er mit seinen langen Beinen durch die Gegend. Wir hatten unseren Spaß. Aber damit war es bald vorbei. Auf dem Heimweg in der Nähe der Parkplätze, begegneten uns Fremde. Sofort stürzte der Hund sich knurrend und kläffend auf die Leute. Auf mein Rufen hin, kam er zwar kurz schwänzelnd zu mir, um sich dann aber gleich wieder drohend den Leuten zu nähern. Ein Glück, daß Herr König zufällig vorbei kam. Er machte dem Drama ein Ende. Wie er es schaffte, weiß ich nicht mehr. Vor Aufregung und Angst bekam ich einen Herzanfall. Gott dank vorübergehend. Wir kamen nun zu der Überzeugung, daß er auf schnellstem Weg ins Tierheim müsse. Aber wie? Schon am anderen Tag sollte er abgeholt werden.

Herr König und ich lockten ihn in die Schreinerei. Kurz darauf kamen die Leute vom Tierheim. Er schaute sie mißtrauisch an und nahm die Leckerlis, welche sie ihm anboten, nicht an. Das Tier ahnte, daß ihm Schlimmes bevorstand. Er tat mir so leid. Er ließ sich von Herrn König nach draußen führen. Nun startete ein Geleitzug bis zum Auto. Viele Bewohner sowie Bedienstete belagerten die Fenster oder säumten den Weg. Sie wollten sich nicht entgehen lassen, wie das wilde Tier ins Auto geschafft wurde. Und sie kamen auf ihre Kosten. Den starken Männern gelang es nicht, den Wildfang ins Auto zu schaffen. Mit Bärenkräften setzte er sich zur Wehr. Erst als Herr König sich ins Auto setzte und ihm gut zuredete, ihn streichelte, ließ er sich von den Männern ins Auto auf Herrn Königs Schoß heben. Als das Auto wenig später an mir vorbeifuhr, schaute er so traurig nach mir, als wolle er sagen: Was hast du mir angetan? Mein herrliches Leben auf der Hammelburg ist nun zu Ende. Ich habe mit den Tränen gekämpft.

Kaum zu glauben, einige Tage später hatte ein Ehepaar aus Hadamar sich in ihn verliebt. Er bekam ein Zuhause. Ich war überglücklich und froh, daß er nach Hadamar gekommen war. Da konnte ich ihn besuchen. Erlebte aber eine schwere Enttäuschung. Daß er mich böse anknurrte, war das Schlimmste nicht. Aber sein Zuhause. Eine kleine Wohnung ohne Auslauf. Weder Hof noch Garten. Die Leute hatten ihn zwar lieb. Sie gingen auch täglich mit ihm Gassi. Aber ich ahnte schon, daß das nicht gutging. Der Wildfang mit den langen Beinen wollte doch nicht gemächlich an der Leine gehen, sondern frei herumtollen. Es dauerte nicht lange, da beschwerten sich die Besitzer, er würde nach ihnen knurren und die Polstermöbel zerreißen. Sie waren mit ihm zum Tierarzt gegangen. Dessen Diagnose: Das Tier sei schwer verhaltensgestört. Da die Leute nicht mehr mit ihm fertig wurden, wollten sie ihn ins Tierheim bringen. Aber vorher mußte er noch etwas Schreckliches erleben. Er war allein im Haus, als ein Brand ausbrach. In letzter Minute wurde er von der Feuerwehr gerettet und ins Tierheim gebracht. Erst nach Tagen erfuhr ich von diesem Drama. Ich rief sofort das Tierheim an. Mir wurde gesagt, durch den Brand habe er zwar keinen körperlichen, aber psychischen Schaden erlitten.

Und einige Tage später wurde mir mitgeteilt, für mich wie ein Wunder, daß ein Ehepaar aus Frankfurt, welches einen Gespielen für ihren Schäferhund suchte, Gefallen an ihm gefunden hatten. Auch der Schäferhund, welcher bei der Vorstellung dabei war, habe gleich Freundschaft mit ihm geschlossen. Nun erfuhr ich auch, daß unser Hund eine „Sie" ist und „Daisy" heißt. Ich kann Gott nicht genug danken, daß es dem Tier nun wirklich gut geht. Ich habe mich mit den Besitzern in Verbindung gesetzt. Sie schrieben mir einen ausführlichen Brief über Daisy. Sie sei so ein liebes anhängliches Tier geworden. Von Aggression keine Spur mehr. Sie würde den ganzen Tag mit ihrem Gespielen auf dem riesigen Grundstück, welches den Tieren zur Verfügung steht, herumtollen. Sie legten mir ein Foto von den beiden Hunden bei. Da sah ich auch, welch riesigen Auslauf die Tiere haben. Eine große Wiese mit Wald umgeben.

Daisys Freund habe Übergewicht gehabt. Daisy hat ihm das Herumtollen beigebracht, so daß er schon einige Kilo abgespeckt habe. Vor einigen Tagen wurde mir mitgeteilt, daß Daisy Mutter geworden sei. Wie froh bin ich, daß das Tier, welches im Leben so viel leiden mußte, nun den Himmel auf Erden hat.

Grotten

Stellen Sie sich eine lauschige Grotte vor, etwa die vielbesungene blaue Grotte auf Capri. Wie romantisch. Und jetzt kommt das Unromantische. Etwas, das erbärmlich schlecht ist, es wird da und dort als „grottenschlecht" bezeichnet. Das darf doch nicht wahr sein. Erschrocken fragen wir uns, wie kann denn eine liebliche romantische Grotte schlecht sein?

Indessen wissen wir, es ist wieder mal ein Mißverständnis. Nicht die Grotte ist schlecht, sondern die Krott, die Kröte. Während wir uns einer „klaa Krott", also einer sehr jungen Dame, noch mit Sympathie zuwenden, sieht der Volksmund in der eigentlichen „Krott", der Kröte, etwas Unerfreuliches, Negatives, Häßliches, eben Schlechtes. Der Kröte geht es damit wie dem Hund (hundsmiserabel) oder der Spinne (spinnefeind). Neidvoll gucken sie auf den Bären (bärenstark), das Wiesel (wieselflink) oder den Pudel (pudelwohl), die mit gebürendem Respekt behandelt werden. Wir wissen, die Welt ist ungerecht und wir sehen, die Welt der Sprache ist es noch weit mehr.

Antiker Dreck

Dreck ist ein Ärgernis. Jede Hausfrau wird das bestätigen. Auch die alte griechische Xanthippe muß es so gesehen haben. Was aber tat Xanthippes Mann? Er philosophierte über den Dreck. Es war ja auch angenehmer, als ihn zu entfernen. Also er philosophierte wie folgt: Sokrates sah, wie sein Mitbürger Aristipp sich in einem prächtigen Gewand auf eine Bank setzen wollte. Da machte er die Bank rasch schmutzig, doch Aristipp setzte sich trotzdem. Anerkennend bemerkte Sokrates: „Ich habe verstanden, daß du den Mantel besitzt und nicht er dich." Gut gedacht, gewiß. Es sprach ein Philosoph. Aber dieser letzte Schluß der Weisheit durfte nicht das letzte Wort gewesen sein. Das hatte wohl nicht Sokrates, auch nicht Aristipp, sondern mutmaßlich die Frau des Aristipp: denn die – wetten, daß? – mußte den Mantel hinterher reinigen. Weil sie das aber kaum unter dem gelassenen Dozieren philosophischer Erkenntnisse getan hat, sind ihre Worte nicht überliefert.

Die gute alte Zeit

Es gibt Menschen, die schwärmen von der guten alten Zeit. Ich denke öfters darüber nach. War es denn wirklich eine gute Zeit?

Wir waren damals Kinder, Jugendliche, das war das Schöne und Gute, im Gegensatz zu heute, wo wir von Altersbeschwerden geplagt sind. Seien wir mal ehrlich: Wer von uns wäre bereit, zu tauschen mit der guten, alten Zeit? Was die Leute früher hatten, wollen wir mal kurz betrachten.

Ob Mann oder Frau, alle leisteten Schwerstarbeit in der so guten, alten Zeit.

Die Schuhe waren schwer zu tragen. Steifes Rindsleder mit Eisen und Nägeln beschlagen. Leichte Sommerschuhe gab es nicht. Immer hatte man die schweren, harten Dinger an den Füßen. Auch leichte Strümpfe oder Socken für den Sommer gab es nicht. Nur die dicken, gestrickten Strümpfe. Und trotzdem immer Frostbeulen im Winter, mir ging es jedenfalls so. Das einzige Mittel dagegen war damals, die armen schmerzenden Füße in eine Schüssel mit Schnee. Diese Quälerei werde ich nie vergessen.

Es gab weder Autos noch Busse, nur die Eisenbahn. Und damit zu fahren, hatten nur wenige das Geld. Da es auch noch keine Fahrräder gab, gingen die Leute zu Fuß, ohne zu murren, von Niederhadamar nach Limburg und zurück. Wem könnte man heute noch so etwas zumuten? Auch der Jugend nicht.

Es gab noch kein elektrisches Licht, kein Radio und kein Fernseh' nicht.

Man schlief auch noch im Bett zu zweit, in der so schönen, guten alten Zeit. Bis zum vierten Lebensjahr trugen die Kinder, egal ob Bub oder Mädchen, Röckchen; vermutlich aus Sparsamkeit. Die Frauen trugen Spitzenunterhosen, die waren recht lang und weit, in der guten alten Zeit. Da war eigentlich von Sparsamkeit nichts zu merken.

Es gab auch noch nicht die Pille, die Zahl der Kinder bestimmte Gottes Wille. Es gab weder Plastik noch Konservendosen und all die anderen praktischen Dinge, ohne die es heute nicht mehr ginge.

Die Zähne zogen die Friseure, die Menschen brüllten wie die Stiere. Denn eine Spritze, die von Schmerz befreit, gab es nicht, in der guten alten Zeit. Und waren dann die Zähne raus, sah der Mund wie eine Tropfsteinhöhle aus. Denn Zahnersatz gab es auch nicht. Ich kann mich noch erinnern, daß alte Menschen fast immer einen mehr oder weniger zahnlosen Mund hatten. Es war kein schöner Anblick.

Heute gibt es auch alte Menschen mit zahnlosem Mund. Vermutlich liegt ihre Prothese in einer Schublade. Da alle Zähne fehlen, ist es nicht schlimm. Es fällt nicht auf. Aber damals hatten sie meist noch ein oder zwei Schneidezähne im Oberkiefer stehen. Die armen Menschen! Wie konnten sie mit einem solchen Gebiß kauen? Ich hatte mich als Kind vor ihrem Mund gefürchtet.

Aber das muß ich eingestehen und sicher nicht ich alleine. Trotz des heutigen Wohlstandes im Überfluß. Einiges möchte ich davon aufzählen. Autos, Fernsehen, Radio, Waschmaschine, Kühlschrank, Elektroherd, Heizung, Computer, sogar schon für die Kleinen im Kindergarten. Urlaubsreisen in die fernsten Länder der Erde, usw. usw...

Und doch waren die Menschen in der alten Zeit zufriedener. Die heutige Hektik fehlte. Folgendes Sprichwort ist heute mehr angebracht denn je: „Je mehr er hat, je mehr er will."

Früher hat der Vater eine meist große Familie allein ernährt. Die Mutter kümmerte sich um Haushalt und Kinder. Damit hatte sie ja auch reichlich zu tun. Heute geht das nicht mehr. Warum eigentlich nicht?

Die Frauen müssen mitverdienen, damit der Wohlstand immer höher geschraubt werden kann, und das meist auf Kosten der Kinder. Da dieselben oft sich selbst überlassen sind, geraten sie leicht in schlechte Gesellschaft. Drogenabhängigkeit usw. sind die Folgen. Oder die Kinder hocken stundenlang vor der Glotze. Und was ihnen dort geboten wird, ist oft Gift für sie. Gewalttätigkeit, Pornographie usw. Kinder ahmen gerne alles nach. Braucht man sich da zu wundern, über die vielen jugendlichen Verbrecher, die es heute gibt? Früher konnten wir Kinder den ganzen Tag im Wald spielen, die Eltern brauchten nicht zu fürchten, daß ein Sittenstrolch ihre Kinder mißbrauchte und tötete, wie es heute leider so oft der Fall ist. Kann man denn noch Kinder im Wald spielen lassen? Nein! Sogar mitten in den Städten auf den Straßen und Spielplätzen fallen Kinder solchen Verbrechern zum Opfer. So etwas gab es damals nicht, in dieser Hinsicht war es doch eine gute Zeit. Die Menschen glaubten noch an Gott und hielten seine Gebote.

Meines Erachtens waren sie aus diesem Grunde, trotz aller Entbehrungen, glücklicher und zufriedener. Heute ist für die meisten der Mammon ihr Gott. Aber wahres Glück kann man durch immer mehr Wohlstand nicht erreichen.

Eines möchte ich nicht vergessen. Man konnte in Ruhe die Straße überqueren, auch mal ein Schwätzchen halten, ohne von einem betrunkenen Raser überfahren zu werden.

Laune

Wer ewig schlechte Laune hat, schadet seiner Gesundheit. Wer chronisch gereizt durch's Leben geht, verdirbt es sich außerdem mit den Mitmenschen. Mediziner haben festgestellt, daß sogar ein Herzinfarkt droht, wenn man nicht lernt, seine Launen in den Griff zu kriegen. Da unsere Stimmungen eng mit den biologischen Vorgängen im Körper verknüpft sind, wird zu Bewegung geraten. Ein wunderbares Mittel gegen Frust soll auch körperliche Arbeit sein, weil sie in unserem Körper ein Glückshormon freisetzt. „Glückshormon" durch Arbeit. Meines Erachtens schwer zu glauben. Aber die Wissenschaftler werden's ja wissen! Wichtig für eine gute Laune, auch ausreichend Schlaf und eine gesunde Ernährung. Und maulen Sie nicht gleich über ein halbleeres Glas, sondern freuen Sie sich, daß es noch halb voll ist!

Folgend eine kleine Geschichte: Ein Milchmann, seine Frau und sein Sohn. Alle drei vertrugen sich gut. Eines Nachts hatte die Frau einen bösen Traum. Als sie aufwachte, war sie schlecht gelaunt. Sie ging in den Laden. Da sah sie, wie ihr Mann ein wenig Milch verschüttete. Sie schrie: „Kannst du nicht besser aufpassen, du Tollpatsch?" Nun hatte der Milchmann auch schlechte Laune. Da trat eine Frau in den Laden. Sie sagte fröhlich: „Guten Morgen!" – „Morgen" brummte der Milchmann, denn er hatte ja schlechte Laune. Dann bediente er die Lehrersfrau: Macht eine Mark zwanzig, brummte er. Die Frau gab ihm einen Fünfzigmarkschein. Der Mann brüllte sie an: „Ich bin doch kein Wechselautomat!" Oh, wie sich die Lehrsfrau aufregte. Der Hals war feuerrot geworden, da sie jetzt schlechte Laune hatte. Als sie nach Hause kam, saß der Lehrer am Tisch. Er wartete auf die Brötchen und trommelte mit den Fingern auf der Tischplatte. Da zischte die Frau ihn an: „Immer mit der Trommelei, ich kann's nicht mehr hören!" Da sprang der Lehrer wütend auf und rannte ohne Frühstück in die Schule. Oh, was hatte er für schlechte Laune. Die armen Kinder! Einer der Jungens machte einen Tintenklecks ins Heft. Der Lehrer donnerte los: „Du Schmierfink, du Dreckspatz!" Da klingelte es, der Unterricht war zu Ende, ein Glück für den Jungen, sonst wäre die Schimpftirade noch nicht zu Ende gewesen. Der Junge geht nach Hause mit einer Stinklaune. Die Mutter kommt ihm entgegen. Die hat nun wieder gute Laune. Sie fragt: „Wie war's in der Schule? Hast Du den Lehrer auch nicht geärgert?" Der Junge sieht die Mutter an, schluckt einige mal heftig. Und seine schlechte Laune ist weg. Er hat sie einfach herunter geschluckt. Diese Methode ist jedem Schlechtgelaunten zu empfehlen. Der Junge lacht und sagt: „Ich habe vielleicht einen Hunger!"

Wäre der Junge nicht so klug gewesen, würde meine Geschichte wieder von vorne anfangen.

Schecki

Vor ungefähr sechs Jahren spielten eines Tages zwei fremde junge Kätzchen vor dem Haupteingang unseres Heimes. Niemand wußte, woher sie kamen. Vermutlich wurden sie ausgesetzt. Die Besitzer haben sicher gedacht, im Heim gibt es so viele Abfälle, vielleicht auch Mäuse, da kann man die Katzen brauchen. Die beiden waren ja allerliebst, eine schwarz die andere schwarz mit braunen Flecken. „Schecki". Ich hatte sie beide sofort in mein Herz geschlossen. Aber unser Chef wollte sie nicht behalten. Vor Jahren habe es mit einer Katze ein Riesenproblem gegeben. Die habe sich so vermehrt, daß es auf der Hammelburg bald von Katzen gewimmelt habe. Im nahen Vogelschutzgebiet hätten sie dermaßen geräubert, daß ein Jäger kommen mußte, der sie dann erschoß. Schlimm so etwas! Ich sagte: „Dagegen kann man doch etwas tun. Wir lassen sie sterilisieren."

Davon wollte er anfangs nichts wissen. Warum, weiß ich nicht, aber sie sollten ins Tierheim. Vielleicht dachte er an die entstehenden Unkosten oder auch an Probleme mit der Hygiene. Er sprach die Befürchtung aus, daß die Tiere womöglich in der Küche und Speisesaal herumspazieren würden. Das wäre ja auch ein nicht akzeptabler Zustand geworden. Nun ja, wir haben es versucht. Ich setzte mich mit dem Tierheim Limburg in Verbindung. Mir wurde geraten, die Tiere sterilisieren zu lassen und zu behalten. Sollte es nicht gut gehen, würde das Tierheim sie nehmen. Das Tierheim hatte einen Vertrag mit einem Tierarzt, der eine solche Operation ganz billig vornehmen würde. Nun war es soweit. Mit dem Arzt wurde ein Termin für den nächsten Vormittag vereinbart. Der Zivi Kai wollte sie nach Limburg bringen. Aber oh Graus, die eine war spurlos verschwunden. Wir haben sie nie mehr gesehen. Nun gab es vielleicht ein Theater. Schecki ließ sich nicht fangen. Sämtliche Zivis waren hinter ihr her. Endlich hatten sie das Biest im Käfig. Sie benahm sich wie ein Tiger. Ich dachte, ob das mal gut geht? Termingemäß 9.00 Uhr war Kai mit ihr beim Tierarzt. Da die beiden um 10.30 Uhr noch nicht zurück waren, hatte ich keine Ruhe mehr. Ich rief beim Tierarzt an, die Sprechstundenhilfe teilte mir mit, es sei ein Notfall dazwischen gekommen. Schecki käme aber bald an die Reihe. Auf meine Frage: „Was macht sie denn?" bekam ich zur Antwort „Miau."

Ich war beruhigt. Ich dachte, dann lebt sie ja noch und hat den Käfig nicht zerstört. Endlich gegen 11 Uhr kehrten die beiden zurück. Schecki lag wie eine Tote im Käfig. Kai war k.o. Er sagte: „Nach zwei Tagen muß sie noch mal zur Nachuntersuchung, wir sollen sie an einen warmen Ort stellen. Sie wird erst gegen Abend aus der Narkose erwachen." Kai hatte das kaum berichtet, da hob Schecki den Kopf und sagte: „Miau", um aber gleich wieder in tiefen Schlummer zu fallen. Am anderen Morgen als Kai nach ihr sehen wollte, war der Käfig offen und Schecki verschwunden. Wir wissen nicht, wer sie befreit hatte.

Ich dachte, jetzt ist sie verloren. Der Arzt hatte doch angeordnet, sie müsse einige Tage im Warmen bleiben, und das Biest lief in der Früh auf der naßkalten Wiese herum. Nun meinte der Tierarzt, sie braucht nicht mehr zur Untersuchung zu kommen. Es sei ein wildes Tier, dem vermutlich Nässe und Kälte nichts ausmachen würden. So war es auch, Schecki hatte alles gesund überstanden. Da ich sie fütterte, wurde sie so lieb und zutraulich zu mir, daß ich direkt glücklich mit ihr war. Sie begleitete mich sogar auf den Spaziergängen, lief neben mir her wie ein Hund mit hochgestelltem Schwanz. Ab und zu schnurrte sie um meine Beine. Das war gefährlich für mich, da ich nicht standfest bin. Aber es ging gut. Sie hat mich nicht einmal umgeworfen, aber dafür einige Male, wenn wir schmusten, ganz böse gekratzt. Ich habe ihr verziehen, schließlich ist sie eine Katze. Ein kluges Tier, sie weiß, daß sie weder in den Speisesaal noch in die Küche darf und tut es auch nicht. Außerdem ist sie ein fleißiger Mäusejäger.

Aber unsere Uschi, eine Rollstuhlfahrerin, ist inzwischen Besitzerin von Schecki geworden. Sie bezeichnet sich als ihre Mama. Sie hat sie adoptiert. Uschi ist überglücklich mit dem Tier. Und Schecki wird mit besten Leckerbissen verwöhnt. Der Chef meint, es sei ein wohlgenährtes Schmusetier geworden. Wenn es so weiter geht, wird sie zu einem Monster. So groß und kräftig ist sie bereits. Mich würdigt sie keines Blickes mehr. Da kann man wieder sagen: „Undank ist der Welt Lohn". Aber trotzdem freue ich mich immer noch, wenn ich sie sehe. Kürzlich besuchte ich eine Frau auf der Pflege, ein ganz kleines Frauchen, sie erzählte mir, welch schreckliches Erlebnis sie in einer Nacht hatte. Auf dem Weg zur Toilette sei ihr plötzlich auf dem Flur ein riesiges schwarzes Tier entgegengekommen. Sie sei vor Schreck erstarrt gewesen, während das Ungeheuer an ihr mit erhobenem Schwanz vorbei marschiert sei. Hatte die Frau aber ein Glück!

Ein anderes Mal fuhr eine in Koblenz wohnende Schwester übers Wochenende nach Hause, halbwegs in Koblenz hörte sie plötzlich ein Miauen hinter sich im Auto. Schecki als blinder Passagier! Die Schwester war gezwungen, noch mal die weite Strecke zurück zu fahren, um Schecki nach Hadamar zur Hammelburg zu bringen.

Das Tier ist klug, wenn es zur Uschi will, stellt es sich aufrecht in die Mitte der Tür am Eingang, damit diese sich öffnet. Dann schreitet sie durch die Halle, die Bewohner, die sich dort aufhalten, keines Blickes würdigend, in Richtung Uschis Zimmer. Und diese ist überglücklich, wenn sie das Miauen ihres Lieblings vor der Tür hört. Da Katzen Fische genau so gerne mögen wie Mäuse und Schecki des öfteren versuchte, am Aquarium hochzuklettern, fürchtete Frau Arend anfangs um ihre Fische. Aber inzwischen sieht auch sie ein, daß eine Katze nicht ins Wasser springt, um einen Fisch zu holen. Wenn es Schecki möglich wäre, würde sie die Fische mit der Tatze rausholen. Aber zum Glück ist das Aquarium zu hoch, somit auch in dieser Hinsicht keine Gefahr.

Wenn Sie, liebe Leser, dem kleinen schwarzen Räuber begegnen, keine Angst, er tut Ihnen nichts. Grüßen Sie ihn von mir.

Eine Tierfreundin.

Skorpion

Zur Zeit befinden wir uns in diesem Sternzeichen. Nie habe ich an Horoskope geglaubt. Für mich war das alles Unsinn. Nun fiel mir gestern eine Zeitschrift in die Hand mit einer ausführlichen Beschreibung über die Eigenschaften der im Sternzeichen des Skorpion geborenen, und da ich selbst dazu gehöre, war ich doch neugierig und las es. Ich muß sagen, ich war baff! Hat der Mensch, der das schrieb, etwa mich gemeint??? Zum Beispiel: Die erbitterte Kämpfernatur. Kein anderer kann so böse, so zornig und unangenehm werden. Er kann stechen, bevor der Gegner es merkt. Ja, wofür hat er denn auch seinen Giftstachel? Diese Haltung kann er zwar bekämpfen, aber es wird ihm kaum gelingen. Vor Jahren schon riet mir mein Arzt wegen meines kranken Herzens zu mehr Gelassenheit. Nun bin ich schon 85 Jahre alt und habe es nicht geschafft. Wenn Unrecht geschieht, kann ich immer noch vor Aufregung und Ärger wie eine Rakete in die Luft gehen. Gefährlicher Streß für das Herz. Und trotzdem habe ich mein Bemühen um Gelassenheit aufgegeben. Ein Skorpion mit dieser Veranlagung schafft das nicht. Ich denke, mein Herz hat sich im Laufe der Jahrzehnte so an diesen Zustand gewöhnt, daß es womöglich still stehen würde, wenn ich mich ändere. Weiß man's? Der Skorpion besitzt das Talent, beim Gegner die Schwäche herauszufinden. Das macht ihn als Forscher, Detektiv und vor allem als Arzt unentbehrlich. Sein kosmisches Erbe macht ihn weder liebenswürdig – noch – außer im christlichen Sinn – liebenswert. Es kommt darauf an, was er daraus macht. Darum ist niemand bewunderungswürdiger als er, wenn er den Feind in sich selbst überwindet, den stärksten und bittersten aller Feinde, die er hat. Der edle Skorpiontyp – ob Mann oder Frau – ist einer der großartigsten

Erscheinungen der Weltgeschichte. Natürlich bin ich nicht damit gemeint. (Aber zum Beispiel Augustinus, Martin Luther).

Aber noch eine negative Eigenschaft wird dem Skorpion angelastet. Er kann lieben wie kein anderer, nachhaltig, andauernd. Bis dahin ist ja nichts gegen diese Liebe einzuwenden. Aber jetzt kommt's: Er liebt gradezu ingrimmig! Da kann einem ja Angst werden. Möchten Sie etwa „ingrimmig" geliebt werden?? Ich habe ja in dieser Hinsicht nichts mehr zu befürchten. Wieder ein Beweis, daß das Alter auch seine guten Seiten hat. Der Witz des Skorpions kann oft beißender Sarkasmus oder kalte Ironie sein. Man müßte ja die lieben Mitmenschen vor den Skorpionen warnen. Aber zum Glück sind sie ja nicht alle giftig. Es gibt auch ganz sanfte, liebenswerte unter ihnen. Die sind sicher aus der Art geschlagen.

Zum Schluß rate ich den Kämpfernaturen unter den Skorpionen, gebt den Kampf nie auf. Den Kampf gegen das Böse und für das Gute. Dann macht Ihr Eurem Namen Ehre.

Eselei

Von einem Erlebnis, welches ich vor Jahren hatte, möchte ich heute berichten: Mainzer Landstraße. Ein Menschenauflauf! Mein Gott, dachte ich, was ist denn da schon wieder passiert. Einige Wochen vorher hatte ein Autofahrer meinen Gartenzaun umgefahren und sich aus dem Staub gemacht. Die Fahrerflucht hatte ihm aber nichts genützt. Kurze Zeit später hatte die Polizei ihn am Schlawitsch. Es war das dritte Mal, daß ein Autofahrer meinen Zaun umfuhr. Zweimal mit Fahrerflucht. Aber die Missetäter wurden jedesmal geschnappt. Ich muß mich wundern, seit 16 Jahren ist so etwas nicht mehr passiert. Ob die jetzt besser fahren können? Oder sie gucken nicht mehr so tief ins Glas wie damals. Weiß man's? Ich dachte, da haben doch scheinbar Autos wieder was angestellt. Das mußte ich wissen!

Aber diesmal waren es keine Autos, sondern ein Pferdeanhänger mit der Aufschrift: „Achtung Turniereesel". Einen solchen hatte ich ja noch nie gesehen. Also näher heran zu den Schaulustigen. Ich kam auf meine Kosten! In dem Anhänger lag die sechsjährige Eselsstute „Luise" wimmernd am Boden und wollte partout nicht aufstehen. Die Besitzerin, eine junge Frau stand fassungslos daneben. Um die beiden herum scharten sich immer mehr Schaulustige, die mit Tips zur Stelle waren, wie das leidende Grautier vom sicheren Tod zu retten sei. Luise rollte die Augen, ließ die langen Ohren hängen und bewegte sich kein Stück. Nun kam aus der Menge ein vernünftiger Vorschlag: „Ein Tierarzt muß bei, das Tier geht ein!" Aber Frauchen war gelassen: „Das ist ihr Sterbetrick!" meinte sie. „Wir brauchen keinen Tierarzt, nur Wasser!" Da hätten Sie mal sehen müssen, wie die Männer losspurteten, um Wasser zu holen. Ich war gerührt, als ich die spontane Hilfsbereitschaft meiner lieben Mitmenschen sah. Sie schleppten eine Menge Wasser herbei; darinnen hätte Luise ein Vollbad nehmen können. Aber Frauchen schöpfte nur ein paar Hände voll und besprit zte Luise damit. Sofort erhob sich das Grautier, schüttelte sich, wackelte mit den Ohren, sagte einige Male „I-A", vielleicht sollte dies „Danke" heißen. Dann wedelte sie mit dem Schwanz, ließ einige Äpfel fallen. Vielleicht auch zum Dank. Weiß man's? Aber die Neugierigen hatten genug. Sie verzogen sich schnell. Ich auch. Da sage mir noch mal einer, Esel seien dumm.

Honorare

Vermutlich lesen nicht alle Hadamarer täglich die „Nassauische Neue Presse". Für mich ist es ein Genuß, täglich diese Zeitung zu studieren. Manchmal erfährt man dabei unglaubliche Sachen. So, heute am 23.8.1999 wieder. Da ich ja beim Lesen des Artikels noch nicht explodierte (war aber nahe dran) kann ich es hiermit den Hadamarern mitteilen. Ich denke, Sie sind ja gelassen und explodieren nicht. Da heißt es: Lafontaine genießt mit 55 Jahren bereits eine staatliche Pension in Höhe von 15.724 Mark im Monat, ohne dafür je Rentenversicherungsbeiträge geleistet zu haben. Dazu kämen „riesige Honorare", die er für Reden (das kann er ja bestens) und Bücher schreiben kassiert.

Dake, welcher den Artikel schrieb, fordert eine „Verschärfung der Anrechnungsvorschriften für Politiker". Mein Kommentar. „Da wird es aber auch höchste Zeit!" Rentner dürfen bis zum 65. Lebensjahr „gerade mal 630 Mark im Monat dazu verdienen", sonst wird ihnen die Rente gekürzt. Pensionierte Beamte könnten dagegen Honorare in unbegrenzter Höhe kassieren. „Wenn es ums eigne Geld geht, sind Politiker immer noch eine Sonderklasse", monierte Dake. Und ich denke, „nicht nur er!", Lafontaine, der schlaue Fuchs, war am 11. März 1999 von allen Ämtern" zurückgetreten. Nun erhält der 55-Jährige eine lebenslange Pension aus seinen Ämtern als O.B. von Saarbrücken, Ministerpräsident des Saarlandes und Bundesfinanzminister. „Unglaublich aber wahr!" Kein Funken von sozialer Gerechtigkeit! Ob sich in dieser Hinsicht mal etwas ändert? Ich habe wenig Hoffnung, daß ich es noch erlebe!

Sparen

Da wir in letzter Zeit so häufig zum Sparen aufgefordert werden, möchte ich mich heute einmal dazu äußern. Zuerst schildere ich Ihnen, wie vor 80 Jahren von uns Kindern gespart wurde.

Wir wurden streng zum Sparen erzogen. Ich kann mir nicht vorstellen, daß so etwas heute noch geschieht. Wir bekamen weder Taschengeld, noch besaßen wir ein Sparbuch. Das einzige was wir hatten, war eine Spardose, welche ab und zu, an Geburts- oder Namenstag, auch wenn wir uns durch Fleiß ausgezeichnet hatten (was selten vorkam) von lieben Erwachsenen gefüttert wurde. Aber immer nur mit Pfennigen und Groschen. Meine war stets unterernährt. Ein Markstück hat sie nie gesehen.

Trotzdem waren wir glücklich mit dem Wenigen, was wir besaßen. Jedes von uns Kindern hatte, was Form und Farbe betraf, eine andere Dose. Meine war aus Keramik, hatte die Form eines Bienenkorbes und trug den eingravierten Spruch: „Spare in der Zeit, dann hast Du in der Not". Außerdem waren noch die Köpfe von ehemaligen deutschen Kaisern abgebildet. Alles gut aussehende Männer mit riesigen Schnurbärten. Am besten gefiel mir Kaiser Wilhelm der I. Er hatte den schönsten Bart. Jetzt werden Sie denken: „Die hat sich ja als Kind schon für schöne Männer interessiert." Sie dürfen ruhig einmal lachen. Das ist gesund!

Einmal war ich in Not. Hatte solche Lust (heute nennt man es Sucht) auf Bonbons und kein Geld. Mein ganzes Vermögen steckte ja in der verflixten Dose, die ich nicht öffnen konnte. Ich versuchte sie auf den Kopf zu stellen, den Schlitz nach unten und durch heftiges Rütteln die Münzen heraus zu locken. Aber es klappte nicht, die Biester blieben drinnen. Da entdeckte ich in der Mitte des Bodens ein kleines rundes Loch. Nun kam mir eine tolle Idee. Dose auf den Kopf. Schlitz war unten, und mit einer Stricknadel durch das Loch in den Münzen herum gestochert und tatsächlich purzelten einige heraus, und ich glückliches Kind konnte mir Bonbons kaufen. Wenn ich in Not war, habe ich diese Methode immer angewandt. Aber nie die Dose ganz geleert. Mama hätte ja gemerkt, wenn es darinnen nicht mehr klimperte. Jetzt werden Sie denken: „Die war ja als Kind schon ganz schön raffiniert!" Ja, was ein Häkchen werden will, krümmt sich beizeiten! Auch ein schöner Spruch. Denken Sie nun, was Sie wollen. Ich tue es auch.

Inzwischen sind 80 Jahre vergangen. Und was erleben wir jetzt, betreffend des Sparens? Wir erfahren täglich durch die Medien, daß unser Staat so stark verschuldet ist, daß wir uns nur noch durch eisernes Sparen aus dem Schlamassel herausfinden. Das Sprichwort heißt doch: „Spare in der Zeit, dann hast Du in der Not". Und was haben die Politiker gemacht? In der Zeit haben sie mit dem Geld um sich geworfen und so die Not produziert. Und jetzt in der Not wollen sie sparen. Paradox! Und wie geschieht das mit dem Sparen. Man fängt ja immer unten an. Bei den kleinen Leuten, Rentnern, Arbeitslosen usw. Denen kann man ja vielleicht noch etwas aus der Tasche holen. Schämen die da oben sich denn gar nicht? Sie bekommen die hohen Gehälter. Müßten sie nicht alle freiwillig auf einen kleinen Teil ihres Mammons verzichten, um dadurch zur Linderung der finanziellen Not beizutragen? Aber so etwas werden wir nie erleben! Die Parteien bekämpfen und beschimpfen sich gegenseitig, so daß es oft nicht mehr schön ist. Wenn es aber um die Erhöhung ihrer Gehälter und Diäten geht, sind sie sich alle einig. So war es schon immer und so bleibt es. Und du braves Volk, schön folgsam sein, jetzt heißt es für dich, sparen!!!

Zwischen Ostern und Pfingsten

Jetzt sind wir wieder mittendrin. Merken wir etwas? Empfinden wir besonders? Der Dichter Hebel schrieb im Jahre 1807 an seine Freundin: „Es ist meine heilige Zeit, mein schöner großer Feiertag, wo ich näher als sonst bei Gott und bei allem Guten bin. Dann gehe ich gerne in die Kirche, auch wenn die Predigt mir nicht gefällt, ich erbaue mich am Evangelium. Denn in dieser Jahreszeit, wo draußen alles grünt und blüht, haben wir auch die ganze Blüte der Religion im Sonntagsevangelium. Aber genau so fromm kann ich auch sein, wenn ich den Sonntagmorgen im Grasgarten des „Hirschen" unter den Bäumen im Freien, bei einem Schöppchen Roten und Butterbrot in der Sonntagsstille, unterbrochen von Glockengeläut und Bienensummen sitze und „Jean Paul" lese. Aber es muß nicht unbedingt Jean Paul sein, aber das Schöppchen muß unbedingt dabei sein." Dies war die Ansicht des Dichters Johann Peter Hebel im Jahre 1807.

Weltmeister

Reisen bringt die Menschen einander näher. So nahe machmal, daß es nicht mehr schön ist. Zum Beispiel bei Auffahrunfällen. Oder so nahe, daß man einander nicht mehr riechen kann. Die Engländer spotten über die vermeintlichen „Weltmeister im Reisen". Sie meinen, was die Deutschen im Krieg nicht schafften, das gelingt ihnen als Touristen: Sie sind überall!

Aber ich denke, da irren sich die Engländer. Meines Erachtens sind die Japaner die eigentlichen „Weltmeister im Reisen". Denn wohin man auch kommt, sie sind entweder schon da oder kommen sogleich hinterher und nie ohne Kamera. Sie sind die reinsten Wandervögel. Da fällt mir gerade ein. Mit einem anderen Vogel werden mancherorts unliebsame Deutsche verglichen ... mit dem Storch: Großer Schnabel, kleines Hirn, unstimmbarer Drang nach Süden. Übrigens, das mit dem Süden hat ein berühmter Soziologe erkannt. Aber ich denke, um das zu erkennen, muß man kein Soziologe sein ...

Ich vermute, auf Reisen suchen viele Deutsche nicht das fremde Land, sondern „Deutschland mit Sonne!"

Globale Trauer

Der Schriftsteller Christoph Hein war während des Kosovo-Kriegs moralisch heftig bewegt: Streng wie ein Pfarrer forderte er, es sollten alle „Unterhaltungstempel" in Deutschland geschlossen werden. Fernsehen und Radiosender ermahnte er, auf Unterhaltungsprogramme zu verzichten. Es schade dem Ansehen Deutschlands, wenn sich das Publikum nach den Greuel- und Bombennachrichten vom Balkan bei seichten Späßen amüsierte. Die Bundesregierung möge darauf einwirken, daß der entsetzliche Krieg nicht derart zynisch verharmlost werde. Der Staat solle Pietät verordnen.

Aber es gab unzählige schreckliche Kriege, nicht nur in den letzten Jahren, sondern solange die Welt besteht. Und immer wieder sehen wir Bilder von Katastrophen, von Opfern der Gewalt, von Zerstörung und Grausamkeit. Folgte man Herrn Hein, so müßte der ganze Globus fortwährend Trauer tragen. Vermutlich schon seit der ersten Schöpfungsstunde. Unter dem Gewicht dieser moralischen Last indes, wie Hein sie predigte, wäre alles Leben auf dem Globus längst erstickt. Oder sind Sie anderer Meinung?

Die Krone der Schöpfung

Gott schuf den Menschen nach seinem Abbild, als Krone der Schöpfung. Er sollte die Schöpfung wahren, Frieden stiften, Gerechtigkeit üben. Und was tut der Mensch? Das Gegenteil. Er ist auf dem besten Wege, Gottes Schöpfung zu zerstören. Die Wissenschaftler warnen schon seit Jahren vergebens, das bedrohliche Ozonloch wird immer größer. Am Nordpol beginnt bereits das Eis zu schmelzen. Und was macht der Mensch, er hört nicht auf die Warnungen. Er wurschtelt immer weiter dem Untergang entgegen. Wahrscheinlich kann er diesen Trend ja nicht mehr aufhalten. Immer mehr Autos, immer mehr Flugzeuge, dadurch immer mehr Schadstoffe, welche die Umwelt, auf Dauer sogar die Schöpfung zerstören. Ist es nun Profitgier oder Wahnsinn, der die Menschheit nicht zur Vernunft bringt? Ich weiß es nicht! Unsere Generation wird ja die Folgen der Zerstörung noch nicht verspüren. Aber wehe den kommenden Generationen! Nun denken Sie vielleicht, ich würde schwarz sehen, oder gar den Teufel an die Wand malen. Aber wenn Sie noch einen gesunden Verstand besitzen, werden Sie mir recht geben. Leider wurde die Krone der Schöpfung oft zur „Schwachstelle Mensch".

Der kluge Mensch sei ein Abbild Gottes. Die Begabung, die Gott ihm verliehen, nutzte er oft dazu aus, um entsetzliche Dinge zu erfinden. Ich brauche ja nicht aufzuzählen, was im letzten Jahrhundert zur Vernichtung der Menschheit und zur Vernichtung der Schöpfung erfunden wurde. Denken wir nur an die Kernkraft. Sie hätte der Menschheit zum Segen werden können. Aber nein, der

Mensch machte eine entsetzliche Vernichtungswaffe daraus. Die Atombombe! Und was die klugen Menschen jetzt wieder erfanden. Das Klonen! Da muß einem ja das Grauen kommen!

Gott dank gab und gibt es auch kluge Menschen, die Erfindungen machten und machen, welche dem Heile der Menschheit dienen. Die Bekämpfung unheilbarer, schrecklicher Krankheiten. Auch die Techniker, welche durch ihren Fleiß und Erfindungsgeist, Wunderbares schufen, um den Menschen die Arbeit zu erleichtern und das Leben angenehmer zu gestalten. Nur zwei ihrer Erfindungen: die Elektrizität und die Kraftfahrzeuge. Kann man sich das Leben ohne diese beiden Errungenschaften noch vorstellen? Nein, unmöglich. Wie ist es nun mit den anderen, die in ihrem Leben nichts Besonderes geleistet haben? Sind sie deshalb kein Abbild Gottes, keine Krone der Schöpfung? Doch! Wir können ja nicht alle Intelligenzbestien sein, welche Atombomben erfinden und klonen. Welch ein Glück, daß Gott alle seine Kinder liebt, auch die, welche nicht nach seinem Willen handeln. Es gibt nun leider die „Schwachstelle Mensch". Wenn es auf der Welt zu einer schrecklichen Katastrophe kommt, hört man oft, „durch menschliches Versagen". Wenn man das Geschehen zurückverfolgt, stößt man auf einen Menschen, der einen Fehler machte. Oft genügt es nur, daß er eine Weiche falsch stellte oder ein Signal überfuhr und es kam zur Katastrophe.

Kürzlich stellte ein Sprecher im Radio die Frage: „Warum schuf Gott nicht statt der Menschen Maschinen? Dann wäre ihm viel Ärger erspart geblieben. Er meint: Eine Maschine ist zuverlässiger, moralischer als ein Mensch. Ein Computer raucht nicht, er trinkt nicht, er hat auch keine Familie, keine Geliebte, keine kranken Kinder, die ihm die Nachtruhe rauben. Er vertippt sich auch nie, und wenn doch, ist wieder ein Mensch schuld, der einen Fehler machte. Aber wenn es statt der Menschen nur Maschinen gäbe, ich glaube kaum, daß dies dem Radiosprecher recht wäre. Dann gäbe es ihn ja nicht, der uns die tollen Sachen erzählt.

Ich denke, wenn die Menschen, bei allem was sie tun, sich nach Gottes Willen richten, blieb der Menschheit viel Leid erspart. Wir könnten alle glücklicher sein. Nun noch ein interessanter Artikel, welchen ich in einer Klagenfurter Zeitung las:

„Und dann kam der Mensch"

Am Anfang war das Paradies. Dann kam der Mensch. Nun tummeln wir im Müll.

Am Anfang war das Land. Dann kamen die Grenzen. Jetzt haben wir die Kriege.

Am Anfang waren die Bodenschätze. Dann kam die Habgier. Jetzt haben wir den Welthandel.

Am Anfang waren die Früchte der Erde. Dann kamen die Konzerne. Jetzt haben wir den Hunger.

Am Anfang war die Sexualität. Dann kam der Kapitalismus. Jetzt haben wir die Pornographie.

Am Anfang war das Wort. Dann kam die Sprache. Und jetzt predigen uns die Redner nieder.

Hatte der Schreiber recht? Oder möchte jemand das Gegenteil behaupten?

Tiere

Heute möchte ich den Tieren einige Zeilen widmen. Ich liebe sie. Können wir uns ein Leben ohne Tiere vorstellen? Nein! Unvorstellbar! Wir dürfen nicht nur an die Tiere denken, welche uns Fleisch, Milch und Eier liefern. Ein Leben ohne diese Lebensmittel ist ebenfalls undenkbar! Nein, auch die anderen, Hunde, Katzen und die kleinen, gefiederten Sänger. Welche Freude geben sie uns! Sie können alte und einsame Menschen sehr glücklich machen. Vor Jahren noch wurden Tiere als Sache angesehen und entsprechend behandelt. Gott sei Dank, hat sich das weltweit geändert. Sie werden jetzt als unsere Mitgeschöpfe anerkannt und als solche geschützt. Leider gibt es brutale Menschen, welche Tiere, die ihnen hilflos ausgeliefert sind, quälen. Ist das nicht furchtbar? Wir Menschen werden die Krone der Schöpfung genannt, sogar das Abbild Gottes. Und zu welch scheußlichen Verbrechen ist mancher Mensch fähig? Zum Beispiel sexueller Mißbrauch von Kindern. Auf der ganzen Welt gibt es kein Tier, welches so etwas tut. Kein Tier wird jemals ein junges Tier mißbrauchen. Und wenn ein Tier tötet, dann nur um seinen Hunger zu stillen. Aber nie aus niederen Beweggründen, wie es so oft von Menschen geschieht. Tiere haben keinen Verstand, nur einen Instinkt. Ich habe aber schon festgestellt, daß manche, besonders Hunde, sehr klug sind. Sogar ein dummes Schaf ist keineswegs dumm. Am meisten liebe ich Hunde. Sie sind sehr anhänglich und treu. Von ihrer Treue könnte sich mancher Mensch eine Scheibe abschneiden. Und wie oft haben Hunde schon Menschenleben gerettet? Bei Katastrophen, Erdbeben, Lawinenunglücken, spüren Hunde unter Trümmern und Schneemassen Verschüttete auf. Auch bei der Verbrechensbekämpfung helfen sie der Polizei durch ihren Spürsinn. Ebenso bei der Suche nach Vermißten.

Einige Hunde in der Stadt sind meine Freunde geworden. Wenn ich sie besuche, gibt es jedesmal eine stürmische Begrüßung. Nicht ganz ungefährlich für mich, da ich nicht mehr so fest auf den Beinen stehe. Einer, Toxi, ist besonders stürmisch. Ich muß mich wundern. Obwohl er auch schon, genau wie ich, „uralt" ist, hat er scheinbar keine Probleme mit wackeligen Beinen und hören tut er auch noch gut. Meine Bekannten sind entsetzt, daß ich fremde Hunde streichle. Warum denn nicht? Ich spreche mit den Tieren, dann sehe ich, ob sie freundlich oder böse sind. Und Tiere spüren, ob man es gut mit ihnen meint. Einige Male in der Woche habe ich einen Freudentag. Dann besucht mich „Luzie", eine junge Zwergpudeldame. Das ist vielleicht ein wildes Luder. Solange ich lebe hatten wir immer Hunde, aber so einen noch nie. Wir müssen ja so aufpassen. Sie stellt alles Mögliche an. Pudel gelten als sehr klug. Mein Bücherregal hat es ihr besonders angetan. Immer wieder versucht sie das untere Fach auszuräumen. Schaut dabei aber listig nach uns, ob wir nicht gucken. Ebenso, wenn sie aus einem Pflanzenkübel die Erde ausräumt. Und sie weiß genau, wo ich die Leckerlis aufbewahre. Vor dieser Stelle tanzt sie so lange auf den Hinterbeinen, bis sie etwas bekommt. Pudel können gut tanzen. Ich sah schon welche im Zirkus auftreten, in Ballettröckchen. Ob wir ihr auch ein Röckchen anziehen? Aber so etwas mag sie nicht. In dem letzten kalten Winter hatte Frauchen ihr ein Mäntelchen gestrickt. Luzie schämte sich damit vor die Tür zu gehen. Es dauerte nur Sekunden, da lag das Mäntelchen auf dem Boden. Wir haben schon erwägt, sie umzutaufen. Statt Luzie, „Luzifer", das würde besser zu ihr passen.

Als meine Enkelin sie als acht Wochen alten Welpen bei der Züchterin abholte, wurde sie gewarnt. „Die Kleine da hat es faustdick hinter den Ohren, sie beißt ihre Eltern und die beiden Brüderchen und zieht sie an den Ohren." Kein Wunder, es sei ja auch ein Straßenmädchen, berichtete die Frau. Sie sei mit der Hundemutter Gassi gegangen, als mitten in der Stadt auf dem Bürgersteig das Kleine zur Welt kam. Ein „Frühchen". Welch eine Aufregung für die Frau. Als sie zu Hause war, kamen die beiden Rüden. Die hatten es nicht so eilig wie das Straßenmädchen und seien auch viel ruhiger und braver als das kleine Biest. Und trotzdem brachte meine Enkelin es mit nach Hause. Nun haben wir den Wildfang und möchten ihn nicht mehr missen. Ich freue mich jedesmal, wenn sie kommt. Nicht nur ich, sondern fast alle Bewohner des Altenheims, denn wenn Luzie auftaucht, dann strahlen die Augen der Menschen. Und die freundliche Luzie begrüßt alle. Sie läßt sich streicheln, knuddeln und von manchen auf den Schoß nehmen. Und da Pudel gerne tanzen, führt sie auch noch ein Tänzchen auf. Unbeschreiblich, wie ein Tier alte Menschen von ihrer Lethargie befreien kann. Frauchen tut ein gutes Werk, wenn sie Luzie mitbringt. Wenn sie einige Tage nicht da war, werde ich besorgt gefragt, ob der kleine Liebling etwa krank sei.

Wir wollen Gott danken für unsere Mitgeschöpfe, die Tiere.

Vornamen

Der Name ist ein Stück des Seins und der Seele, fand schon der Schriftsteller Thomas Mann. Neue Ergebnisse bestätigen, daß wir im Alltag tatsächlich vom Vornamen auf das Sein und die Seele anderer Menschen schließen. Der Dichter Mörike soll schon gesagt haben, daß der Mensch einen besonderen Hauch von seinem Namen annähme. Ob diese berühmten Männer recht hatten, weiß ich nicht. Meines Erachtens sagen Namen auf jeden Fall über die Namensgeber, also meist die Eltern, etwas aus. Die Kleinen müssen ja den Namen nehmen, ob er ihnen gefällt oder nicht. Wenn sie wählen dürften, würden viele wahrscheinlich anders heißen. Es kommt den Kindern erst zu Bewußtsein, wenn sie zur Schule gehen. Es gibt ja Eltern, die belasten ihre Kinder mit den unmöglichsten Namen, zum Beispiel „Pumuckl". Vor Jahren hat sogar ein Elternpaar einen Prozeß wegen dieses Namens geführt. Welch ein Glück für das Söhnchen, daß die Eltern den Prozeß verloren haben. Sie können ja den Kleinen so nennen, wenn sie den Namen so toll finden. Aber nur in ihren vier Wänden!

Mein Name ist zwar nicht so ausgefallen, aber für die damalige Zeit selten. Ich möchte sagen, sehr ungewöhnlich, auch heute noch. Wie habe ich darunter gelitten, daß ich die Einzige, nicht nur in der Klasse, sondern in der ganzen Schule war, mit diesem für mich so häßlichen Namen. Sogar in ganz Niederhadamar gab es kein anderes weibliches Wesen mit diesem Namen. Wie habe ich die anderen Kinder mit ihren hübschen Namen beneidet. Wie gerne hätte ich Ilse, Lottchen oder Gretchen geheißen. Damals war ich ein todunglückliches Kind. Als ich die Eltern frug, warum sie mir diesen Namen gaben, meinten sie, es sei doch ein schöner Name, ihnen habe er so gut gefallen. Was hatte ich davon, daß er meinen Eltern gefiel, aber mir nicht? Eines Tages, im Religionsunterricht, wurden wir Kinder nach unserem Namenstag gefragt. Damals wurde dieser Tag noch mehr gefeiert als der Geburtstag. Alle Kinder wußten das Datum von diesem ihrem Freudentag. Nur eine saß in der Bank und weinte, weil sie keinen Namenstag hatte. Der Pfarrer versuchte mich zu trösten, während die anderen Kinder mich auslachten. Er frug, „hast du denn nicht einen Zweitnamen?" – „Doch", heulte ich, „Maria". Er sagte: „Dann brauchst du doch nicht zu weinen. Dann hast du ja den schönsten Namen, den ein Mädchen haben kann."

Da waren die Lästermäuler still und ich halbwegs getröstet. Er sagte noch: „So viel ich weiß, gibt es keine hl. Elvira. Siehe Du zu, daß Du eine wirst!" Das ist mir bis heute nicht gelungen! Und da ich bereits ins 85. Lebensjahr gehe, wird es auch nichts mehr werden!

Inzwischen habe ich erfahren, daß es doch eine hl. Elvira gegeben hat. Eine Spanierin, sogar eine berühmte Märtyrerin. Und das hat der Pfarrer nicht gewußt! Als ich das hörte, habe ich mich gefreut. Nun brauchte ich mich nicht mehr anzustrengen, eine Heilige zu werden. Mein Vater erhielt im Jahre 1884 auch einen ausgefallenen Namen. „Jean", damals war er der einzige „Schah" von Niederhadamar. Ob er darunter litt, weiß ich nicht. Aber meine Enkelin, das arme Kind, wurde „Renée" getauft. Auch französisch. Das schlimme bei diesem Namen ist, daß es einen gleichen Männernamen gibt. Allerdings anders geschrieben, „René", mit einem e am Ende. Sogar auf der höheren Schule gab es immer wieder Verwechslungen. Sie wurde zu den Jungen gezählt. Wie oft gab es da bittere Tränen. Heute regt sie sich noch auf, wenn sie Post erhält. Anschrift: Herr Renée. Sie meint, Banken und Behörden müßten doch wissen, wenn mit zwei „ee", daß es sich um eine Frau handelt. Dann hätten die ja viel zu tun, wenn sie sich auch noch mit französischen Namen befassen müßten. Mein Sohn hieß Theodor. Obwohl auch ein seltener unmoderner Name. Der Junge hat sich nie beschwert. Übrigens ist Theodor, sinngemäß, einer der schönsten Namen, die es gibt. Er kommt aus dem Griechischen und heißt auf deutsch: „Geschenk Gottes". Würden doch alle Eltern, gleich welchen Namen ihre Kinder tragen, sie als Geschenk Gottes betrachten, sie dementsprechend behandeln und erziehen, es würde dann viel weniger Leid auf der Welt geben.

Mit meinem Namen habe ich mich schon lange versöhnt. Wir beide gehören eben zusammen.

Thomas Mann schrieb einmal: „Der Name ist ein Stück des Seins und der Seele." Und davon wollen wir ja nichts abgeben. Weiter sagt er: „Kein Merkmal des Menschen ist mit seiner Identität so eng verknüpft, wie der Vorname". Der Name sagt offenbar schon viel darüber aus, was der Betreffende für ein Mensch ist. Deshalb sollten wir mit unserem Vornamen einverstanden und zufrieden sein.

Schuld

Was viele nicht wahrhaben wollen, es verschweigen, oder gar auf andere abschieben: Die eigene Schuld! Statt sich im Unschuldswahn wohl zu fühlen, wird der wache Christ suchen, entdecken und freimütig bekennen: Das habe ich getan! Oder das habe ich unterlassen! Es war meine Schuld! Nicht nur beim Mitmenschen suchen, sondern die eigene Schuld finden, sie annehmen und sie als Chance zu einem Neubeginn werten. Wenn wir so handeln, wird unsere Seele aufatmen und Gott wird sich über seine Kinder freuen, welche bekennen:

„Mea culpa"

Und wenn wir den Vater bitten: „Vergib uns unsere Schuld". Komm uns entgegen, wie wir aufeinander zugehen. Nimm uns an der Hand, wie wir Hand in Hand gehen, rechne uns die Fehler nicht auf, wie wir einander nicht aufrechnen. Hab Geduld mit uns, wie wir Geduld miteinander haben. Laß uns im Leiden nicht alleine, wie wir einander beistehen. Führe uns ins ewige Leben, wie auch wir einander ins Leben führen. Und da der Vater uns liebt, wird er unsere Bitten erhören. Sein Sohn ist den qualvollen Kreuzestod gestorben, um unsere „Schuld" zu sühnen.

Ihm sei Preis und Dank in alle Ewigkeit.

Gläubige Menschen

Vor einigen Tagen las ich folgenden Bericht, zu welchem ich Stellung nehmen möchte. Ärztin: Christen werden und bleiben leichter gesund. Christen haben es einfacher als nicht gläubige Menschen, gesund zu werden und gesund zu bleiben. Davon ist die Vorsitzende der Fördergemeinschaft „Natur und Medizin", die bekannte Ärztin Dr. Veronika Carstens überzeugt. Wie die Witwe des früheren Bundespräsidenten Carl Carstens in Marl sagte, können Christen in Problemlagen „den Himmel mit einbeziehen" und Sorgen bei Gott abladen. Dies tue nicht nur der Seele, sondern auch dem Körper gut. Der Ärztin zu Folge ist es auch wichtig für das Wohlbefinden, daß Menschen einen Sinn im Leben ahben. Auch hier seien „Christen" im Vorteil. Der Mensch ist nicht auf Glück, sondern auf Sinn ausgelegt.

In Allem gebe ich der Ärztin recht. Nur, daß sie immer wieder betont, daß dieses alles bei „Christen" zutrifft, finde ich nicht richtig. Gibt es denn außer Christen keine Menschen, welche an Gott glauben, auf ihn hoffen, ihm vertrauen und nach seinem Willen leben? Ich denke an die Moslems, Juden, Hindus usw. Auch unter ihnen gibt es fromme Menschen. Auch sie glauben genau wie wir Christen an den einen, den allmächtigen Gott. Wenn sie ihm auch einen anderen Namen geben, z.B. Allah, Jawe, usw. Aber es ist derselbe Gott, an den auch wir glauben. Ich bin nur eine einfache alte Frau. Aber in diesem Falle muß ich die berühmte Ärztin korrigieren. Es darf nicht heißen: Christen werden und bleiben leichter gesund! Sondern: Gläubige Menschen werden und bleiben leichter gesund!. Warum können „nur" Christen in Problemlagen den Himmel mit einbeziehen und ihre Sorgen bei Gott abladen? Warum Frau Dr. Carstens?

Mein Pferd

Nun denken Sie womöglich, ich hatte ein Pferd auf der Hammelburg. Die AWO ist ja sehr großzügig, was die Tierhaltung im Altenheim betrifft. Wir Bewohner dürfen einen Hund, eine Katze, Vögel und Fische halten. Ich finde das großartig. Ob dies in anderen Heimen auch erlaubt ist? Wir hatten auch schon eine kleine Schafherde in den Anlagen. Leider mußten die Tiere weg. Warum, das werde ich Ihnen später mal erzählen. Ich hatte das sehr bedauert! Aber ein Pferd wird wohl nicht erlaubt. Vielleicht frag' ich den Chef mal, ob ich eins mitbringen darf??? Mein Pferd war ein außergewöhnliches Exemplar. „Science fiction". Ich schuf es, als ich ungefähr 8 Jahre alt war. Wir hatten in der Schule einen Glückstag. Der Lehrer eröffnete uns: „Heute fällt Rechnen aus, dafür werden wir malen." Am liebsten hätte ich einen Freudensprung gemacht. Aber damals durfte man das in der Schule nicht. Die Kinder von heute sind zu beneiden. Was die nicht alles während des Unterrichts dürfen? Und wie sie mit den Lehrpersonen umgehen. Damals waren Letztere noch Respektspersonen, welche auch, wenn nötig, vom Rohrstock Gebrauch machten. Schön war das nicht! Aber die strenge Erziehung hat keinesfalls geschadet. Ich war glücklich, daß Rechnen ausfiel. Für mich war es das schlimmste Fach. Ich mußte dabei denken. Manche Kinder brauchten das scheinbar nicht. Die ratterten das Einmaleins herunter, vorwärts, rückwärts, ob auch seitwärts, weiß ich nicht. Das Kleine und das Große. Und zwar in einem Tempo, daß es mir vom Zuhören schon schwindelig wurde. Alles, daß der Lehrer nicht mit der Stoppuhr daneben stand. Und wie ist das heute? Lernen die Kinder das Einmaleins überhaupt noch? Oder wird alles mit Rechenmaschine oder Computer erledigt? Dieser Tage las ich, daß manche junge Menschen nach Schulabschluß, wenn sie sich um eine Lehrstelle bewerben, weder lesen, schreiben noch rechnen können. Unfaßbar! Ja, was können die denn sonst? Und wer ist schuld daran??? Jetzt bin ich schon wieder vom Thema abgekommen. Ich wollte vom Pferd erzählen und bin bei den klugen Schülern gelandet. So geht es mir immer, wenn mir, während ich erzähle, etwas anderes einfällt, kann ich es nicht für mich behalten. Früher hätte man gesagt: „Sie kommt von Gix auf Gax!" Jetzt bin ich wieder beim Gix angelangt. Das heißt bei dem Pferd. Also, wir sollten ein Pferd malen. Da schon ein künstlerisches Talent in mir schlummerte, gab ich mir große Mühe und schuf ein Prachtexemplar von einem Pferd. Der Lehrer sah das aber leider anders. Mein Pferd erhielt eine niederschmetternde Kritik. Ich war aufs tiefste gekränkt. Ein Glück, daß die Pferde der anderen Kinder auch nicht gelobt wurden. Sonst hätte ich wieder flennen müssen. Die anderen hatten sich doch auch große Mühe beim Malen gegeben. Aber dieser Mann besaß ja überhaupt keinen Kunstsinn. Sicher ein Banause.

Aber auch an allem, was mein schönes Tier besaß, hatte er etwas auszusetzen. Der Hals war zu lang, die Ohren zu groß. Und die Augen, mit denen ich mir besondere Mühe gegeben hatte: Manche Filmdiva hätte das Tier mit den langen geschwungenen Wimpern um diese Augen beneidet. Aber auch die gefielen ihm nicht. Und erst die Beine, darüber mußte er andauernd den Kopf schütteln. Irgendwie kamen sie mir ja auch etwas seltsam vor. Er frug mich: „Hast Du schon mal ein Pferd mit solchen Beinen gesehen?" Nein, hatte ich nicht. Er auch nicht. Wo denn auch? Damals gab es noch kein Fernsehen, wo man auf Turnieren tanzende Pferde bewundern kann. Mein Pferd war nämlich ein tanzendes Pferd. Wenn ich überlege, war es ja eigentlich zum Tanzen etwas zu korpulent geraten. Schon mehr ein tanzender Ackergaul. Einen solchen konnten wir ja bis heute im Fernsehen nicht bewundern. Aber was nicht ist, kann noch werden. Schade, daß ich mein Gemälde nicht mehr besitze. Womöglich würde es mir heute als moderne Kunst ein Vermögen einbringen. Und wenn ich es noch mit „Picasso" signieren könnte, ginge es bestimmt in die Geschichte der Kunst ein.

Sitzen

Es ist doch so schön, so bequem, es tut so gut, das Sitzen! Aber laufen, gehen, sich bücken, sich recken, aufstehen, setzen, klettern, liegen. Für diesen ständigen Wechsel ist unser Körper eingerichtet. Und die Realität sieht meist so aus: Aus dem Bett aufstehen und bald sitzen. Im Auto, in der Bahn. Sitzen im Büro, oder bei einer anderen Berufstätigkeit. Auf dem Nachhauseweg dasselbe, wie zum Arbeitsplatz. Dann vor dem Fenseher, sitzen, sitzen, oft stundenlang und meist noch in falscher Haltung. Sitzen bedeutet, alles läuft auf Sparflamme. Die Muskeln werden schlecht durchblutet. Es lagern sich Schlacken ab, die sich als schmerzhafte Verhärtungen äußern. Herz und Lunge nützen nicht mehr ihre volle Kapazität aus. Sie gewöhnen sich an den für sie schädlichen Zustand. Man merkt es beim Treppensteigen, wie schnell man außer Atem kommt. Viele Gelenke rosten ein und melden sich mit Schmerzen, wenn sie überraschend gefordert werden. Andere werden völlig überstrapaziert, z. B. bei täglichen einseitigen Schreibtätigkeiten. Fazit: Bewegung ist nötig, um gesund zu bleiben! Wenn Sie immer hocken, kann Ihnen auch der beste Orthopäde nicht helfen. Sie werden oft Schmerzen haben.

Heißt das nun, Ausgleichssport treiben? Ich finde dieses gängige Wort eher unglücklich gewählt. Die meisten Menschen verstehen darunter, wenn sie sich die ganze Woche über kaum bewegt haben, würde eine Gymnastikstunde wöchentlich als Ausgleich genügen, oder ein Tennismatch am Wochenende. Aber ein untrainierter Körper mit seinen steifen Gelenken nimmt diese plötzliche Muskelanforderungen Sehnen und Bänder überlastet. Folge: Wieder Schmerzen! Auch der beliebte einmal wöchentlich stattfindende kilometerlange Waldlauf, bei dem der Körper bis zur völligen Erschöpfung gereizt wird, ist alles andere als gesund. Nötig ist, Bewegungen über den ganzen Tag verteilt, daß gar kein Ausgleich nötig ist. Versuchen Sie es, liebe Hadamarer, den Tag über so viel als möglich bewegen. Ihr Körper wird es Ihnen lohnen, dann schadet es auch nicht, wenn Sie es sich abends vor der „Glotze" gemütlich machen.

Es bebte die Erde

Vor 2000 Jahren um die neunte Stunde ein Aufschrei! Gottverlassen allein am Kreuz, Gottes Sohn schreit zum Himmel:
... Und es bebte die Erde!
Ethnische Säuberung: Ausgebrannte Häuser, Vertreibung, Flucht, Massaker, Plünderung, Bomben:
... Und es bebte die Erde!
Naturkatastrophen, Erdbeben, Lawinenunglück, Überschwemmung, Wirbelstürme:

... Und es bebte die Erde!

Flugzeugunglück, Zugunglück, Brand im Tunnel, Massenkarambolage, Krankheit, Behinderung, Unfalltod:

... Und es bebte die Erde!

Hunger, ausgebeutete Bodenschätze, zerstörte Lebensgrundlagen:

... Und es bebte die Erde!

Abgestempelt, mißbraucht, gequält, verwahrlost, abgeschoben, gedemütigt, keine Lehrstelle, kein Arbeitsplatz, kein Lebensraum, zerstörte Beziehungen:

... Und es bebte die Erde!

Manche Menschen tragen unsagbar schweres Leid!

Warum?

Es gibt keine Antwort

Dein Schrei, Jesus, trägt die Fragen zum Himmel!

Heil

Das Wort Heil war vorübergehend aus der Mode gekommen, nun ist es wieder im Kommen. Hierzulande allzu geschichtlich belastet, wagte man lange Zeit nicht es in den Mund zu nehmen, angesichts des „Volksmund", wie er einst weit aufgerissen „Heil" geschrien und damit maßloses Unheil heraufbeschworen hatte...

Wir leben leider in keiner heilen Welt. Sogar die Kinder bekommen es schon zu spüren, daß das Dasein weniger aus Erfüllung denn aus Verzicht besteht. Und wir Erwachsenen müssen zur Einsicht kommen, daß man für sein persönliches Heil – ich möchte es hier Glück nennen – meist selbst verantwortlich ist. Dahinter steht ganz massiv: Welchen Sinn gebe ich meinem Leben? Diese Entscheidung nimmt mir niemand ab. Es kommt keiner daher und verteilt „Sinn des Lebens". Den muß jeder für sich selbst entdecken. Das erging auch unseren Vorfahren schon so. Sie lernten uns, daß wir uns entscheiden können, für ein Leben mit Gott. Wir erfuhren es durch die Bibel, in der sich Gott als Schöpfer der Welt den Menschen offenbart. Wir hörten von Jesu Christus, den Sohn Gottes, und welches sein Wirken auf dieser Erde war. Schließlich entschieden sich viele in Jesu Nachfolge leben zu wollen und fanden darin den Sinn ihres Lebens. Das ist leichter gesagt als getan, denn ein solcher Lebensweg hat Konsequenzen. Wer sich dazu entschied, muß eine tiefe Liebe und Überzeugung verspüren. Er muß eintreten für das, was ihn erfüllt. Ein anderes Wort heißt „Berufung". Ich muß mich berufen fühlen von der Botschaft dessen, der schon vielen Generationen vor mir als das „Heil der Welt" gegolten hat. Um unser persönliches „Heil" zu finden müssen wir offen sein für den Anruf Gottes an unser Herz. „Ich bin kein religiöser Mensch" meint mancher, der nicht zur Kirche geht, und merkt nicht, daß er das Kind mit dem Bade ausschüttet. Denn für jeden Menschen gilt: Der kürzeste Weg zum „Heil" ist das Gebet.

Und Gott ist nur ein Gebet weit von uns entfernt.

Carlos

Sie werden fragen: „Wer ist denn das? Kennen wir nicht!" Doch, alle kennen ihn. Er ist kein stolzer Spanier, sondern das Hoch, was uns seit Tagen zu schaffen macht. Es belastet Menschen und Tiere. Die Vögel hocken sogar lahm im Ozon und geben kaum noch einen Piepser von sich. Auf den Badeseen schillern die Schlieren des Sonnenöls wie nach einem Frachterunglück. An Schwimmen nicht zu denken. So überfüllt sind die Bäder. Und auf den Straßen schleppen sich die Menschen über den hitzeflimmernden Asphalt wie matte, bewußtlose Faultiere.

„Carlos", das Hoch, lastet schwer auf der Erde. Sein heißer Hauch nimmt den Geschöpfen den Atem. Wie ein unbarmherziger Tyrann hält „Carlos" das Leben im Würgegriff – ein mitleidloser Sommer-Despot, taub für die glühenden Bitten der Menschen um Hitzefreiheit.

Erst im Herbst, wenn irgendeine „Xanthippe" mißgelaunt ihr Tief mit düsteren Wolken und Dauerregen übers Land schickt, wird man sich mit Sehnsucht an „Carlos" erinnern, wie an einen strahlenden spanischen Infanten.

Laut Wetterbericht werden wir ihn noch einige Zeit haben. Und die armen Spanier, was machen die jetzt, wo „Carlos" sich bei uns herumtreibt?

Womöglich müssen die jetzt frieren? Weiß man's?

Das Wetter ist an allem schuld

Erstaunlicherweise begeben sich viele Menschen in erschreckendem Maß in Abhängigkeit zum Wetter. Sie räumen ihm Macht ein über ihr körperliches und seelisches Wohlbefinden. Aus Angst fliehen sie vor den Auswirkungen der Wetterverhältnisse. Sie leiden ebenso unter einem Hoch- wie unter einem Tiefdruckgebiet.

Von nicht Wenigen wird das (arme!) Wetter aber auch für alles verantwortlich gemacht. Es kann sich ja nicht wehren und ist daher der ideale Sündenbock. Alle, die es sonst nicht sind, sind sich plötzlich einig, wenn es darum geht, über das Wetter herzuziehen. Man muß sich mit ihm arrangieren, weil es einfach keine Alternative dazu gibt.

Werde ich nach meinem Wohlbefinden gefragt und klage ich über ein Weh – gleich welcher Art -, erhalte ich fast immer die Antwort: „Es liegt am Wetter!" Ganz gleich, ob die Sonne lacht, ob es regnet, ob Hitze oder Kälte, das Wetter bringt es allemal fertig, daß wir uns nicht wohlfühlen.

Es ist eben an allem schuld!

Kürzlich traf ich eine Bekannte. Sie klagte, daß die Hühneraugen so zwicken würden. „Immer wenn wir dieses Wetter haben", meinte sie. Ich denke, das geht aber nun doch zu weit, daß wir dem Wetter auch noch unsere Hühneraugen in die Schuhe schieben – das arme Wetter!

Solange es kein Unwetter wird, wollen wir mit ihm zufrieden sein. Gott sei Dank blieb Hadamar und die Hammelsburg, solange ich lebe, von Unwettern verschont. Gebe Gott, daß es so bleibt!

Ein Glück, daß wir Menschen das Wetter nicht machen können. Es würde ein unvorstellbares Chaos geben!

Zeitgeist

Die Zeichen, die Gesichter der heutigen Zeit sind vielfältig. Vieles was wir beobachten, erfüllt uns mit Erstaunen, machmal aber mit Erschrecken. Zum Beispiel: Das gestörte Verhältnis vieler Menschen zum Leben. Der Irrglaube, materieller Wohlstand sei dasselbe, wie menschliches Glück! Kürzlich sagte ein bekannter Wissenschafter in einer Radioansprache: Die Geschichte kennt die Zeit der Helden und Schwärmer, der Kämpfer und Aufklärer. Heute erleben wir die Hochkonjunktur der Lüste: „Geldgier und Sexualgier, Gewaltgier und Konsumgier." Natürlich wurde schon zu allen Zeiten der „Zeitgeist" beklagt. Aber viele „Götzen" sind bei allem Machtwechsel durch die Jahrhunderte die gleichen geblieben. Die Macht und das Geld versuchen seit eh und jeh, die Menschen zu verderben. Und leider schaffen sie es viel zu oft. Hochmut und Konsumbequemlichkeit hindern den Menschen am Ergreifen des Wahren und Wesentlichen, was ihn wahrhaftig glücklich macht. Wer die Geister nicht zu unterscheiden vermag, ist der Gefahr ausgesetzt, manipuliert zu werden, und zwar so, daß er sich dessen nicht bewußt wird. Und das ist gefährlich für den Menschen. Der Glaube wird verwirrt. Die sittlichen Wertvorstellungen durcheinander gebracht. Was ist in dieser Situation zu tun? Sich nicht behandeln lassen, sondern selbst handeln! Das ist die Haltung des mündigen Christen, die freilich ein fest gegründet sein im Glauben voraussetzt. Wir müssen stets bemüht sein, nach Gottes Willen zu handeln, sonst handeln Andere, und das kann fatal für uns werden!

Ich freue mich auf heute

Mach einem erscheint ein solcher Satz bedenklich. Gibt es nicht Gründe, den heutigen Alltag bedrohlich zu finden?

In allen Ecken und Enden Probleme. Wenig Erbauliches, kaum Freude. Verständlich, daß weniger vom Gegenwärtigen als vom Zukünftigen geredet wird. Und das meist mit einem drohenden Unterton. Verständlich gewiß, aber leider auch zur Mode geworden. Junge Menschen, bei denen die Freude zu Hause sein müßte, tragen Verdrossenheit und Resignation zur Schau. Ich finde dies sehr, sehr traurig. Haben die Menschen die Hoffnung verloren? Die Neugier auf den kommenden Tag? Die Freude auf das Nächste und den Nächsten? Natürlich: es gibt Ausnahmen. Doch die scheinen rar zu werden. Leider meinen viele, sie müßten in den Chor des Lebens-Schmähsüchtigen einstimmen. Ich bin der Meinung, daß in einem Tag, einer Stunde, einem Augenblick, mehr steckt, als man anzunehmen gewohnt ist. Setzt unser Leben sich nicht aus Erfahrungen zusammen, Guten und Bösen? Nicht selten gibt erst die Summe der Tage einen Zusammenhang, der uns erkennen läßt, aus der grauen Banalität heraus zu finden. Undankbarkeit für einen geschenkten Tag ist nicht unbedingt ein Zeichen von Tiefgang oder Lebenswust. Meines Erachtens ist jeder Tag ein Geschenk Gottes, das Hoffnung verdient. „Ich freue mich auf heute." Wer immer nur gespannt in die vielleicht bedrohliche Ferne blickt, gerät in Gefahr, den Blick zu verlieren, was vor Augen liegt. Ein Kompliment denen, die trotz aller Altersbeschwerden gerne leben und Gründe zur Dankbarkeit und Freude finden.

Möge eine solche Einstellung vielen Hadamarern zu eigen sein. Ich wünsche es ihnen von Herzen.

Frieden

Frage: Wann wird es Frieden auf Erden geben?
Antwort: Wenn die Katze die Maus liebevoll umarmt.
Fazit: Leider ein Beweis, daß es nie Frieden auf Erden geben wird!

Karfreitag

„Wahrhaftig, das war Gottes Sohn!"
Der römische Hauptmann, ein Heide, welcher mit seinen Soldaten in der Nähe des Kreuzes stand, als Jesus den qualvollen Tod erlitt, hat diesen Ausspruch getan. Er hatte es erkannt, daß dieser Mensch, den sie so grausam gemartert hatten, der Sohn Gottes war.

Und wir, was ist mit uns, die wir uns Christen nennen? Danken wir unserem Erlöser, der aus Liebe zu uns starb? Hoffen wir, daß durch den Karfreitag unser Leben und Sterben in der Liebe Gottes aufgehoben ist und daraus Sinn erfahren kann. Noch immer gibt es das für uns sinnlose Sterben, das uns zutiefst schockiert und uns in Verzweiflung zu stoßen droht. Aber durch Christi Tod, durch welchen er Zeugnis ablegte von der Liebe Gottes. Sie ist stärker als der Tod.

Zwar werden wir hineingeboren in ein Leben, das eine Verknüpfung von Not und Sinn darstellt. Allein die Liebe gibt Grund zum Vertrauen, daß nach dem Tod ein neues unvergängliches Leben auf uns wartet. Für mich eine Gewißheit, welche mich trotz aller Altersbeschwerden glücklich sein läßt.

Mögen alle Hadamarer in der Hoffnung auf das ewige Leben glücklich sein!

Sag: Wo sind die Blumen geblieben?

Die Blumen der Lebensfreude, die Blumen der schönen und der guten Dinge – In der Tagesschau, in der Zeitung, in den Gesprächen?

Die Blumen sind erstickt und gestorben in der Lawine von Haß – und Gewaltnachrichten, von Mord und Skandalgeschichten.

Sie sind erstickt und gestorben auf den Lippen der Unglückspropheten, in der Brieftasche der Geldgierigen.

Sag: Wo sind sie geblieben, die Blumen der kleinen Aufmerksamkeiten, daß man aneinander denkt und einander beschenkt?

Sie sind eingegangen an unserer Eigensucht, verkümmert an unserer Gereiztheit. Sie wurden zertreten beim Streit in unseren vier Wänden.

Sag: Wo sind sie geblieben, die Blumen der Geborgenheit, die uns froh machen, wie wir uns schenken können?

Da ist ein Mensch, der dich braucht: Leg Blumen bereit.

Warum haben so viele Menschen nichts vom Leben? Weil sie keine Freude haben, weil sie keinen kennen, der sie mag. Dabei könnten Blumen doch Wunder bewirken. Es müssen nicht kostspielige Blumen sein, sondern nur ein Lächeln, ein gutes Wort, eine kleine Geste. Dies sind Blumen, die von Herzen kommen. Wo alle Ängste, Schmerzen und Tränen Trost finden durch die Liebe. Wo Menschen füreinander blühen, wie die Blumen und dadurch glücklich sind.

Der Halligmatrose

Ich ungefähr zehn Jahre alt, als unser Lehrer uns folgende tragische Geschichte erzählte: Ich weiß nicht, ob es sich wirklich zugetragen hat. Jedenfalls war ich als Kind erschüttert, so daß ich es heute nach über 70 Jahren noch nicht vergessen habe. Zur Erläuterung für die, die es nicht wissen. Eine Hallig ist eine kleine bewohnte Insel im Meer. Die Bewohner, meist Seeleute, haben sich unter größten Mühen hohe, feste Dämme gebaut und darauf ihre Häuschen errichtet. Es sind sehr anspruchslose Menschen. Sie liebten ihre kleine Insel und das Meer. Einer dieser Bewohner, er war Matrose auf einem großen Schiff, wurde von starkem Heimweh geplagt. Er bat den Kapitän um einige Tage Urlaub.

Es entstand folgender Dialog:

„Kapitän, ich bitte Euch, lasset mich fort, lasset mich frei, sonst lauf ich von Bord, ich muß heim, muß heim nach der Hallig. Schon sind vergangen drei Jahr, daß ich stets zu Schiff, daß ich dort nicht war, auf der Hallig, der lieben Hallig."

Der Kapitän erwiderte: „Nein Jasper, nein, das sage ich Dir, noch diese Reise machst Du mit mir, dann darfst Du ziehen nach der Hallig. Aber sage mir, Jasper, was willst Du dort. Es ist so ein öder, armseliger Ort, die kleine, die einsame Insel?"

Antwort des Matrosen: „Wie könnt Ihr so was fragen? Es ist meine Heimat. Dort leben die Menschen und Tiere, welche ich liebe und nach denen ich mich sehne."

Der Kapitän nahm darauf den Matrosen in den Arm:

„Jasper, ich merke, Du hast keine Ahnung, was geschehen ist. Eine Sturmflug kam, wie nie zuvor und das Meer, das wild aufwogende Meer, hoch ging es über die Hallig. Alles wurde vernichtet. Sogar die Dämme und Häuser wurden wegge-spült. Was willst Du da noch tun auf der Hallig?"

Antwort: „Ach Gott Kapitän, ist das geschehen, alles soll ich nicht wiederse-hen, was lieb mir war auf der Hallig. Und Ihr fragt mich noch, was ich dort will tun, will sterben und im Grabe ruhn, auf der Hallig, der lieben Hallig.

Zeichen liebender Erinnerungen

Friedhöfe: Orte der Ruhe und Beschaulichkeit.

Oasen der Stille inmitten der Hektik, des Lärms und der Betriebsamkeit. Den Hauch des „Unheimlichen". welcher ihnen früher anhaftete, haben sie in unseren Tagen verloren. Sie sind oft Zufluchtsstätten derer geworden, die „ein stilles Plätzchen suchen", ein wenig frische Luft schnappen wollen, einfach mal tief durchatmen möchten. Im Schatten der uralten Bäume ruht sich's so wohl. Friedhöfe, sie sind zu Naherholungsgebieten, letzten grünen Lungen in unseren Städten geworden. Manch einem mag es genügen, wie in einer Parkanlage dort ein wenig freie Zeit zu genießen.

Die Gräber stören dabei nicht. Es gut sogar gut, alte Namen zu lesen und von der Vergangenheit zu träumen. Hier ruhen unsere Toten: An ihren Gräbern fühlen wir uns ihnen nahe. Zeichen liebender Erinnerung prägen diesen Ort.

Wenn wir Christen die Gräber unserer Toten mit Blumen und Lichtern schmücken, wollen wir die Erinnerung wach halten an die, welche mit uns leb-ten, die wir liebten und nicht vergessen werden. Wir wollen für die etwas tun, die zu Lebzeiten so viel für uns getan.

So, wie die Namen der Verstorbenen, ihre Geburts- und Todesdaten auf Grabsteinen eingegraben sind, so sollen die Träger dieser Namen und Daten unseren Herzen eingeschrieben bleiben – und angeschrieben sein bei Gott im Buch des Lebens.

Nicht umsonst nannten unsere Vorfahren die Friedhöfe im Glauben an das ewige Leben „Gottesacker".

Und all unser liebendes Gedenken und Erinnern will letztlich sichtbares Zeichen unseres Glaubens und unserer Hoffnung sein: Mit dem Tod und dem Grab ist nicht einfach „alles aus". Wir „glauben" an das ewige Leben in der zukünftigen Welt.

Supermoderne Kunst

Vielleicht denken Sie, was will sie denn schon wieder mit der Kunst? Ja, leider hat sich etwas so Unglaubliches ereignet, was ich nicht für mich behalten kann. Vermutlich haben nicht alle den Artikel am 16.6. in der „Nassauische Neue Presse" gelesen oder am folgenden Tag im Fernsehen RTL die Reportage darüber gesehen und gehört.

Als ich vor Wochen über die Kunst schrieb und meine Vermutung zum Ausdruck brachte, daß ein Häufchen auf dem Gehsteig, um welches alle Fußgänger einen Bogen machen, womöglich auch bald zu einem modernen Kunstwerk ernannt wird. Manch Eine oder Einer werden gedacht haben, wie kann sie nur so etwas vermuten und dauch noch schreiben? Ja, sie kann. Und sie wird immer, wenn etwas Unerhörtes geschieht, dazu Stellung nehmen.

Am 16.6. schrieb die Reporterin Sabine Kinner folgenden Artikel in der „Nassauische Neue Presse": Überschrift: „Anale Phase". Ich dachte sofort an meine Vermutung betr. Häufchen. Meine Vermutung war nicht abwegig, sondern wurde mit dem, was nun geschehen ist, bestätigt. Die Reporterin berichtet: Die Postmoderne Kunst steht ratlos vor dem Phänomen ihrer Einfallslosigkeit. Alles scheint bereits gesagt und schon gezeigt; die großen Erneuerungsbewegungen haben in der ersten Hälfte des Jahrhunderts stattgefunden. Zwei Notausgänge aus dieser Situation haben sich die Künstler geschaffen: Die Plünderung alter Ideen und das Fabrizieren von Skandalen.

Der Berliner Anton Henning, der jetzt im Frankfurter Museum für Moderne Kunst ein mit eigenen Exkrementen gemaltes Bild unter Angabe des zuvor Gegessenen und Verdauten (Zutatenliste) zeigt, kalkuliert mit dem Aufmerksamkeitseffekt. Und das Museum, das nicht zu fein ist für diesen Scheiß (das Wort muß in diesem Zusammenhang erlaubt sein) mystifiziert ihn als „extreme Ambivalenz" und lockt seine Besucher damit an. Tabu-Bruch ist ja schick!

Natürlich ging es noch schicker: Etwa mit einer Performance, bei der Henning die Herstellung seines Werkmaterials (Farbe) live vor Vernissage-Publikum zeigt. Während andere Maler eine blaue oder graue Phase durchleben, hat Henning eine „anale".

Einen Tag nach diesem Artikel in der Zeitung sah und hörte ich im Fernsehen RTL eine Reportage über dieses Thema. Ein Menschenandrang im Museum. So etwas darf man sich doch nicht entgehen lassen. Das muß man doch gesehen haben! Der Künstler und sein Werk wurden vorgestellt, Besucher interviewt. Eine Frau sagte: „Beim Betreten des Raumes nahm ich sofort einen üblen Geruch wahr". Kein Wunder! Es ist für mich unfaßbar. Diese unglaubliche Dreistigkeit des Malers, das mit seinem Kot bemalte Bild dem Museum anzubieten. Und noch unglaublicher, daß sein stinkendes Werk nicht zurückgewiesen, sondern ausgestellt wurde. Aber was tut man nicht alles für Geld? Das Museum kam auf seine Kosten. Herbei eilten die Völkerscharen. Und in der Kasse klingelte es wieder, wie seit Jahren nicht mehr. Mir fehlen weitere Worte zu diesem unglaublichen Geschehen. Doch eines muß ich noch sagen: „Pfui!"

Gott lachte

Na so was! Darüber habe ich bis jetzt noch nicht nachgedacht, ob Gott auch Grund zum Lachen hat? Daß er sich freut über die wenigen seiner Kinder, welche nach seinem Willen leben, kann ich mir vorstellen, und auch, daß er traurig ist, über seine vielen mißratenen Kinder. Aber worüber sollte er lachen? Ich weiß es genau so wenig wie Sie. Aber einer glaubt es zu wissen: Eberhard Seybold. Sein Kommentar am 3.9.99 in der Tageszeitung. Überschrift: „Gott lachte". Dann kam's, worüber Gott wohl lachte. Jetzt sind Sie aber gespannt! Gott lachte vermutlich über die deutsche Rechtschreibereform. Seither habe ich mich immer aufgeregt und geärgert über den Unsinn der Reform. Aber als ich Seybolds Kommentar las, habe ich so herzhaft gelacht, wie lange nicht mehr. Nun habe ich mir vorgenommen, Schluß mit dem Ärger, ab jetzt wird nur noch über den Unsinn gelacht. Es ist auch besser für meine Gesundheit. Aber ich muß aufpassen, daß ich mich nicht kaputt lache. Sollte nichts mehr von mir in der „Heimatpost" erscheinen, ist es womöglich passiert. Seybold macht unter anderem darauf aufmerksam, daß deutliche Unterscheidungen, für welche die Kommas seither verantwortlich waren, von irgend welchen gedankenlosen Sprachschleichern eingeebnet wurden. Denn bei der Reform wird jetzt bei den Kommas weitgehende Freiheit gewährt. Für mich unvorstellbar! Ja, wäre es da nicht besser, alle Kommas wegzulassen? Dann würden doch wenigstens die jubeln, welche nie wußten, wo die Kommas hin gehörten. Ob ich das noch erlebe? Diesen Kommakuddelmuddel? Es gibt ein hübsches Sprichwort: „Der

Mensch denkt, Gott lenkt". Man kann auch sagen: „Der Mensch dachte, Gott lachte." Und da den Kommas jetzt Freiheit gewährt wird, könnte es auch so aussehen: Der Mensch, denkt Gott, lenkt! Wer darüber nicht lacht, hat's nicht kapiert!

Etwas hätte ich bald vergessen. Am vergangenen Samstag, dem 4.9. war ein interessanter Leserbrief in der „Nassauische Neue Presse" über die Rechtschreibereform. Ein Herr, Ernst Reinhold, aus Friedrichsdorf machte seinem Ärger Luft. Zum Schluß seiner Ausführungen gab er der Reform einen tollen Kosenamen. Er nannte sie eine kulturelle Mißgeburt. Ich muß sagen, auf dei Idee wäre ich nie gekommen. Braucht man sich noch zu wundern, daß Gott manchmal über seine Kinder lacht?

Damit die Hadamarer wieder mal lachen können, folgende Erzählung:

Herr Meier kommt feucht-fröhlich vom Kegelabend. Er brummelt in den Bart und lacht: „Mann, haben wir einen draufgemacht!" Doch wo ist seine Frau? Sie weiß doch, daß ihm der Magen knurrt wenn er vom Kegeln kommt. Er ruft nach ihr, keine Antwort! Das darf doch nicht wahr sein, denkt er, so pflichtvergessen war sie ja noch nie. Emanzipation, wovon sie seit längerer Zeit schwärmt. Womöglich fühlt sie sich schon als Emanze? Aber ohne mich! Die Flausen werde ich ihr austreiben. Immer noch bin ich der Herr im Hause und habe das Sagen. So was, kein Essen auf dem Tisch und auch nichts im Kühlschrank, außer Konserven. Und ich habe so einen Kohldampf. Der arme Mann mußte eine Dose öffnen, um nicht zu verhungern. Da hatte er Glück gehabt, in der Dose befand sich was Leckeres. So was gutes hatte er ja noch nie gegessen. Am liebsten hätte er noch den Inhalt einer zweite Dose verspeist, aber leider fand er die gleiche Sorte nicht mehr. Als die Frau nach Hause kam, schlief er bereits wie ein Murmeltier. Nein, er sägte wie ein ganzes Sägewerk. Wie üblich erhielt er einen Rippenstoß. Zwei Minuten Funkstille. Dann ging das Sägen wieder los, arme Frau! Als sie morgens die Katze füttern wollte war das Futter weg. Sie wußte genau, daß sich noch eine Dose im Kühlschrank befand. Aber sie war weg. Als sie die leere Dose im Mülleimer fand, durchzuckte sie ein heftiger Schreck. Mein Mann, der Arme, hat das Kitekat gegessen, wo er doch den kranken Magen hat. Sicher sitzt er jetzt stundenlang auf dem Klo und krümmt sich womöglich vor Schmerzen. Und Kamillentee hat er auch nicht dabei – der Arme. Kaum zu glauben, der Mann kam frohgestimmt nach Hause. Sie fragt nach seinem Befinden. Antwort: „So gut wie heute ging es mir lange nicht mehr. Überhaupt kein Magendrücken. Gestern Abend habe ich etwas gegessen, das hat mir ja so gut geschmeckt, und wie du siehst, ist es mir auch ausgezeichnet bekommen."

‚Wenn das so ist', dachte die Frau, ‚soll er jetzt täglich sein Kitekat haben'
und er bekam es. Die Beiden waren so glücklich und zufrieden wie lange nicht
mehr. Aber damit war es mit einemmal vorbei. Der Mann kam nach Hause und
sagte: „Mit mir stimmt etwas nicht. Die Leute schauen mich alle so komisch an.
Seit Tagen habe ich ein eigenartiges Gefühl, und sieh mal, wie mein Schnurrbart
wächst, täglich zwei Zentimeter. Auch die Nägel muß ich täglich schneiden. Sie
werden wie Krallen, und Hunde kann ich nicht mehr leiden. Aber junge Katzen
machen mich ganz wild. Und Appetit habe ich", platzte er heraus, „auf eine schöne fette Maus." Die Frau fällt in Ohnmacht. Als sie erwacht denkt sie erschreckt:
‚Wie kann man dieses Schicksal wenden? Wenn ich ihm nicht die Wahrheit sage,
wird er noch als Kater enden.'

Und die Moral von der Geschicht:
Gib Deinem Mann nie ‚Kitekat'! Auch vor ‚Chappi' muß ich warnen. Die
Gefahr besteht, daß er dann bellt, Sie anknurrt und womöglich noch beißt.

Telefon

Zu den Institutionen, ohne die man ebensowenig leben kann, wie mit ihnen,
gehört das Telefon. Es kann uns quälen wie ein gelernter Sadist. Es kann uns mit
seinem schrillen Geklingel das Leben zur Hölle machen. Und dennoch wollen
und können wir es keinen Tag missen. Wer auch nur einen Tag vergehen läßt,
ohne einen Anruf zu erhalten oder die Wählscheibe zu betätigen, wird von aku-
ten Angstzuständen befallen, als wäre er von der Umwelt abgeschnitten. Seine
Hand fängt an zu zittern, vor allem der Wählfinger. Die Augen schauen mit magi-
scher Kraft nach dem Telefon. Es ist nicht auszuhalten, wenn es lange Zeit keinen Ton von sich gibt.

Ich denke, das Zeitalter der Telepathie haben wir doch bereits überwunden.
Aber es scheint nur so! Viele Wissenschaftler sind von uns gegangen, ohne die
Antwort auf die Frage zu hinterlassen, ob es solche Dinge gibt oder nicht. Wir
sind bei der Klärung telepathischer Phänomene gänzlich auf uns selbst angewie-
sen. Nach dem, was ich schon erlebte, möchte ich behaupten, es gibt die
Telepathie!

Kürzlich las ich einen interessanten Bericht eines Schriftstellers über dieses
Thema. Folgend werde ich ihn, so gut ich kann, mit seinen eigenen Worten wie-
dergeben: Ich gehe in meiner Wohnung vom Arbeitszimmer über einen engen
Gang zum Badezimmer. Entkleide mich, drehe die Brause auf. Genau in diesem
Augenblick, wo ich mir den Rücken einseife, läutet das Telefon. Immer ist es so.
Ich bin an diesen telepathischen Vorgang schon so gewöhnt, daß ich an einer
bestimmten Stelle das Einseifen unterbreche, weil ich weiß, jetzt kommt das
Telefonsignal. Und es kommt regelmäßig. Ich könnte ja so tun, als sei ich nicht

zu Hause. Aber es könnte ein wichtiger Anruf sein. Es bleibt mir nichts anderes übrig, als in panischer Hast die Seife vom Rücken zu wischen, ein Handtuch um die Schultern legen und zu rennen, besser gesagt, auf den nassen, klitschigen Fußsohlen ins Zimmer zum Telefon zu rutschen. Aber wenn ich endlich angelangt bin, den Hörer an mich reiße, meldet sich niemand mehr. Oder es meldet sich eine fremde Stimme und fragt, ob Ulli zu Hause ist. Auf die Gegenfrage: „Wer ist Ulli?" wird am anderen Ende des Drahtes der Hörer aufgelegt. Was bleibt, ist eine Wasserlache auf dem Fußboden. Hierauf zurück ins Bad. Ein paar mal heftig geniest, wieder unter die Brause und hört, kaum daß der Rücken auf's Neue eingeseift ist, das vertraute Klingelzeichen. Was machen? Nicht hinrutschen? Das läßt die Neugierde nicht zu. Also nichts wie im Eilschritt hin. Hat man's ohne Hals- oder Beinbruch geschafft, wird man gefragt, ob Ulli oder sonst ein Unbekannter zu Hause ist. Eigentlich sollte man diesen Vorgang, die Kunst der Menschenbegegnung durch Einseifen nennen.

Niemals werde ich die Nacht vom 12. auf den 13. Oktober vergessen, als ich stundenlang auf einen wichtigen Anruf aus London wartete. Ich saß auf Nadeln. Fixierte den Apparat, aber er gab keinen Ton von sich. Ich schluckte alle möglichen Aufputschmittel, nur um wach zu bleiben. Aber der Anruf kam nicht. Es gab nur eine Möglichkeit. Unter die Brause. Mal sehen, ob es nicht auch nach England funktioniert. Schließlich habe ich ja nichts zu verlieren. Wie immer unter die Dusche, Wasserhahn auf, einseifen. Und als ich den Rücken erreicht hatte, trr, trr, trr, London meldet sich. Kein Zweifel mehr. Ich bin ein hervorragendes Medium. Offenbar verhält es sich so, daß ein echtes Medium nur unter die Brause gehen muß. Ich dachte schon daran, mich einer amtsärztlichen Prüfung zu unterziehen, fürchte jedoch, daß ich dann für alle Zeiten öffentlich als Medium abgestempelt werde. Und ich habe wahrhaftig schon genug Ärger mit dem Mißtrauen der Leute. Die wollen mir einfach nicht glauben. Erst gestern bekam ich einen Anruf von einem dieser Zweifler, die von meiner Seifentherapie nichts wissen wollte: „Mein Lieber," höhnte der Anrufer, „jetzt seife ich mir bereits seit einer Viertelstunde den Rücken ein und mein Telefon bleibt stumm." Ich sagte: „Verwenden Sie mal heißes Wasser, vielleicht klappt es dann!" Davon wollte er nichts wissen.

„Vielleicht ist Ihr Telefon nicht in Ordnung." Er: „Sie hören doch selbst, daß es in Ordnung ist! Also wo bleibt Ihre Telepathie?" – „Ich weiß nicht?" antwortete ich beschämt, wischte den Seifenschaum vom Hörer und ging ins Badezimmer zurück. Damals gab es noch kein Handy. Oder ist diese tolle Erfindung nicht wasserdicht?

Dieser Schriftsteller ist meines Erachtens nicht nur ein Medium, sondern auch ein Unikum mit goldenem Humor. Er zählt zu meinen Lieblingsliteraten.

Seine Bücher kann man immer wieder lesen.

„Alt" werden oder sein?

Wir kennen alle die Frage: Was ist das? Jeder möchte es werden, keiner will es sein!

Die Antwort lautet: Alt

Wer alt werden möchte, setzt nur positive Vorzeichen vor diesen Lebensabschnitt: frei sein vom Zwang des Berufslebens, Zeit haben für sich selbst, seinen Hobbys nachgehen, reisen können, Bücher lesen, sich freuen an schönen erholsamen Dingen und vieles, vieles mehr ...

Alt sein will keiner. Denn das hat einen negativen Beigeschmack: Die körperlichen Kräfte lassen nach. Oft quälen Krankheit und Schmerzen. Man muß seine gewohnte Umgebung aufgeben und in ein Altenheim ziehen. Man wird abhängig von der Hilfe anderer. Angst befällt so manchen, vor dem letzten Schritt, dem Tod. Der große Maler Michelangelo hat schon gesagt: „Bitter ist das Brot des Alters. Ich weiß mich geborgen in Gottes Hand!"

So müssen auch wir denken. Eine Hand, die uns niemals fallen läßt. Wir wissen doch, jede Lebensphase hat ihre Licht- und Schattenseiten. Wie traurig kann schon ein Kind sein, dessen Lieblingsspielzeug kaputt ging. Wie hilflos, ohne Perspektive, sind junge Menschen, die keine Ausbildung oder Arbeit bekommen. Auch Erwachsene, welche schon lange ohne Arbeit sind und bei denen es fast aussichtslos ist, nochmal welche zu finden. Wie mancher wird sagen: „Wozu tauge ich noch?" Michelangelo betete: „Herr, laß es genug sein, ich bin nur noch ein Schatten dessen, der ich war."

Und wer war er?

Ein großer Künstler, dessen Werke heute noch bewundert werden. Und trotzdem verzweifelte er nicht. In seiner Not vertraute er sich Gott an und dies gab ihm Kraft. Vor allem stärkte es die Hoffnung, welche eine wichtige Fähigkeit ist, im Alter auch noch Freude zu haben.

Möge Gott allen Bewohnern Hoffnung geben. Vor allem, daß der Tod nicht das Ende ist, sondern der Eingang in das ewige Leben. Ein Leben in unvorstellbarer Glückseligkeit. Wer daran glaubt, wird trotz aller Altersbeschwerden nicht verzweifeln und immer Frieden und Glück haben.

Gedanken zu Ostern ...

Zufall ist es gewiß nicht, daß das höchste aller christlichen Feste „Ostern" in den Frühling fällt. Die triumphale Aussage Christi lautet: „Ich mache alles neu". Wie viel eingängiger ist die größte Prophetie angesichts der Gegebenheit, daß wir das im Frühling erleben. Die Dunkelheit wird immer mehr zurückgedrängt. Die

Sonne scheint länger und wärmer. Das Leben in der Natur regt sich neu. Auch der Mensch wird angesteckt von diesem Aufbruch. Er wird von Tatendrang und neuer Hoffnung erfüllt. Leider wird es dem modernen Menschen selten bewußt, daß diese seine Werdefreude im Zusammenhang steht mit Gottes Wirken in der Schöpfung. Gott schenkt uns den Frühling als Gleichnis seiner Kraft, seiner Liebe und seiner Siegesmacht über den Tod.

Wer den Frühling in dieser Weise religiös erlebt, erfährt ihn tiefer und dankbarer. Besonders bei natürlich aufwachsenden Kindern ist die Freude über die Wunder in der Natur oft noch spontan vorhanden und kann geradezu jubelnd aufbrechen. Leider kommt das bei uns Erwachsenen nicht mehr vor, schade!

Miesepeterchen

Für manche Menschen ist es sehr schwer, etwas Gutes zu sagen oder stille zu sein. Das gilt auch für Dich, liebes Miesepeterchen. Warum so viel jammern und klagen und stets Trübsal blasen. Dein eintöniges Klagelied wird durch endlose Wiederholung nicht weniger langweilig. Spukt es Dir denn Tag und Nacht im Kopf, was andere falsch machen? Das ist doch ein saures Leben, so viel Zank und Gezeter über Nichtigkeiten. Natürlich, Du hast recht. Das Regenwetter ist scheußlich und wenn die Sonne scheint, mußt Du dich bald wieder über die Hitze beklagen. Die Zeiten sind schlecht. Ich weiß es, liebes Miesepeterchen.

Aber ich weiß auch, daß es viel Gutes und Schönes auf der Welt gibt. Du weißt es scheinbar nicht.

Du jammerst immer wieder, ach wie ist die Welt so schlecht! Und die Jugend von heute, darüber findest Du schon keine Worte mehr. Und erst die Politiker, der korrupte Haufen da oben. Immer schön in die eigene Tasche.

Daß einer seine Sache gut macht kann es Deines Erachtens nicht geben. Endlos redest Du über Dinge, die dir nicht gefallen. Vor allem über Menschen, die Du nicht magst.

Vermutlich gefällst Du dir in deiner Quengelei, auch wenn Du anderen auf die Nerven gehst.

Liebes Miesepeterchen, mach' Licht in Deinem Herzen. Dann kommt auch Licht in Deine Augen. Und Du siehst die schönen Dinge auf der Erde und die lieben Menschen, die es gibt. Mit einem kleinen Lächeln, welches Dich nichts kostet, kannst Du die Menschen, denen Du begegnest, glücklich machen. Und Du wirst selbst glücklicher sein.

Bitte versuche es!

Gedanken einer 84-jährigen Frau über den Tod

Ich bedaure, daß eine Bewohnerin unseres Hauses von uns ging. Sie war eine bewundernswerte Frau. Trotz Altersbeschwerden und Krankheit stets freundlich und zufrieden. Möge Gott ihr ewigen Frieden schenken! Durch ihren Tod wurde ich wieder an mein eigenes Ende erinnert. Ich lebe noch gerne. Das Alter hat trotz der Beschwerden noch Schönes zu bieten. Vor allem in der herrlichen Natur. Früher hatte ich keine Zeit die Natur zu bewundern. Heute nehme ich Dinge wahr, welche ich früher übersah. Und das läßt mich glücklich sein. Ich danke Gott für jeden Tag, den er mir noch schenkt. Wenn meine Lebensuhr abgelaufen ist, habe ich keine Angst vor dem Tod. Die Gewißheit, daß durch unseren Erlöser Jesus Christus der Tod unser Eingang in das ewige Leben ist, nimmt jede Angst. Läßt mich froh und glücklich sein. Ich werde die, welche ich geliebt habe, wiedersehen und auf die warten, die ich liebe. Allen Hadamarern wünsche ich, daß sie in der glücklichen Hoffnung leben und sterben mögen.

Der einzige Sohn einer Mutter und diese war Witwe

Damals, ich war acht bis zehn Jahre alt, als ich im Religionsunterricht von folgender wahren Begebenheit aus dem Leben Jesu hörte. Es wurde berichtet: Als Jesus an das Stadttor von Naim kam, trug man einen Toten heraus. Den einzigen Sohn seiner Mutter und diese war Witwe. Ich weiß noch, wie ich damals mit den Tränen kämpfte, in Gedanken an den Schmerz der Mutter. Weiter heißt es, viel Volk begleitete sie. Als Jesus sie sah, wurde er von Mitleid ergriffen. Er trat an die Bahre und befahl den Toten: „Jüngling, ich sage Dir, stehe auf" und sogleich erhob sich der Tote und Jesus gab ihn seiner Mutter.

Ich kenne eine Frau, welche das gleiche Schicksal erlitt. Nur mit dem Unterschied, daß ihr Sohn nicht vom Tod erweckt wurde. Sie war noch keine 30 Jahre alt, als ihr Mann in Rußland fiel. Da sie ihren Mann sehr liebte, war es ein harter Schlag für sie. Ihr einziger Trost war damals ihr kleiner Junge. Zwei Jahre alt. Sie machte es sich zur Lebensaufgabe, den Sohn im Sinne seines Vaters zu erziehen. Und das war ihr gelungen. Der Sohn wurde genau wie der Vater ein guter, charakterfester Mensch. Sie war stolz auf ihn, liebte ihn über alles. Und dann geschah das Entsetzliche! Im Alter von nur 24 Jahren wurde auch er ihr durch den Tod entrissen. Vermutlich hat ihr christlicher Glaube sie vor der Verzweiflung bewahrt. Ich war damals zu der Beerdigung des jungen Mannes gegangen. Eine solche Anteilnahme habe ich noch nie erlebt. Der Friedhof war schwarz voller Menschen. Der Priester, welcher den Jungen von Kind auf gekannt hatte, hielt eine ergreifende Grabrede. Er schämte sich seiner Tränen nicht. Auch an den Jüngling von Naim erinnerte er. Den einzigen Sohn einer Witwe. Ich glaube, kein Auge der anwesenden Mütter blieb trocken. Und diese leidgeprüfte Mutter von damals wurde trotz der schweren Schicksalsschläge sehr alt. Nun geht es mit ihr zu Ende. Als ich kürzlich sie besuchte, sagte sie: „Alles war Gottes Wille, und was er will, ist immer das Beste für uns, auch wenn wir es nicht begreifen. Fürwahr, eine bewundernswerte Frau! Ihre Hoffnung und einziger Wunsch ist noch, daß sie die Menschen, welche sie über alles liebte und die Gott so früh heimholte, bald wiedersieht, um auf ewig mit ihnen vereint zu sein. Ich bin fest davon überzeugt, daß ihr Wunsch in Erfüllung geht.

Allen Hadamarern wünsche ich, daß auch sie in der Hoffnung leben, einmal mit all ihren Lieben auf ewig vereint zu sein.

Altersbeschwerden

„Gegen das Alter ist kein Kraut gewachsen", das wußte schon im Altertum der griechische Arzt Hippokrates. Ein deutscher Arzt und Pharmakologe hat kürzlich festgestellt, daß die Wirkung der meisten „Geriatrika" (Mittel gegen Altersbeschwerden) auf dem guten Glauben derer beruht, die sie einnehmen. Vitamine und Mineralstoffe, die meist angeboten werden, sind nicht billig, dabei besteht bei ausreichender und richtiger Ernährung auch im Alter hierzulande kaum ein Mangel an diesen Stoffen.

Immer wieder klagen ältere Menschen über Schlafstörungen und innere Unruhe. Es wäre sicher ganz falsch, hier großzügig von Beruhigungs- oder gar Schlafmitteln Gebrauch zu machen. Das beste Mittel ist, ein gewisses Maß an körperlicher Bewegung, etwa durch Spaziergänge. Es ginge manchem alten Menschen besser, wenn er „mehr ginge".

Wir haben der Chemie viel zu verdanken, daran ist nicht zu zweifeln. Aber sie hat auch ihre Schattenseiten, wenn der Gebrauch chemischer Mittel übertrieben wird. Das gilt nicht nur für Wasch- und Reinigungsmittel, sondern auch für Medikamente. Sie können unter Umständen abhängig machen. Kürzlich las ich, daß neun Zehntel des menschlichen Glücks von seiner Gesundheit abhängen. Wer wird das bezweifeln? Eine vernünftige Lebensweise kann dazu helfen. Und was mit natürlichen Mitteln erreicht werden kann, ist oft sehr viel.

Und noch einmal „Bewegung". Täglich ein Spaziergang, kann im Alter Wunder wirken. Auch den Geist nicht vergessen. Auch er braucht Bewegung, damit er fit bleibt. Und dafür ist meines Erachtens Gedächtnistraining das Beste. Dazu gehören ganz einfache Mittel. Täglich die Tageszeitung lesen. An allem Interesse zeigen, was in der Welt vorgeht. Auch an der Politik, obwohl man sich darüber manchmal aufregen muß. Aber ich glaube, das dient auch der geistigen Vitalität ... Und noch etwas sehr Wichtiges: Ich halte es für das beste

Gedächtnistraining – Kreuzworträtsel lösen! Sie können mir glauben, ich spreche aus Erfahrung. Alles, was mir an Rätseln in die Hände fällt, versuche ich zu lösen. Es macht Spaß und ich fühle, wie mein Geist dadurch fit bleibt. Deshalb empfehle ich es allen alten Menschen, welche noch dazu in der Lage sind, zur Nachahmung.

Das Alter

Wir alle wissen: Jeder Mensch möchte alt werden, aber keiner will es sein! Ein berühmter Mann sprach einmal vom Alter als dem „kraftvollen Schlußakkord des Lebens". Es sei aber auch „eine Zeit des Verwelkens". Einen Teil, da einem die Welt immer fremder, das Leben zur Last und der Leib zur Qual werden könne. Welch alter Mensch wird dies begreifen?

Die Bürde des Alters kann sehr verschieden aussehen und in sehr verschiedener Haltung getragen werden. Schwer wird wohl den meisten das Alter, wenn die Kräfte nachlassen und täglich neue Beschwerden hinzu kommen. Wenn sie einsam werden, weil die Angehörigen entfernt wohnen und Bekannte und Verwandte ausbleiben. Wenn sie die vertraute Umgebung mit einem Altenheim oder gar mit einem Pflegeheim vertauschen müssen. Wie bitter ist dies für viele. Auch wenn sie in die Familie eines ihrer Kinder ziehen; der Wohnraum dort kaum ausreicht, die Enkel lärmen und jung und alt sich in ihrem Lebensrhythmus wie in ihrer Lebensauffassung schmerzlich unterscheiden. Doch ist weniger die Last entscheidend, als vielmehr die Einstellung dazu und die Weise, wie man damit umgeht. Aber leicht ist es auf keinen Fall.

Gottvertrauen ist in solchen Fällen die einzige Hilfe, in welcher man sich gehalten und getragen weiß. Es gibt ein Selbstvertrauen, das vor der Bürde des Alters nicht resigniert und unter seiner Last nicht zusammenbricht. Wie oft verdrängt hingegen das Gejammer über ein Mißbehagen des Alters alles Gute, was dem Menschen noch bleibt. Wenn ein alter Mensch seine Hoffnung selbst zerstört, ist er der Verzweiflung nahe. Gott ist uns nahe. Ihm darf man sich anvertrauen, ihm sein altes müdes Herz öffnen. Wer diesen Rat befolgt, dem wird die Bürde des Alters leichter fallen. Ich selbst habe ein hohes Alter erreicht, bin 86 Jahre, und schreibe (spreche) aus Erfahrung.

Gelassenheit

Immer wenn ich explodiere (es kommt ja nur noch selten vor), denke ich an eine Bekannte, welche mir einmal die Frage stellte, welches wohl das schönste deutsche Wort sei. Meine Antwort: Liebe? Mutter? Heimat? Ließ sie nicht gelten. Nein, fand sie und gab selbst die Antwort: „Gelassenheit". Wahrscheinlich kannte sie meine Art und wollte mir einen Fingerzeig geben. Also dachte ich über Gelassenheit nach – fand aber die drei anderen Worte vor allem vom Klang her schöner. Dabei ist es keine Wortbildung, welch etwa die Rechtschreibereformer erfunden haben, welche schon viel dazu beitrugen, daß ich nicht gelassen bleiben konnte, sondern es ist ein viele Jahrhunderte altes, gutes deutsches Wort. Eine gute alte Tugend, um die wir Menschen ringen – seit es uns gibt bis heute. Ein Thema für Philosophen und Theologen von jeher. Leider muß ich sagen, daß ich in meinem langen Leben es trotz aller Bemühungen nicht schaffte, gelassener zu werden. Im Alltag gibt es so oft Gelegenheiten, die Beherrschung zu verlieren, zu schreien, oder auch verzweifelt in Tränen auszubrechen. Heitere Gelassenheit – wie oft hast du mich verlassen. Wo bist du geblieben? Jene Mutter, die ich einmal beobachtete, wie sie mit Schlägen auf ihren kleinen Sohn losging, nur weil er vergebens versuchte, seine Kapuze über die Schirmmütze zu ziehen. Diese häßliche Szene auf der Straße hat mich erschüttert. Da sah ich, wie schrecklich es ist, wenn ein Mensch die Beherrschung verliert. Die Frau verfügte über kein Quentchen Gelassenheit. Ja, so ist das. Die Fehler der anderen sieht man, aber die eigenen meist nicht. Warum verliert der Mensch die Beherrschung? Weil er die Dinge nicht hinnehmen will, wie sie nun mal sind? Oder von der Vielzahl der Probleme und der eigenen Unzulänglichkeit? Wie manches Mal schrieb ich in der Aufregung einen Brief, welchen ich zum Glück später wieder zerriß. Aber was kann man dagegen tun? Wie kann ich gelassen bleiben, wenn rundum die Wogen hochschlagen? Meine Mutter konnte das. Sie blieb in den schwierigsten Situationen gelassen. Wie oft habe ich sie darum beneidet. Ich, das Gegenteil! Sicher eine Frage des Charakters, der Selbstdisziplin? Manchmal denke ich, es liegt vielleicht am Sternzeichen, in dem man geboren wurde? Was kann ich dafür, daß ich ein Skorpion wurde? Und zwar einer, der seinem Namen Ehre macht. Eine Kämpfernatur. Wir wissen ja, daß der Skorpion einen Giftstachel besitzt, welchen er, wenn nötig, auch benutzt. Ich habe eine nahe Verwandte, auch ein Skorpion. Wir beide mögen uns sehr. Sind auch meist der gleichen Meinung. Aber wehe, es kommt zu einer Meinungsverschiedenheit. Zwar flogen nie die Fetzen, aber manchmal hat nicht viel gefehlt! Von wegen, der Klügste gibt nach! Bei uns gibt es scheinbar keinen Klugen. Das wäre ja noch schöner, wenn einer von seiner Meinung, seinem Standpunkt abging. Meist geht der Kampf unentschieden aus.

Gepriesene Gelassenheit, wo bist du geblieben??? Nun hörte ich, daß es auch gelassene Skorpione gibt. Ich kann es kaum glauben. Die müssen ja total aus der Art geschlagen sein. Ich beneide sie um ihre Gelassenheit. Nun habe ich diese schöne Tugend über den grünen Klee gelobt. Aber hat sie nicht auch eine Schattenseite? Kann man denn zu allem, was geschieht, ja und Amen sagen? Es gibt Situationen, wo dies nicht nur strafbar, sondern sogar sündhaft wäre. Wenn wir zum Beispiel schweres Unrecht, gleich gegen wen es geschieht, gelassen hinnehmen, statt zu opponieren, dann versündigen wir uns. Welch ein Glück, daß wir in unserem Land eine Demokratie haben, wo man den Mund aufmachen und gegen Unrecht kämpfen kann. Wir Alten haben es ja erlebt, wie schrecklich dagegen eine Diktatur ist, wo man himmelschreiendes Unrecht hinnehmen mußte, ohne sich dagegen wehren zu können. Was geschah mit den mutigen Menschen, welche sich dagegen auflehnten? Entsetzlich! Wie viele Menschen leiden bis an ihr Ende, an dem, was ihnen in der damaligen Zeit zugefügt wurde. Aber Gott sei Dank, leben wir jetzt in keiner Diktatur und können den Mund aufmachen.

Denn wenn Unrecht geschieht, darf man nicht schweigen, auch wenn man kein Skorpion ist!

Tschüß

Die Zeiten ändern sich und wir uns mit ihnen. Den Abschiedsgruß „Tschüß" kannte man in meiner Jugend noch nicht. Damals hieß es noch „Auf Wiedersehen". Aber wie alles andere ist auch unsere Sprache der Mode unterworfen. Erstaunlicherweise hat sich das Wort „Tschüß" schon lange Jahre gehalten und meines Erachtens wird es auch so bald noch nicht „out" sein. In den fünfziger Jahren sagte man lässig: „Mach's gut" und erhielt ein: „Mach's besser" zur Antwort. Die älteren Semester pflegten einige Zeit die Wiener Tradition und kopierten: „Sag beim Abschied „Servus". Aber wer, außerhalb Bayern sagt das heute noch. Nun ja, die Bayern sind ja auch ein Staat für sich und dann noch so nahe an Österreich. Da kann man es ihnen nicht verübeln, daß sie vom „Servus" nicht loskommen. Aber was haben wir mit den Österreichern am Hut? Zumal „Servus" ja auch noch ein lateinisches Wort ist und nichts anderes als „dienen" bedeutet. Und wer von uns möchte dienen? Das wäre ja noch schöner! Wir lassen uns lieber bedienen, als die Sprache der alten Römer zu lernen. Als die Pariser Existenzialisten noch aktuell waren fühlte sich manch einer hierzulande bemüßigt mit einem feschen „Salut" Lebewohl zu sagen. Und als vor Jahren die Italien-Reisewelle uns den Schlager bescherte „Ciao Ciao Bambina", grölten fortan viele „Ciao", wenn sie die Kneipe verließen. Das ist alles vorbei. Italien ist ja bei den meisten „out. Jetzt wird Mallorca von den Deutschen heimgesucht. Die armen Spanier befürchten schon, daß die „neuen Germanen" sie von ihrer schönen Insel verdrängen. Nun wundert's mich, daß der spanische Abschiedsgruß „Hasta la Vista" in unserem Land noch nicht modern wurde. Aber was nicht ist kann noch werden. Bis heute ist „Tschüß" das beliebteste Abschiedswort und ich denke, es wird es auch bleiben. Es gibt auch Ausnahmen, und wie wir wissen, sind die selten. So war ich baff, als sich kürzlich ein junger Mann (vor Jahren hätte man ihn einen Halbstarken genannt) von mir mit den Worten verabschiedete: „Schönen Tag noch!" Was sagen Sie nun? Daß es noch so was gibt?

Nachdem ich meinen Bericht noch mal durchgelesen habe, mußte ich feststellen, da wimmelt es nach der neuen Reform nur so von Rechtschreibefehlern. Ein Glück, daß die Reformer die Heimatpost nicht lesen. Die würden sich ja grün ärgern, allein schon wegen der vielen „ß", welche sie in der neuen Rechtschreibung ja verschwinden ließen. Als Kinder nannten wir sie Buckel-„S".

„Tschüß".

Post

Mit Wehmut denke ich an vergangene Zeiten. Als ich noch jung war, wie habe ich mich jedesmal gefreut, wenn ich Post erhielt. Sie kan dann von einem Freund oder einer Freundin. Von lieben Verwandten oder Bekannten aus Fulda, der Patentante aus Bad Ems. Über die Briefe von lieben Bekannten aus der USA habe ich mich immer besonders gefreut. Aber wie wahr, daß sich die Freunde an Post mit zunehmendem Alter immer mehr verliert. Post bekommen wir dann nur noch von Telekom, Krankenkasse, Bank, Finanzamt, Stadtkasse, Sozialzentrum. Und was die alle wollen? Geld! Und zwar das unsere. Kann man sich da noch auf Post freuen? Nein! Meist muß man sich ärgern, wenn man in den Briefkasten schaut und dieser fast verstopft ist von Reklame oder Bettelbriefen. Und was wollen die? Auch wieder unser Geld!

Aber in letzter Zeit fand ich einige Male tolle Angebote im Briefkasten. Ich war baff! Einen für mich erschwinglichen Geldbetrag soll ich einsenden, dann erhalte ich von der Firma oder wie man diese Leute nennt fast eine Million. Unglaublich, so viel Nächstenliebe! Womit habe ich das verdient? Aber das Ding hat ja bestimmt einen Haken. Ich werde mich hüten, eine solche Spende anzunehmen. Es sind schon genug Deutsche in einen Spendenskandal verwickelt, da muß ich ja nicht auch noch hinein. Wer weiß, wo die das Geld her haben? Vielleicht von schwarzen Konten, oder schwarzen Kassen, und womöglich wird es mir noch in einem schwarzen Koffer gebracht. Nein, so viel Schwärze kann ich nicht vertragen! Das Schlimmste wäre ja, daß sie nicht verraten dürfen, woher das Geld kommt. Außerdem lasse ich mich nicht gerne belügen! Aber die lassen nicht locker. Neuerdings schicken sie mir niedliche kleine Aufkleber mit meinem Namen und genauer Anschrift. Ich bin sprachlos!!! Spender, welche sich solche Mühe geben, um meine paar Kröten zu bekommen, um dann ihren Zaster los zu werden? Die müssen doch bald merken, daß sie bei mir an die falsche Adresse gerieten. Aber ich glaube, sie haben es bereits gemerkt. In den letzten beiden Wochen blieb ich von ihren tollen Angeboten verschont. Aber was können wir gegen die unerwünschten Sachen, welche täglich in unserem Briefkasten stecken, tun? Nichts! Die einzige Möglichkeit wäre, sich wieder einen Brieffreund oder eine Brieffreundin anzuschaffen. Ich finde diese Idee toll. Empfehlenswert vor allem für ältere Menschen, damit sie wieder Freude haben, wenn sie Post erhalten. Wollen wir es nicht einmal versuchen???

Ängste

Ängste behindern unser Glück. Unsere Emotionalität gehört nun einmal zu unserem Menschsein. Viele versuchen jedoch die Gefühle zurückzudrängen, denn sie haben in unserer technischen Zivilisation kein gutes Image: sie werden abgewertet als Gefühlsduselei, Sentimentalität oder Romantik. Mit den positiven Gefühlen haben wir keine Probleme, wir freuen uns an dem Gefühl der Liebe, an dem Gefühl der Geborgenheit oder an einem Erfolg oder Lob. Dann fühlen wir uns wohl. Vor den anderen Gefühlen aber, Angst, Neid, Eifersucht, Aggression wenden wir uns ab. Aber gerade diese Gefühle müssen wir auch zulassen und betrachten. Leider ist das für die meisten Menschen nicht selbstverständlich, aber es gut und richtig, Angst zu fühlen, denn dieses Gefühl sagt uns: Achtung, Wachsamkeit, Vorsicht!!! Wäre es nicht so, würden noch viel mehr Menschen Verbrechen zum Opfer fallen. Neben diesen natürlichen Ängsten gibt es aber auch die neurotischen Ängste, die aus dem Denken kommen. Da die Menschen sehr viel denken, denken sie sich aus, was hier und da und dort schreckliches passieren könnte. Das Flugzeug könnte abstürzen. Oder bei einem Gewitter flüchten sie in den Keller aus Angst, der Blitz würde ins Haus einschlagen. Manche leben in ständiger Angst, Krebs zu bekommen oder ein Einbrecher könnte sie als Geisel nehmen. Das ist alles denkbar, weil es ja solche Fälle gibt. Wer solche Ängste hat, ist ein unglücklicher Mensch, ihm hilft oft nur noch der Psychiater. Somit ist die Angst, die aus dem Denken kommt, oft eine Hauptbarriere gegen das Glück.
Möge Gott uns davor bewahren.
Zum Schluß ein Rat für die Angstneurotiker: „Wenn Du ein Gespenst siehst, und Du läufst ihm davon, wird es Dich verfolgen. Wenn Du aber auf das Gespenst zugehst, wird es verschwinden!"

Dichtung

Mein Freund Otto hatte wieder mal einen runden Geburtstag. Und ein solcher muß immer gebührend gefeiert werden. Keine Frage, daß im Freundeskreis Überlegungen angestellt wurden, wie der Jubilar auf unterhaltsame Weise zu ehren sei. Die Idee für ein Gedicht war schnell geboren. Viel mühsamer war es dann, ordentliche Knittelverse zu schmieden. Und wann hat man erfahrungsgemäß dafür die besten Ideen? Natürlich nachts im Bett. Mir geht es wenigstens so. Ich liege wach und schon fangen die Verse an zu purzeln. Um sie nicht wieder zu vergessen, werden sie einige Male wiederholt, um sie so dem Gedächtnis einzuprägen. Aber: Oh Schreck, am nächsten Morgen sind sie wie weggeblasen. Bestimmt hat jeder Hobby-Dichter solches Mißgeschick schon häufig erlebt. Es hilft nichts. Wer in der Nacht gute Ideen hat, der muß, in Gottes Namen, aufstehen und sie sofort niederschreiben. Sonst sind sie im Mantel der Nacht erstickt, und alles Grübeln erweckt sie nicht wieder zum Leben. Das haben schon bedeutende Dichter erlebt. Dazu gehöre ich ja nicht, aber ich schreibe aus Erfahrung.

Markierungen

Es gibt Markierungen von Verhalten, die uns Menschen in Fleisch und Blut übergehen. Heute noch höre ich Mutters Rat, als hätte sie es soeben erst gesagt: „Was man versprochen hat, muß man auch halten." Eine gute Lebensregel spricht daraus, was anderen und sich selbst gegenüber zu sein. Ein nicht gehaltenes Versprechen täuscht die Anderen und belastet das eigene Gewissen. Einmal ging es um gepflückte Blumen beim Spaziergang. Bald war die kleine Hand feucht, die Blumen welk und bärstig. Mutter ließ nicht zu, daß ich sie weg warf: „Überlege, bevor du pflückst." Später, wenn wir Kinder auf der Wiese spielten, zog es mich immer zu den Blumen hin. Ich dachte an Mutter und daß die Blumen leiden, wenn man sie pflückt und dann wegwirft. Es gibt immer zwei Wege, einer davon ist der Gute: „Überlege, bevor ...". Wie oft bin ich in meinem langen Leben diesem Wort gefolgt, oder ich habe in Fällen der Nichtbeachtung reumütig daran gedacht. Es verkörpert das Prinzip der Vernunft. Auch einer von Mutters Kernsätzen, die bei mir „hängenblieben". Erst das Lebensnotwendige, dann das Vergnügen. Manchmal klang es mir später im Ohr. Zum Beispiel wenn ich am Herd stand, es in Topf und Pfanne kochte und brutzelte, die Katze zwischen den Füßen herumlief, das Telefon klingelte, dann Mutters Wort: „Eins nach dem anderen" oder „Man kann nicht zwei Herren zugleich dienen."

Mutter hat nicht nur in Worten, sondern auch in ihrem Verhalten Vorbild gezeigt. Sie lebte ihr gutes Beispiel vor. Auch Großmutter hat wichtige Markierungen in mein Leben gegeben. Sie wohnte nicht in unserem Haus. Ich ging damals noch nicht zur Schule und war überglücklich, wenn ich Oma für ein paar Tage besuchen durfte. Dann wurde ich so wundervoll verwöhnt. Aber einmal hat sie mich bitter enttäuscht. Sie hatte meinen Wunsch erfüllt und mein Lieblingsessen gekocht. Es duftete so gut in der Küche und da ich damals schon einen prächtigen Appetit hatte, konnte ich kaum abwarten bis zum Essen. Endlich war es so weit. Oma hatte gerade den Tisch gedeckt, da kam eine Frau, Mutter von vielen Kindern. Kurze Zeit später ging die Frau mit unserem guten Essen davon und wir aßen Suppe und Brot. Meine Suppe schmeckte salzig. Vermutlich von den vielen Tränen, welche hinein gekullert waren. Oma versuchte mich zu trösten. Man müsse mit den Armen teilen. Nach dem Motto: Wenn ich teile, habe nicht nur ich, sondern auch die anderen Freude. Sie sprach von teilen und hatte unser ganzes Essen weggegeben. Das war für mich bitter. Der Hl. Martin teilte ja auch seinen Mantel und gab ihn nicht ganz dem Bettler. In diesem Falle war es von Omas Seite keine Markierung, die ich akzeptieren konnte. Teilen ja! Aber nicht alles weggeben. Wo kämen wir da hin??? Gute Eigenschaften haben eine erstaunliche Überlebens- und Übertragenskraft. Es müssen freiwillig entschiedene Denk- und Verhaltensweisen sein, die den Menschen ausmachen, den Menschen, der Gottes Ebenbild ist.

Lärm

Über Geschmack sollte man nicht streiten, das haben wir gelernt. Aber sind wir auch nicht den schlichten Sprüchen der Werbung aufgesessen, so haben wir doch durch sie unseren Wortschatz erweitert. Und das immer öfter. Na also: Deshalb wollen wir auch nicht über Plakate richten, mit denen derzeit ein offenbar privater Sender (UKW und Kabel) in einer Großstadt wirbt. Diese Plakate fingieren eine Bürgerbewegung gegen den Lärm, den besagte Station, die sich in ihrem Namen kosmisch ausrichtet, pausenlos zu veranstalten verspricht. Ganz schön raffiniert, finde ich. Da dürfen dann die Lärmgegner auf den Plakaten als Spießer auftreten. Klar, wer sonst könnte etwas gegen laute Musik oder laute Sender haben? Man riecht ja förmlich ihre Verklemmtheit, auch tragen sie Krawatten. Einer dieser Herrn postiert sich vor einer Bücherwand. Das entlarvt ihn ja vollends: Der Herr liest und denkt! Der Arme, er wird nie die Botschaft erfassen, welche heißt: Nicht denken, Lärmen ist alles!

Es soll ja Schüler geben, die während der Hausaufgaben die Radiomusik so laut stellen, daß die Nachbarschaft darunter leidet. Da fragt man sich nur: „Was sagen denn die Eltern zu dem Lärm?" Vielleicht gehört es ja zu der modernen, antiautoritären Erziehung, oder die Eltern sind abwesend, da sie ja beide Geld verdienen müssen.

Und was bei den Schulaufgaben mit lauter Musikbegleitung, welche womöglich noch von Werbesprüchen unterbrochen wird, was dabei herauskommt, kann sich jeder Mensch mit einem gesunden Verstand vorstellen.

Lachen läßt Gesunden

Warum immer so seriös? Daß immer alles so verdammt ernst sein muß! Ist Lachen nicht eine Arznei? Warum wird in Gottesdiensten so selten gelacht? Gut: Zur Zeit gibt es in der Welt wenig zu lachen. Und wir sind nun einmal keine lustigen Vögel. Aber das Lachen und Tanzen der Armen in Südeuropa und der dritten Welt beschämt uns. Was tun diese Armen? Lachen, tanzen, beten. Fast undenkbar für uns. Schon wenn jemand beim Beten kichert, halten wir es für Gotteslästerung und werfen böse Blicke. Aber muß denn alles so furchtbar ernst sein??? Lachen löst doch und entspannt. Die Probleme des Lebens werden zwar nicht aufgehoben, aber doch relativiert. Wer Sinn für Humor hat, braucht nicht zum Psychotherapeuten zu gehen. Lachen entkrampft und läßt die Situationen nüchterner, natürlicher sehen. Wenn alles in Dunkelheit gehüllt ist, so wissen wird doch, daß es hinter den Wolken wieder hell wird. Ein Modewort ist heute: „light". Alles soll leicht sein, nicht nur Nahrung und Kleidung, sondern das Leben soll dahinfließen wie leichte Musik, nicht wie schwere Moll-Melodien, in die wir Älteren uns so gern verlieben und dann wehmütig alle Freude wegschieben.

Ein großer Heiliger hat am Schluß einer Predigt aufgefordert: „Wandere und singe, singe und wandere, denn das Ziel ist Gott!" So sei unser Mund voll Lachen, denn wir haben eine Verheißung, die uns immer froh und glücklich machen sollte. Gott, der uns Freude, Friede und Liebe ist. Er läßt uns nie allein.

Er ist der Grund unseres Lachens!

Grammatik lernen mit „ga, ga, gi"

Unglaublich, wie klug Babies schon sind! Amerikanische Psychologen haben das durch Experimente herausgefunden. Ich muß sagen, da können wir nicht mit. Die Amis sind uns immer voraus. Damit müssen wir uns abfinden.

Sie berichten jetzt, daß bereits sieben Monate alte Babies abstrakte Sprachregeln in kürzester Zeit lernen. Nun ja, sie sind ja auch schon „Amis", wenn sie das Licht der Welt erblicken. Also superklug! Die Wissenschaftler stellten den Säuglingen zwei Minuten lang Mini-Sätze einer Kunstsprache vor, die einer „Grammatikregel" folgten, etwa „ga gi ga" oder „ta ti ta". Bei den zunächst verwendeten Satzbildern stimmten jeweils das erste und das dritte Wort überein. Dann bekamen die Kleinen Sätze mit neuen Wörtern zu hören, die diese Wiederholung nicht beinhalteten. Im Versuch soll sich gezeigt haben, daß diese Kleinkinder die gerade gepaukte Regel gut begriffen hatten. Nach dem Motto, „da stimmt doch etwas nicht" sollen 13 von 16 Baby's den Sätzen, die von dem bekannten Strickmuster abwichen – etwa „ga ga gi" mehr Aufmerksamkeit gewidmet haben.

Sollte man nicht mal nachforschen, ob die deutschen Babies nicht klüger sind, als die kleinen Amis??? Weiß man's???

Anklage

Ihr Völker der freien Welt, euch klagen wir an. Wir rufen es in alle Lande, doch niemand hört uns. Sie haben „Wichtigeres" zu tun, die Völker der freien Welt. Sie fliegen zum Mond, sie langen nach den Sternen. Sie basteln immer schlimmere Waffen, welche der Vernichtung dienen. Helft uns! So schreien wir in unserer Not. Aber die freie Welt überhört unsere Klagen. Die Völker des Westens haben „Wichtigeres" zu tun: Sie pflegen Schoßhunde und züchten Kampfhunde. Sie sammeln Banknoten, küren Schönheitsköniginnen, aber unser Jammern hören sie nicht. Bitte helft uns, ihr Menschen guten Willens, laßt uns nicht verhungern. Gebt uns Hoffnung, macht uns wieder Mut! Macht wahr, daß wir nicht vergebens an das Gute im Menschen glauben. Und du himmlischer Vater, Vater aller Menschen, rüttele ihr Gewissen auf, vor allem das Gewissen der Völker des Westens. Mache sie hellhörig, damit sie uns helfen in unserer großen Not.

Dieser Hilferuf kam aus Zentralafrika. Ich las ihn in einer Kärntener Zeitschrift.

Ist alles kaufbar?

Der moderne Mensch hat moderne Illusionen, und eine davon ist die Idee, absolut alles korrigieren zu können. Der Dicke macht eine Schlankheitskur, der Schwache ein Fitneßtraining, der Alte eine Verjüngungskur, der Schüchterne ein Selbstständigkeitstraining, der Lernschwache geht zu einem Konzentrationstraining. Das Zauberwort „Training" hat einen naiven Glauben an die absolute Korrigierbarkeit von Unannehmlichkeiten entstehen lassen. Der moderne Mensch ist jederzeit geneigt, gegen ein Schicksal zu revoltieren, aber er hat es verlernt, ein Schicksal anzunehmen. Zu ersterem hat er den Mut, zu letzterem fehlt ihm die Demut.

Eine andere Illusion des modernen Menschen ist die vage Vorstellung, alles kaufen zu können. Noch suspekter als die Überbewertung des Materiellen scheint jedoch die Abwertung des nicht Kaufbaren. Die Mutter, deren erwachsener Sohn ihr zum Geburtstag ein kostbares Blumenbouquet schickt, kann sich das Bouquet auch selber kaufen, das Kommen des Sohnes aber nicht. Der Blick für diesen Unterschied ist leider oft getrübt.

Was geschieht nun mit Menschen, die es nicht gelernt haben, ihr Schicksal anzunehmen, die glauben, nahezu alles kaufen zu können? Wie unsagbar bitter wird es für sie sein, wenn ein unabänderliches Leid über sie kommt. Wenn sie also gezwungen sind, ein Schicksal hinzunehmen und erfahren, daß auch Geld nichts nützt? Sie müssen durch unabwendbares Leid in eine innere Krise hineintaumeln. Da sind nur drei mögliche Hilfen denkbar, nämlich: der Glaube und das Gottvertrauen und zuletzt eine sehr wichtige Hilfe sind auch das Mitgefühl und Verständnis der Umwelt, unserer Mitmenschen.

Käse

Käse kann so etwas vorzügliches sein! Und doch, wenn mir jemand sagt, er haben „einen Käse gelesen", oder ich hätte „einen Käs geschrieben", dann kann von keiner Delikatesse mehr die Rede sein. Und genau so steht es um das sinnverwandte Wort „Quark". Goethe wurde eines Tages von einem Freund gerügt. Solch einen „Quark" solle er nicht mehr schreiben. Er meinte damit dessen „Clavigo". Ich weiß nicht, ob der Freund recht hatte, da ich „Clavigo" nicht kenne. Aber unvorstellbar, daß der berühmte Goethe „Quark" schrieb. Aber ist ist „Käse" Quark und „Quark" Käse? Die Wissenschaftler werden es wissen. Sie erklären es einfach: Käse und Quark seien immer billig und reichlich vorhanden gewesen, wurden deshalb gering geschätzt.

Der Vollständigkeit halber möchte ich an dieser Stelle noch das „Käseblatt" erwähnen. Doch so etwas halten Sie in diesem Augenblick nicht in Händen, denn bei der „Heimatpost" ist alles in Butter.

Trostbrot

Kürzlich las ich in einer süddeutschen Zeitung eine Leserzuschrift, die noch andere interessieren wird. „Die Grillsaison läuft auf Hochtouren. Da ist es an der Zeit, den Retter vieler Grillpartys zu preisen: Das Trostbrot. Ursprünglich unter der englischen Bezeichnung „Toastbrot" in Deutschland eingeführt, dient es nunmehr dazu, die endlose Wartezeit auf das erste durchgegrillte Stück Fleisch zu überleben. Pur oder mit etwas Ketchup besänftigt es den knurrenden Magen und zur Not, wenn das Fleisch gar nicht gar werden will, oder vom Rohzustand gleich in das Endstadium „Totale Verkohlung" übergeht, kann man sich am Trostbrot sogar satt essen. Nicht war, hübsch gesagt. Aber manchmal frage ich mich, ob Menschen, die grillen, nicht ganz bei Toast sind?

Immer neue Romantik

Vor ein paar Jahren noch stand der Softi hoch im Kurs: weich, sensibel, empfindsam, einfühlsam. Man konnte mit ihm über alles reden. Aber nicht lange, und er wurde als fad verschrien und als Schlappschwanz entlarvt. Auch wenn er versuchte, nachts die Frauen durch Schnarchen vor wilden Tieren zu schützen, nutzte ihm nichts, dies galt als jämmlich. Die Frau möchte ich sehen, welche auf diese

Weise beschützt werden möchte. Die Frauen fielen von einem Extrem ins andere. Jetzt wurden kernige Burschen modern, Bürstenschnitt und Drei-Tage-Bart, als Zeichen neuer Männlichkeit. Statt Beziehungsschwatz wurde jetzt grenzenlose Leidenschaft verlangt. Ob diese kernigen Burschen auch schnarchen durften, weiß ich leider nicht. Jedenfalls ist die Zeit dieser Macker schon wieder out. Es erweckt den Anschein, als wüßten die Frauen in Bezug auf Männer nicht mehr was sie wollen!!! Jetzt wird der neue Romantiker ausgerufen, der Liebesbriefe dichtet, Blumensträuße bindet, zum netten Abendessen einlädt, einfühlsam verschmust und zärtlich ist. Ich muß sagen: Jetzt bin ich geschockt! Daß sich ein solches Benehmen der Männer nach vielen Jahrzehnten wieder einstellt. Unglaublich! Ja, vor 70 Jahren gab es diese Romantik. Da hieß es: „Errötend folgt er ihren Spuren und ist von ihrem Gruß beglückt. Das Schönste sucht er auf den Fluren womit er seine Liebe schmückt." Man muß kein Prophet sein, um zu behaupten, daß diese tolle Romantik nie mehr zurückkehrt. Das Erröten lassen die Männer schon lange weg. Ich kann mir auch nicht vorstellen, daß es noch welche gibt, die auf den Fluren Schönes suchen, womit sie ihre Liebe schmücken. Oder etwa doch??? Mir fällt eben ein, daß ich in letzter Zeit manchmal Männer sehe (Einzelgänger), welche hier oben auf den Fluren um die Hammelburg spazieren. Es würde mich interessieren, ob die dort Dinge suchen, womit sie ihre Liebe schmücken. Weiß man's? Um meine Neugierde zu befriedigen, müßte ich ihnen folgen. Aber es ist mir zu gewagt, auf den holprigen Feldwegen zu humpeln. Und das Schlimmste wäre, die würden merken, daß ich ihnen nachspioniere. Nein, ich lasse es lieber. Es wäre ja toll, wenn es die Romantik der 20iger Jahre wieder geben würde. Aber geschnarcht haben sie damals genau wie heute. Und wenn der Mann schnarcht, erwacht in der Frau der Macho, damals wie heute und daran wird sich auch nichts ändern!!!

Ob Geld stinkt?

Geld stinkt nicht, sagte ein römischer Kaiser und kassierte WC-Steuer. Seine armen Untertanen waren darüber empört. Aber was wollten sie machen, sie brauchten doch das WC. Geld kann auch stinken, sagen manche und verweisen auf den Betriff „stinkreich". Vielleicht ist das eine kollegiale Wortbildung zu „steinreich". Ich kann mir vorstellen, daß es „Stinkreiche" gibt, die zudem noch „stinkfaul" sind. „Faul" bedeutet ja nicht nur „unfleißig", sondern auch nach „Fäulnis" riechen. Jetzt wird mancher überlegen: wieso denn das??? Ja, es ist etwas faul, und sicher nicht nur im Staate Dänemark. Wahrscheinlich verhält es sich mit „stinkreich" ja anders. Mein Freund Otto erzählte mir kürzlich folgendes: Bei einem Besuch im Flämischen habe er eine Kathedrale besichtigt.

Natürlich stieg Otto auch in die Gruft. Dort erklärte die Führerin der Gruppe, daß früher normale Menschen ganz schnell begraben wurden. Aber Reiche und Angesehene wurden zum Abschiednehmen so lange in der Gruft aufbewahrt, bis sie der Verwesung anheim fielen. Da nur die Reichen so lange in der Gruft aufbewahrt wurden, brachte man den Verwesungsgeruch in Zusammenhang mit ihrem Geldbeute, sie waren eben „stinkreich".

Zum Schluß eine Warnung: Sollte sich in Ihrem Bekanntenkreis ein „Choleriker" befinden und dieser in eine „Stinkwut" geraten, wird's gefährlich. Dann nichts wie in Deckung!!!

Zwei junge Mädchen hatten eine Veranstaltung besucht. Auf meine Frage, wie es ihnen gefallen habe antworte die eine: „Es war super! Wir hatten viel Spaß!" Die andere: „Puh", stinklangweilig!" Der beste Beweis für eine Meinungsverschiedenheit!

Wieso nun die Wut und die Langeweile auch stinken, weiß ich nicht, vielleicht wissen Sie es.

Einmaliges

Kaum jemand, der das Jahr 1960 bewußt erlebt hat, wird eine Antwort auf die Frage wissen: „Was leisteten die tunesischen Fünfkämpfer 1960 in Rom? Auch ich kann mich nur noch schwach erinnern, daß die Hoffnungen einer berühmten deutschen Schwimmerin (den Namen habe ich leider vergessen) auf eine Goldmedaille damals baden gingen. Aber was die tunesischen Sportler 1960 vollbrachten, wurde mir jetzt durch einen Zeitungsartikel wieder in Erinnerung gebracht, und es ist so amüsant, daß ich es den Hadamarern mitteilen möchte, damit sie wieder mal was zu lachen haben. Also, bei dem modernen Fünfkampf leistete die tunesische Mannschaft Einmaliges. Beim Reiten fielen alle vom Pferd; beim Schwimmen wäre beinahe einer ertrunken. Beim Schießen mußten sie den Platz verlassen, weil sie das Leben des Schiedsrichters gefährdeten. Beim Fechten schließlich entdeckte man, daß sich bei den Kämpfen immer derselbe hinter der Maske verbarg, die anderen Kameraden konnten überhaupt nicht fechten. Ich halte das alles nicht für möglich, aber die Firma „Brockhaus" verbürgt sich für die Wahrheit.

Manchmal hört man ja, daß die Zeitungen lügen wie gedruckt. Aber doch nicht alle! Das wäre ja schlimm. Wenn dem so wäre, würde ich heute noch meine Tageszeitung, die NNP, welche ich schon seit 60 Jahren lese, sofort abbestellen. Bis heute ist die Stunde nach dem Frühstück, wenn ich meine Zeitung lese, die schönste des Tages. Gebe Gott, daß mir dies noch recht lange vergönnt ist!

Stauen

Wir alle wissen, was ein Stau bedeutet. Meist nichts Gutes!

Mein Freund Otto, er ist genau so mitteilungsbedürftig wie ich, wahrscheinlich kam dadurch auch die Freundschaft zustande. Weiß man's? Ich freue mich jedesmal, wenn er mir etwas erzählt. Er kramt genau wie ich meist in der Vergangenheit. So auch gestern. Er erzählte von einem Urlaub, welchen er einst mit seinen Söhnen an einem Gebirgsbach verbrachte. Sie versuchten, einen Staudamm zu bauen. Kaum hatten sie einige Steine in den Bach gelegt, bildete sich im Nu eine immer größer werdende Wassermasse zurück. Höher und höher bauten sie die Staumauer und versuchten, kleine Löcher, welche sich dazwischen bildeten, immer wieder dicht zu machen. Aber so einfach war das nicht. Die Kraft des Wassers bildete immer wieder kleine Rinnsale durch die Mauer. Und trotzdem waren die Erbauer zufrieden. Ein kleiner Stausee war zustande gekommen. Ein Beweis, daß ein paar Hindernisse genügen, um etwas aufzustauen, das kennen wir ja von alltäglichen Erlebnissen. Der Verkehr staut sich, bei Behörden gibt es zuweilen einen „Antragsstau" und bei uns selbst sprechen wir hie und da von einem „Problemstau". Die Ursachen sind überall die gleichen. Wo gleichzeitig mehrere dicke Brocken den gewohnten Ablauf stören, kommt das Getriebe ins Stocken. Es wird ein Stau. Im Berufsverkehr merken die Menschen das sofort und regen sich auf. Einige werden sogar aggressiv. Aber wie ist das bei uns selbst? Ich glaube, die „Stauseen" im eigenen Körper und an der eigenen Seele spürt man bei weitem nicht so schnell. Es dauert manchmal recht lange, bis wir sie wahrnehmen. Vielleicht tun Medikamente das ihre dazu, um solche Störungen zu verschleiern. Die Gefahr dabei ist, nicht die Barrieren zu erkennen, die ihn verursachen. Ich wünsche jedem von uns Möglichkeiten, solche Situationen frühzeitig zu erkennen, und die Kraft, den einen oder anderen „Stausee" wegzuschwemmen.

Katze

In vielen Redensarten und Begriffen spielen Katzen eine Rolle – zumeist leider negativ. Da gibt es den berüchtigten Katzenjammer, und hat man sich vergeblich abgemüht, sagt man: „Alles für die Katz". Wer einen Katzenbuckel macht, gilt nicht grade als Adonis. Auch die männlichen Katzen, die Kater, müssen ungewollt herhalten. Da gibt es den berühmten „Kater" nach einer durchzechten Nacht. Wer ihn hat, ist nicht zu beneiden. Er muß ihn mit einem Katerfrühstück bekämpfen. Auch Muskelkater kann in seiner schlimmsten Erscheinungsform eine üble Plage sein, wie ich es schon schmerzhaft feststellen mußte. Daß Katzen auch im Aberglauben eine große Rolle spielen, ist weithin bekannt. Sie gehören immer zur Ausstattung von Hexen. Wenn uns eine schwarze Katze über den Weg läuft, ist es auch gefährlich. Ein süßer Trost sind bei all den negativen Begriffen die Katzenzungen, ein flaches Feingebäck aus Eiern, Zucker, Sahne und Milch. Leider nichts für mich, da ich auf meine schlanke Linie achten muß.

Kürzlich erhielt ich einen Brief. Auf weißem Papier zwei schwarze Katzenpfoten. Nichts dahinter, nichts davor. Kein Absender! Gott sei Dank, bin ich nicht abergläubig. Habe mir lange den Kopf zerbrochen, was das heißen soll und wer sich diesen, meines Erachtens makabren Scherz erlaubte. Ich weiß es nicht. Vielleicht wissen Sie es?

Durst

Ich besitze eine Tasse mit dem Aufdruck: „Durst kann man nicht genug haben!" Vermutlich hat derjenige, welcher mir die Tasse schenkte, ein gutes Werk an einer alten Frau tun wollen. Der Spruch soll mich immer wieder daran erinnern, daß ich aus gesundheitlichen Gründen viel trinken muß, obwohl ich überhaupt keinen Drust verspüre. Auf ärztlichen Rat zwei Liter am Tag. Es ist grausam, wenn man keinen Durst verspürt und solche Mengen trinken muß. Aber weil ich noch gerne lebe, schütte ich mit Widerwillen täglich das Nass in mich hinein. Normalerweise ist der Durst besonders zur Sommerzeit ein beliebtes Thema. Man kann die Menschen in zwei Gruppen einteilen: Die einen trinken, wenn sie Durst haben. Die anderen lassen es gar nicht so weit kommen. „Schade um den schönen Durst", sagte der Handwerksbursche, als er Wasser trinken mußte. Kaum jemand wird den Dichter der folgenden Strophe auf Anhieb erraten: „Herr Durst ist ein gestrenger Mann. / Der läßt sich gar nicht foppen. / Ob's Wetter gut ist oder schlecht. / Er geht nicht ab von seinem Recht. / Er fordert seinen Schoppen." Autor ist August Heinrich Hoffmann von Fallersleben. Der schrieb nicht nur Nationalhymnen, den dürstete auch nach anderem Ru(h)m.

Schuldgefühle

Ein Wissenschaftler soll beobachtet haben, daß hauptsächlich Frauen weit mehr als Männer unter Schuldgefühlen leiden. Zum Beispiel: Frauen haben Schuldgefühle, wenn sie keine Kinder gebären oder dem Mann statt dem Sohn, den er sich wünscht, eine Tochter gebären. Sie haben Schuldgefühle, wenn sie Kinder haben und arbeiten gehen. Sie haben aber auch Schuldgefühle, wenn sie nicht arbeiten gehen und der Mann allein das Geld verdient. Sie fühlen sich schuldig, wenn die Kinder in der Schule sitzen bleiben oder wenn die Kalbsschnitzel, die sie beim Metzger kauften, im Supermarkt am anderen Ende der Stadt billiger zu haben gewesen wären.

Es gibt auch Frauen, die sich schuldig fühlen, weil sie mit vierzig nicht mehr so straff und jugendlich aussehen wie mit zwanzig. Auf alle Fälle aber gibt es Frauen in Menge, die schon Schuldgefühle entwickeln, wenn sie sich nur ein Viertelstündchen hinlegen und ausruhen. Wie ertappte Schüler schlagen sie den Krimi zu und greifen zum Strickzeug, wenn ein Familienmitglied den Raum betritt. Um zu einem Mittagsschlaf zu kommen, meinen sie Kopfweh haben zu müssen. Als wären sie an einem frivolen Ort der Unzucht nachgegangen. Arme Frauen, welche so veranlagt sind.

Aber aus ihrem Verhalten ist zu folgern: Wenn ein Mensch wegen derart harmloser Tätigkeiten Schuldgefühle entwickelt, können diese mit wirklicher Schuld nichts zu tun haben. Bedenken Sie, liebe Leserin, diese Sachlage in Ihrer nächsten „faulen Viertelstunde".

Dann wird sie bestimmt zu einer völlig schuldlosen ganzen Stunde werden.

Ein unbeschriebenes Blatt

Jeder Tag ist für uns, wenn er beginnt, wie ein unbeschriebenes Blatt. Niemand von uns kann im voraus sagen, wie er verläuft. Die Tage sind nicht wie Ziegelsteine, wo einer dem anderen gleicht. Tage zählen auch anders als Geld. Du kannst beim Geldzählen bis 100.000 und mehr kommen. Beim Zählen der Tage, die du noch hast, genügt die Zahl 1 – und dann wieder 1. Man kann hoffen oder fürchten, daß noch viele Tage kommen, aber zählen kann ich immer nur den einen, den ich gerade lebte. Du kannst hundert Mark ausgegen oder dreitausend. Aber du kannst immer nur einen Tag auf einmal ausgeben, nicht zwei und nicht drei. Weder an Zeit noch an Aufmerksamkeit noch an Liebe. Wer das bedenkt, beginnt einen Schimmer der Weisheit des Herzens zu besitzen. Er begreift, daß es nicht nur beim Geldausgeben Situationen gibt, in denen man jede Mark dreimal umdrehen muß, sondern auch jeder Tag, bevor er zu Ende gegangen ist, dreimal umgedreht gehört, statt ihn gedankenlos zu verschleudern. Weisheit ist es zu wissen, worauf es beim Tag ankommt. Daß ich erkenne, es kommt nicht so sehr auf die Frage an, was ich geleistet habe, sondern wenn ich Gutes geleistet habe, ist der Tag etwas wert. Wichtig ist vor allem die Frage: Wie habe ich diesen Tag gelebt? Habe ich ihn bewußt gelebt? Habe ich ihn am Morgen angenommen? Als Geschenk aus Gottes Hand, wie ein unbeschriebenes Blatt, es nach Gottes Willen mit meinem Denken und Tun beschrieben und es am Abend in seine Hand zurück gelegt?

Meines Erachtens macht ein solch beschriebenes Tagesblatt einen Menschen glücklicher, als alles Geld der Welt!

Wortmaterial

Wie schwer es ist, einen einfachen Sachverhalt kompliziert auszudrücken, bewies jetzt ein Polizeisprecher in Bayern. Verhandelt wurde der Fall eines Politikers, der auf Staatskosten einen Telefonsex-Service in Anspruch genommen haben soll. Na sowas! Es wird ja immer schöner!!! Aber nicht, daß er mit einer Schönen am anderen Ende der Leitung Unziemliches geplaudert habe, wurde ihm zur Last gelegt – das hatte er nach den Aussagen der Damen nicht. Aber Steuergelder sind nun einmal Steuergelder.

Vor Gericht gefragt, was an Erkenntnissen über die mündlichen Schäferständchen denn vorliege, sprach der Beamte von „weiblichem Gesprächsmaterial", das gesichtet worden sei. So wurde eine Definition ungeahnter Perspektiven eröffnet. Somit ist Hundekot „von einem Tier ausgeworfenes Verdauungsmaterial". Ein Luftballon heißt somit auf Polizeideutsch „mit Luft gefülltes Flugobjekt" und Wasser wird als „Nasses Waschmaterial" definiert. Eine Zeitung ist nichts anderes als eine „mit Buchstaben angereichertes papierenes Lesematerial" und eine Aussage vor Gericht ein „Beamtliches Wörteraufplusterungsmaterial". Nun ja, wenn es der Wahrheitsfindung dient? Warum sollte man sich einfach ausdrücken, wenn es auch umständlich und kompliziert geht???

Herrn Iris Soundso

So würde ein Mensch ja nie schreiben. Aber ein Computer bringt das fertig. Warum wohl? Weil er eine künstliche Intelligenz besitzt, aber nicht denken kann. Ein Brief mit der Anschrift: Herrn Iris, kam kürzlich beim Empfänger an. Ein Risiko bleibt immer, daß der elektronische Absender nicht besser informiert ist. Dabei gibt es Dinge, die ein gesunder Menschenverstand nicht erklären kann. Zum Beispiel: Warum am Fahrkartenautomaten immer bestimmte Markstücke durchfallen und andere nicht? Oder, warum Orientteppich-Geschäfte unablässig Räumungsverkauf haben? Solchen Rätseln des Daseins komme ich nicht auf den Grund. Sie vielleicht? Man könnte sie höchstens auflisten, wie gewisse Lexika es mit den Irrtümern tun! Jahrelang haben sie im Raum gestanden, niemand hat sich an ihnen gestört und sie weggeräumt. Doch dann kam einer mit der richtigen Eingebung. Und jetzt stehen die Fehlannahmen zwischen Buchdeckeln analysiert und korrigiert, alphabetisch nachschlagbar im Regal.

Ein Glück, daß es noch Menschen gibt, die nach dem Motto handeln: „Ordnung spart dir Zeit und Müh'!"

Mein Enkel war da

Was das bedeuten kann, erzählte mir kürzlich eine Bekannte. Eine alleinstehende Frau, eigentlich eine noch jugendliche Oma. Drei Wochen Logierbesuch des Enkels. Drei Wochen die Wohnung prall gefüllt mit seiner lautstarken Fröhlichkeit, sowie mit Spielzeug, das sich scheinbar so explosiv vermehrte, wie es Bakterien auf guten Nährböden tun. Der Kaugummi wird schwer aus dem Teppich herauszulösen sein. Alle dafür geeigneten Flächen weisen Abdrücke kleiner Schmutzfinger auf. Unter der Couch Apfelgripse, brüderlich mit angebissenen Keksen vereint. Einige Stücke edlen Porzellan sind zu Bruch gegangen. Der Kater, drei Wochen hindurch gejagt und mit überquellender Zärtlichkeit bestürmt, ruht jetzt behaglich aus von den schlimmen Strapazen. Und die arme Oma ist total erschöpft. Hohläugig und schmal erblickt sie ihr Spiegelbild. Sie hat eine Diät hinter sich, die ihr niemand empfahl, aber sie war radikal und wirksam! Mit letzter Kraft sammelt sie noch Bauklötze, Autos, Papierschnitzel und Buntstifte ein. An den notwendigen Großputz kann sie erst herangehen, wenn sie wieder bei Kräften ist. Welch himmlische Ruhe jetzt im Haus. Und wie genießt sie wieder ihre Mahlzeiten. Jetzt braucht sie doch nicht mehr dauernd zu ermahnen: „Sitz ruhig und grade. Kleckere den Honig nicht auf's Tischtuch. Halte dein Brot über dem Teller, gib acht auf's Milchkännchen usw. usw. Nun kann sie auch in Ruhe wieder ihre Zeitung lesen, ohne laufend durch Fragen wie: „Bist du die Mutti von meiner Mutti? Wo ist denn der Mond am Tage? Warum heißen die Hunde Hunde?" Oder „Soll ich dir mal was vorsingen?" gestört zu werden. Und das alles, wenn sie in Ruhe ihre Zeitung lesen wollte. Nun endlich wieder Ruhe! Sie ist wieder allein Herrin in ihrer Wohnung. Kann jederzeit über sich selbst verfügen. Alles wunderbar! Nur einer fehlt ihr ganz fürchterlich: Ihr kleiner Gast!!!

Ein Wirbeltier

Was ist das? „Durchzug eines Bluthochdruckgebietes mit hitziger Atmosphäre und abkühlenden Schweißausbrüchen". Vielleicht gehören Sie ja zu den Glücklichen, welche seither von einem solchen Erlebnis verschont blieben. Aber diese Parodie einer Wettervorhersage liest man bei dem Mediziner Gerhard Uhlenbruck als Definition für „Streß". Er stellt die Diagnose: „Der Mensch ist eben ein Wirbeltier." Mein Kommentar: „Wir armen Wirbeltiere, wie oft machen sich bei uns grade die Wirbel schmerzhaft bemerkbar. Ich spreche aus Erfahrung! Weiter die Diagnose des Arztes: „Es sind die vielen Kleinkriege, die uns klein kriegen". Und auch „Wir arbeiten zu viel und verarbeiten zu wenig." Ein weiser Satz! Ich möchte hinzufügen: „Sich erregen, bringt keinen Segen – sich dagegen bewegen, bringt Segen." Wieder eine meiner Erfahrungen.

Dummheit

Oft hört man: „Die oder der hat Geld wie Heu!" Daß die Dummheit keine Grenzen hat, hört man auch öfters. Ich bin überzeugt, das stimmt. Über Dummheit kann man schön weise daherreden. So zum Beispiel: „Wer Geld wie Heu hat, kann sich auch Stroh im Kopf leisten." Auch das stimmt! Oder: „Jeder Mensch ist mindestens fünf Minuten am Tag ein Idiot." Dieser Satz gefällt mir nicht. Es darf nicht heißen, jeder Mensch, sondern mancher Mensch. Und ob bei diesem fünf Minuten reichen, muß man auch bezweifeln! Es heißt, Weisheit besteht darin, die Grenzen nie zu überschreiten! Gut gefällt mir auch, daß die Dummheit die seltenste aller Krankheiten ist. Der Kranke leidet niemals unter ihr. Die, welche schmerzlich unter ihr leiden, das sind die anderen. Wer zweifelt daran, daß dies stimmt???

Verrohung

Die Texte der Popmusik werden immer rüder: Obszönitäten, Flüche, Schimpfwörter und Gossensprache. Manche stilisieren das zur „neuen deutschen Frechheit" hoch, in Wahrheit ist es nichts anderes als Verrohung. Es ist unglaublich, wie da gegen den guten Geschmack gekämpft wird. Der Südwestfunk wurde gebeten, den Song „Alles aus Liebe" der Gruppe „Illegal 2001" aus dem Programm zu nehmen. Darin wird ein Selbstmord aus Liebeskummer geschildert (womöglich verherrlicht) und oberflächliche Verhütungspraxis als harmlos beschrieben. Der Sender hat den Song nicht abgesetzt. Wie könnte er denn auch auf eine solche Sendung, welche bestimmt höchste Einschaltquoten verspricht, verzichten? Sie wollen den „wertvollen Song" jetzt nur noch nach 23 Uhr ausstrahlen. Doch ist zu befürchten, daß nach dem Motto „Was verboten ist, das macht uns besonders scharf", das Lied zum Kult wird. Wenn ein Rundfunksender mit dem Slogan „Eure Eltern werden kotzen" um jugendliche Hörer wirbt, wenn rund um die Uhr auf allen Kanälen die Rebellen gegen den guten Geschmack die fiesesten Wörter gesellschaftsfähig machen, wenn es Leute gibt, welche die Fäkalsprache als „mega-geil" bezeichnen, ist es höchste Zeit umzudenken. Ich denke, die Hadamarer werden der gleichen Meinung sein.

Glück aus der Apotheke

In meiner Kindheit gab's das nicht. Zum Beispiel bei fieberhafter Erkältung gab es einen Lindenblütentee und dann unter die Decke, auch mit dem Kopf. Das war vielleicht eine Tortur. Aber es hat immer geholfen. Der Schweiß floß in Bächen und schwemmte Fieber und Erkältung weg.

Und heute, in unserem Jahrhundert. Wem könnte man jetzt noch eine solche Roßkur zumuten? Die Problemlöser unserer Zeit sind rund, bunt und machen gesund. Man bekommt sie in der Apotheke. Dort erhält man für jede noch so kleine Blessur die passende Pille oder Tinktur. Sind das nicht tolle Aussichten? Gleich nach dem Aufstehen ein Kopfwehpulver (wegen des Vorabends) und eine Koffeintablette (wirkt besser als Kaffee). Später in der Firma einen Bauchwehkiller, weil Kopfwehpulver und Koffeintablette sich im nüchternen Magen nicht vertragen. Nach dem Mittagessen Anti-Fett-Pille (für die Linie), Anti-Blähung-Drops (für die Kollegen). Wieder daheim schnell etwas für die Nerven (einmal muß man ja ausspannen). Nach dem Abendessen wieder (Anti-Fett-Pille), und dann noch eine Viagra (für was die gut ist, weiß ich nicht). Und dann ein Schlafpulver. Gute Nacht!

Und dabei liegt die Verrücktheit des Pillenwahnsinns gar nicht darin, daß viele Medikamente erwiesenermaßen abhängig machen. Nein, die Sucht beginnt schon viel früher. Man glaubt, daß gegen bzw. für alles ein chemisches Kraut gewachsen ist. Hinunter mit der Pille und das Leben ist mit einem Schlag wieder schön. Doch wie bei vielen vermeintlich schönen Dingen: So ungefährlich ist die Sache mit dem geschluckten Glück nicht. Im Gegenteil! Manchmal ist es durchaus ratsam, über die Ursachen für Kopfweh und Bauchzwicken nachzudenken. Aber bevor man über die Ursachen grübelt, erschlägt man die Übel lieber mit der bunten Chemie-Keule.

Charme

Was ist Charme? Zunächst einmal ist es eine Frage, auf die die Antwort gar nicht so leicht fällt. Im Lauf der Jahre sind mir aber einige brauchbare Definitionen begegnet, zum Beispiel: Charme ist das beste Färbemittel für graue Haare. – Charme ist, was das Veilchen hat und die Orchidee nicht. – Charme ist eine Art Blume an einer Frau. Haben Sie ihn, brauchen Sie sonst nichts. Haben Sie ihn aber nicht, nützt es wenig, was Sie sonst noch haben. – Gehen Sie als Frau ohne Make-up aus dem Haus in einem altmodischen Kleid, und versuchen dann einen Mann für sich zu interessieren. Gelingt Ihnen das, dann haben Sie Charme. Nach viel Süße braucht der gute Geschmack etwas Bitteres. Vor längerer Zeit nahm ich an einer kleinen gemütlichen Geselligkeit teil. Unter anderem unterhielten wir uns über den Charme. Einer der Teilnehmer stellte die Frage: „Wie steht es um den deutschen Charme?" Ich war noch am überlegen, als schon die Antwort kam: „Deutscher Charme marschiert." Da haben wir alle einmal herzhaft gelacht! Auf die Frage, ob auch das Geld Charme besitze wußte einer: „Der Charme des Geldes liegt in seiner Menge." Wer zweifelt daran, daß der Mann

Recht hatte?

Nun frage ich: Wohin ist der Charme auf einmal, wenn man ihn „Scharm"
schreibt? Vielleicht weiß es ein Charmeur???

Redezeit

Wissenschaftler, wer sonst wüßte es, sagen, daß Ehepartner hierzulande im
Durchschnitt 7 Minuten am Tag miteinander reden. Als ich zum erstenmal von
den 7 Redeminuten hörte, dachte ich: Gibt's ja nicht! Bei näherem Überlegen
mußte ich einsehen, daß 3,5 Minuten pro Partner (die beiden quatschen ja hoffentlich nicht im Chor) reichen. In 7 Minuten läßt sich allerhand unterbringen.
Zum Beispiel über 200 Mal „Ich liebe Dich". Da aber eine Ehefrau kaum das
Bedürfnis hat, 200 Mal am Tag ihre Zuneigung zu verkünden, bleibt noch eine
Menge Zeit für andere wichtige Botschaften wie zum Beispiel „Ich brauche
Geld", oder „Ich bin schwanger" oder „Schnarch nicht! und „Du wirst fett". Nun
ist es aber leider so, daß Eheleute nicht so schlicht und direkt sprachlich miteinander umgehen. Die Botschaft, daß Otto kommen wird, fängt unter Umständen
so an: „Übrigens, was ich dir noch sagen wollte ... Jetzt fällt es mir doch glatt
nicht mehr ein. So was Blödes ... Ach, jetzt weiß ich's wieder. Wegen heute
Abend war es. Weil gestern nämlich, da hab' ich mit Otto telefoniert, und da hat
er gesagt, daß Erika in Kur ist, und da hab' ich gesagt ...". Und dann erst erfährt
der Ehemann, daß der Otto zum Abendessen kommen wird, und die arme Frau
hat ihre Redezeit schon für den ganzen Tag vertan.

Noch schlimmer ist ja, daß diese 3,5 Minuten ein Durchschnittswert sind!
Redet die Frau weiter, ohne der seriösen Statistik zu achten, müssen zehn andere
unschuldige Frauen den Mund halten. Soeben sagte mir eine Bekannte: „Ich rede
heute mit meinem Mann kein Wort mehr!" Der arme Mann! Aber durch ihr
Schweigen werden mindestens 3 Minuten Redezeit frei. Falls eine Leserin Bedarf
hat, möge sie sich bedienen. Denn eine solch günstige Gelegenheit gibt es selten.

Mensch und Schöpfung

In diesem Jahrhundert ist eine große Wende in der Beziehung von Mensch
und Schöpfung eingetreten. Früher stand der Mensch weitgehend hilflos vor den
Naturgewalten und mußte sich vor ihnen fürchten. Jetzt sind die Rollen fast ver-
tauscht: Die Natur muß sich vor dem Menschen fürchten. Es geht ein Zittern um
die Erde. Die Fische zittern vor Abwässern. Die Meerestiere vor Ölteppichen.
Die Schmetterlinge vor Pestiziden. Viele Tiere zittern vor unnötigen quälenden
Experimenten. Tannennadeln und Buchenlaub zittern vor Abgasen. Die
Bergalmen und Blumen zittern vor der nächsten Schubraupe. Hunderttausende

Embryos zittern im Mutterleib vor der Abtreibung. Ja, die ganze Erde hüllt sich nur noch zitternd in den strahlenschützenden Ozonmantel, den die Menschen systematisch zerfetzen.

Jahrmillionenlang hat die Natur mit ihren feinen Mechanismen und Instinkten für ein gewisses Gleichgewicht in den Lebensräumen gesorgt. Aber der Mensch, der sich nicht auf Instinkte verlassen muß, sondern mit Geist und Herz ausgestattet ist, bringt mit seiner Habgier und seinem Hochmut dieses Gleichgewicht durcheinander.

Es gibt natürlich echten Fortschritt, um den wir alle froh sind. Aber wenn man heute sieht, wie diese energiegeladene, hochentwickelte und durchorganisierte Zivilisation in entscheidenden Fragen der Umwelt und des Lebens danebenfährt, dann gilt es, sich um neue Gesinnungen zu bemühen. Meines Erachtens ist es höchste Zeit, daß dies geschieht. Wir müssen uns bemühen um neue Ehrfurcht, die sich auf alles Lebendige erstreckt. Um eine neue Bescheidenheit, die um der Schöpfung willen auf überzogene Ansprüche verzichtet. Wir müssen mit Gefühl und Behutsamkeit Gottes Schöpfung, der herrlichen Natur, begegnen. Und niemals den Dank vergessen, welchen wir dem Schöpfer schulden.

Der Mensch

Man könnte den Menschen als eine recht alte „Maschine" bezeichnen. Seine Entwicklungs- und Konstruktionsgeschichte reicht Millionen von Jahren zurück. In einem Prozeß von kleinen und kleinsten Schritten werde diese „Maschine" immer weiter verbessert. Es wurde an ihren Eigenschaften und Fähigkeiten so lange gefeilt, bis sie optimal an die Anforderungen der Umwelt angepaßt war.

Was bedeutet das für uns? Sind wir einem Leben in der Zivilisation bereits optimal angepaßt? Sicherlich nicht! Veränderungen in der Entwicklungsgeschichte geschehen sehr, sehr langsam. Die Entwicklung der Technik und der Zivilisation hingegen kamen in rasendem Tempo. Der Mensch ist damit in einer merkwürdigen Lage: Während sich die heutige Umwelt dramatisch verändert hat, ist sein Körper immer noch derselbe wie vor vielen tausend Jahren. Entwickelt für eine gänzlich andere Art des Lebens, muß er nun mit einer hochtechnischen Gesellschaft umgehen.

Vielleicht werden Sie jetzt einwenden, ganz so schlimm kann es doch nicht sein. Sie selbst kommen doch mit diesem technischen Fortschritt ganz gut zurecht. Selbstverständlich ist das richtig. Menschen sind nämlich im Gegensatz zu den meisten Tierarten ungeheuer anpassungsfähig. Der Körper des Menschen ist allerdings nicht so flexibel. In ihm laufen die selben Prozesse ab, wie in grauer Urzeit. Er kann das Tempo der Anpassung nicht in gleicher Weise mitmachen wie sein Geist. Bedeutet nun dieser Widerspruch auch etwas für die Krankheiten in unserer Zeit??? Meines Erachtens hängen die Zivilisationskrankheiten zum größten Teil damit zusammen, daß sich unser armer Körper in der modernen Zeit noch nicht zu Hause fühlt!

Kompliment

Jugendliche sind in ihren Äußerungen heutzutage oft sehr direkt. Das kann für Erwachsene bisweilen schockierend sein, wenn beispielsweise Fehler schonungslos beim Namen genannt werden. Es kann aber auch mal ganz anders ausgehen: Da saßen im Rahmen des Projektes „Zeitung in der Schule" kürzlich einige Schülerinnen in einer Redaktion einem Reporter gegenüber und stellten Fragen für ein Interview. Eine der jungen Damen stellte plötzlich die Frage: „Dürfen wir uns auch nach Ihrem Alter erkundigen?" Die Frage war schnell beantwortet und die Schülerin schickte noch schnell die Bemerkung hinterher: „Da haben Sie sich aber gut gehalten!" Vielleicht war diese Bemerkung ja Balsam für die Seele eines angehenden Grufties, den gerade wieder kleine Wehwehchen plagten, wie sie ja bei fast allen Menschen im fortschreitenden Alter auftauchen. Wir wissen ja nicht, ob den Mann, als ihm das Kompliment gemacht wurde, gerade etwas unangenehmes zwickte, hoffentlich nicht. Als ich von diesem Ereignis hörte, dachte ich an meine Jugend zurück. Zu dieser Zeit hätte keine Schülerin eine solche Frage und Bemerkung einem Erwachsenen gegenüber gewagt. Wie haben sich doch die Zeiten und die Menschen geändert! Und sie werden sich weiter ändern. Daran wird niemand zweifeln.

Verschlossen

Haben Sie schon mal Ihren Schlüsselbund verloren? Oder vielleicht nur einen einzigen, aber sehr wichtigen Schlüssel? Da steht man dann vor einer Tür und die Freiheit hängt an diesem kleinen Stück Metall. Suchen, gewaltsames Öffnen, Absagen von Terminen, lästige Neubeschaffung, Ausbau des Schlosses. All dies geht uns blitzschnell durch den Kopf.

Eigentlich ein seltsames Ding, so ein kleiner Schlüssel. Für sich genommen hat er keinen Wert. Ein eigenartig geformtes Stück Metall – ohne Schloß völlig sinnlos. Im Zusammenhang mit einem Schloß, einer Tür aber unersetzlich. Nicht in der Sache selbst, sondern nur in seiner Funktion liegt seine Bedeutung.

Ich meine, daß uns alles ein Gleichnis sein kann für eine tiefere Wirklichkeit. Wir müssen nur hinter die Dinge schauen, dann werden sie lebendig und sprechen uns an. Zum Beispiel fällt mir ein, daß es auch verschlossene Menschen gibt.

Dazu gehöre ich nicht! Wir wissen, daß sich Kinder vor ihren Eltern verschließen, aber auch Ehegatten voreinander. Ich finde, das ist kein gutes Zeichen. Es fehlt das Vertrauen zueinander. Auch hier kann nur der richtige Schlüssel aufschließen. Sei es ein Mensch, ein passendes Wort, eine Tat, eine Begegnung oder ein Gebet. Jedenfalls kann der Versuch mit dem falschen Schlüssel die Sache nur verschlimmern. Erst recht kann man einen verschlossenen Menschen nicht mit Gewalt aufbrechen, wie einen Schrank. Es gibt Menschen, denen gegenüber man sich leichter erschließt, und es gibt andere, die einem den Mund geradezu versiegeln.

Vermutlich würde Letzteres bei mir niemand fertig bringen. Nur wer sich selbst anderen gegenüber zu öffnen bereit ist, wird auch den verschlossenen Menschen helfen können, sich zu öffnen. Dies kann unter Umständen ein hartes Stück Arbeit werden.

Benehmen

Ein Mensch, der alleine mit sich selbst ist, benimmt sich ganz anders als in Gesellschaft. Das merkt man schon an seinem Äußeren, wenn man ihm plötzlich, ohne daß er sich auf uns vorbereiten konnte, gegenüber steht. Hurtig schließt der Mensch dann offenstehende Knöpfchen, zieht Zippverschlüsse hoch, ordnet sein Haar oder entfernt sich kurz, um seine Kleidung zu wechseln. Der Mensch, wenn er allein ist, geht auch mit seinem Körper anders um, als unter Mitmenschen. Er kratzt ihn, bohrt in ihm herum, er reibt und streichelt. Oft benimmt er sich recht seltsam. Aber nur, wenn er allein ist. Gut, daß die Mitmenschen ihn dann nicht sehen. Manchmal fängt er plötzlich an zu singen. Und den Gesang paßt er dem Tempo seiner Tätigkeit an. Beim Einseifen des Bauches klingt es wie ein Wiegenlied, beim Schuhe putzen eher wie ein Kampflied. Allein gelassene Menschen reden auch gerne mit sich selbst, oder mit Dingen, die sie grade zur Hand nehmen: „Ja, ja, das habe ich von meiner Schlamperei!" sagt die Frau, wenn sie das Formular nicht findet, das sie ausfüllen muß. Und hat sie es gefunden: „Ach, da bist du ja, komm, jetzt wirst du ausgefüllt." Manche Menschen betragen sich auch so, als wenn sie allein wären, wenn sie mit ihrem Partner zu zweit sind. Ob das gut ist? Sehr fraglich! Die einen meinen, eine Partnerschaft müsse so sein, daß man sich nach Lust und Laune benehmen dürfe, wie gewohnt. Die anderen spielen auch nach zwanzig Ehejahren noch auf korrekt, muten dem Partner weder Lockenwickler noch Unterhemd am Frühstückstisch zu. Letztere könnte man „verklemmt" nennen, Erstere „enthemmt". Welche ein Leben lang besser auszuhalten sind, ist schwer zu sagen. Ich werde mir da kein Urteil erlauben!

Was fehlt Ihnen?

Schauen Sie sich in Ihrer Umgebung um, die meisten Menschen sind nicht glücklich. Gehen Sie durch die Straßen der Stadt und blicken Sie in die Gesichter der Menschen. Was sehen Sie? Angespanntheit, Depression, Ernst, Bedrücktheit, Streß in der Mimik und Körperhaltung. Ganz selten begegnet Ihnen ein Mensch, der fröhlich erscheint, der ein Lächeln um die Augen und Mundwinkel hat, der Zufriedenheit oder gar Freude ausstrahlt. Für die meisten Menschen ist das Leben eine große Anstrengung, es ist mit Leid, Kummer und Schmerz verbunden. Zur Zeit herrscht die Meinung, daß wir in Europa jetzt nach der Jahrtausendwende in der besten Zivilisation aller Zeiten leben. Wir leben heute abgesichert durch Sozial- und Krankenversicherungen. Wenn wir krank sind, können wir uns einer technisch hoch entwickelten Medizin anvertrauen. Was hat uns die technische Entwicklung nicht alles gebracht? Waschmaschine, Spülmaschine, Kaffeemaschine, Computer. Wenn wir Musik von Mozart hören wollen, schieben wir eine CD mit optimaler Klangqualität in das Gerät. Über Internet können wir mit der ganzen Welt kommunizieren. Wir brauchen uns nie langweilen, denn ein Druck auf der Taste der Fernbedienung liefert uns Unterhaltung, welche wir wünschen. Wir können uns bilden, wenn wir wollen. Wir können fast an jeden Ort der Welt reisen, wenn wir das wünschen. ist das nicht toll?

Und warum treffen wir überall, wo wir hinkommen, unzufriedene Menschen? Die Neurosen nehmen zu, die Ehescheidungen, die Selbstmorde, die Kriminalität, der Drogenkonsum, der Konsum von Psychopharmaka, der Alkoholismus, das alles nimmt von Jahr zu Jahr zu. Der Mensch wird nicht glücklicher, sondern offensichtlich unglücklicher.

Und was können wir dagegen tun? Meines Erachtens überhaupt nichts. Wenn ich zurückdenke an meine Jugend vor etwas siebzig Jahren. Die Menschen kannten alle die tollen technischen Dinge nicht, welche uns heute das Leben erleichtern und verschönern. Viele mußten schwer arbeiten von morgens früh bis abends spät. Aber ich finde, die Menschen waren damals glücklicher, zufriedener. Ich vermute, daß sie heute meinen, ohne Gott auszukommen und das die Wurzel alles Übels ist.

Hauptsache, es schmeckt

Als ich meinen Freund Otto, welchen ich längere Zeit nicht gesehen hatte, kürzlich traf, bekam ich einen Schreck. Er selbst verspürte an seinem Leib die Folgen zu üppiger Mahlzeiten. Als ich ihn darauf aufmerksam machte, schüttelte er das Doppelkinn: „Nein, weißt du", meinte er, „ich esse solange, wie es mir schmeckt. Und wenn die Pumpe darinnen nicht mehr will, dann ist es eben aus.

Wozu Rücksicht? Auf wen denn? Meine Familie ist prima versichert. Die Kinder sind schon erwachsen. Was soll's. Wenn ich dran bin, bin ich eben dran." Ich ließ nicht locker: „Gott hat dich nicht als Wegwerf-Leben geschaffen. Er will, daß du auf deine Gesundheit achtest. Tust du das nicht, versündigst du dich schwer. Du bist dafür verantwortlich, dir, deinen Lieben und ihm gegenüber. Es gibt vielleicht mehr Menschen, als du meinst, die dich lieben, die sich um dich Sorgen machen, die wünschen, daß du auf dich, deine Gesundheit achtest! Willst du sie enttäuschen? Ihnen Kummer bereiten?" Hoffentlich haben meine Worte bei dem Selbstzerstörer gefruchtet! Wenn wir einen gesunden, guten Appetit haben, können wir uns darüber freuen, aber wir sollten immer Maß halten, es könnte sonst böse Folgen für uns haben.

Nacht

Die Nacht gehört genau wie der Tag zu unserem Leben. Die Dichter besingen die Nacht, als eine Zeit der Ruhe, des Friedens, der Erholung von der Mühsal des Tages.

„Komm Trost der Welt du stille Nacht! Der Tag hat mich so müd gemacht." Aber da ist auch das andere Lied: „Nacht, Nebel, Dunkelheit, die alle Welt verwirrt und schreckt!" Hier die Nacht als die Finsternis, welche sich um uns ausbreitet und uns ängstigt. Nacht, die Zeit, wo die Sorgen riesengroß werden, Nacht, in der die Kranken ihre Schmerzen noch stärker spüren.

Aber für manche Menschen von heute scheint es keine Nacht mehr zu geben. Auch nachts sind die Städte hell erleuchtet, in den Fabriken laufen die Maschinen, in den Straßen herrscht reges Leben. Menschen hasten vorüber auf dem Weg zur Arbeit und zum Vergnügen. Die moderne Welt verneint die Nacht. Sie versucht, die Natur zu überlisten. Wir haben 24 Stunden hellen Tag.

Haben damit die romantischen Dichter und die Schwarzseher ausgespielt? Hat die Nacht sowohl ihre Ruhe, als auch ihren Schrecken verloren? Ich denke „Nein". Ob wir wollen oder nicht, wir können der Nacht nicht entfliehen. Nacht gehört zum Leben. Wer sie nicht wahrhaben will oder kann, dessen Rhythmus ist gestört. Das spüren besonders die Nachtarbeiter. Wer die Nacht nicht erlebt, kann den Tag nicht begrüßen. Wer die Dunkelheit nicht spürt, dem bricht auch kein Licht herein, das den neuen Tag und neues Leben ankündet.

Pferdeverstand

Das Denken, empfiehlt ein kurioser Spruch, sollte man den Pferden überlassen. Warum wohl? Sicher weil sie größere Köpfe haben. Vielleicht gehören die Gäule auch zu den wenigen, die noch Zeit zum Denken haben. Man hört immer öfter, das menschliche Denken würde rarer. Vielleicht gewinnt es ja dadurch das Prestige des Kostbaren. Viele lassen deshalb von anderen denken, etwa bei einer Werbeagentur, und erhalten dann gegen Kostenausgleich eine ganze Philosophie zurück. Ein Schuhhersteller gab kürzlich bekannt, „unsere Philosophie ist die Bequemlichkeit." Er ist zwar kein Philosoph, aber er hat recht. Er erinnert seine Kunden an deren Füße. Die sollen sich ebenso wenig quälen müssen, wie der Verstand, dem allerdings nicht so einfach mit Stützeinlagen zu helfen ist. Nur deshalb geht die Reklamerechnung auf, und es können noch die billigsten Treter im Geiste eines Sokrates drauflos laufen, wenn sie Einlagen und eine unerschütterliche Roßnatur besitzen.

Spiegel

Wie wir alle wissen, üben Spiegel eine große Anziehungskraft auf alle menschlichen Wesen aus. Sie sind meist auch in die Regungen und Empfindungen der sie umgebenden Menschen eingeweiht. Sie glänzen durch ihre Gegenwart im Foyer des Hauses, im Schlafzimmer und im Bad, und eigentlich sollte man es nicht verraten, ihre kleinste Schwester befindet sich versteckt in der Handtasche der Dame. Obwohl jedes Glied der Spiegelfamilie eine Menge erzählen könnte, soll heute nur der große Spiegel im Foyer zu Wort kommen. Dieser war einmal beinahe aus dem Rahmen gefallen. Was im wahrsten Sinne des Wortes ja ein Unglück gewesen wäre. Wir wissen ja, was so etwas bedeutet. Sieben Jahre Pech! Welch ein Glück, daß er im Rahmen blieb! Nun wurde der arme Spiegel auch noch der Lüge bezichtigt. Er zeige die Wahrheit, aber manche Menschen wollen die Wahrheit nicht wissen. Doch nun zum Tatbestand: Die Dame des Hauses – bereits im vorgerückten Alter – stand, statt den kleinen Spiegel ihrer Handtasche zu benutzen, in verdächtig intimer Nähe vor dem großen Foyerspiegel. Mit geradezu analytischer Genauigkeit untersuchte sie die bis dahin zartglatte Haut ihres Gesichtes. Und, oh Schreck, sie entdeckte Spuren einer beginnenden Faltenbildung. Sie hatte doch kurze Zeit vorher in einem anderen Spiegel ihre Gesichtshaut genau analysiert und kein Fältchen entdeckt. Aber der Foyerspiegel in seinem Drang nach Genauigkeit und Wahrhaftigkeit ließ keinen Zweifel aufkommen. Man erspare mir, die Worte wiederzugeben, die der Spiegel von der Dame des Hauses zu hören bekam. Bald wäre er aus dem Rahmen gefallen. Und dabei hatte er doch nur die reine Wahrheit gesagt – pardon – gezeigt. Die reine, nackte Wahrheit! Schonungslos! Viele Menschen können dies nicht vertragen. Der Spiegel wird gedacht haben: „Wie gut haben es die Menschen. Wenn sie wollen, können sie die Wahrheit mit dem Mantel der Liebe zudecken! Aber eines ist nur unerklärlich: Warum tun sie es so selten?"

Vollmond

Er war zwar gestern wegen der starken Bewölkung nicht zu sehen, aber er war allenthalben zu spüren. Der bleichgesichtige Vollmond. Am Abend zuvor stand er schon unheilsschwanger am Himmel. Zur vollen Scheibe fehlte ihm nur noch wenig. Häufig war schon der Stoßseufzer zu hören: „Morgen ist Vollmond!" Es gibt eben verhältnismäßig viele Menschen, die bei Vollmond ihre Schwierigkeiten haben. Sie können nicht schlafen. Es gibt sogar „Mondsüchtige", welche, während die anderen schlafen, mit geschlossenen Augen nachts herumspazieren, manchmal sogar über Dächer. Da fragt man sich, wo wollen die denn hin??? Andere klagen über heftige Kopfschmerzen, werden aggressiv, fallen ihren Mitmenschen auf den Frack. Im Straßenverkehr benehmen sie sich wie die „Wurzelsäue", sagte mir kürzlich ein Autofahrer. Derselbe bedient sich solch toller Kosenamen. Vor einiger Zeit meinte er, als noch die vielen Autounfälle auf der Mainzer Landstraße passierten, habe es noch nicht das strenge Alkoholverbot am Steuer gegeben. Wörtlich sagte er: „Da hatten die Fahrer einen sitzen und fuhren wie die ‚gesengten Säue'". Nun frage ich mich, ob „gesengte Säue" und „Wurzelsäue" die gleiche Sorte ist. Ich weiß es nicht. Vielleicht wissen es die Hadamarer? Ich habe schon festgestellt, daß sogar die älteren Herrschaften bei Vollmond aufgeregter und streitsüchtiger sind als sonst. Gott dank, nicht alle! In den Kneipen versammeln sich die Quartalssäufer, um tiefer zu inhalieren und viel lauter und heftiger als sonst über die Politiker zu debattieren. Auch in den Büros, wo sonst Stille herrscht, ist jetzt „dicke Luft". Auch dort spüren manche die milden Strahlen des bleichen Gesellen. Morgens der erste Telefonanruf verheißt schon nichts Gutes. Denn dann legen sie alle los, die sich für diesen Tag vorgenommen hatten, mal tüchtig Dampf abzulassen. Kaum zu glauben, daß der stille Vollmond eine solche Macht über manche Menschen ausübt. Mir geht das Lied durch den Kopf: „Guter Mond du gehst so stille, durch die Abendwolken hin". Von wegen!

Sprichwörter

Wir kennen sie doch alle, die sinnvollen Sprichwörter. Nun hat die Gesellschaft für deutsche Sprache ein Werk herausgegeben, in dem manches altgediente Sprichwort durch simple Abänderung in seiner ursprünglichen Aussage förmlich auf den Kopf gestellt wird. Die althergebrachten Weisheiten der Sprichwörter reizen ja auch, sie in eine neue Richtung zu lenken, nach dem Motto, öfter mal was Neues! Genau wie bei der Rechtschreibereform, welche wir Deutschen ja so bitter nötig hatten!! Aber die Wortverdrehungen bei den

Sprichwörtern lasse ich mir gefallen. Denn hier geht es um Humor, während bei der Rechtschreibereform kein Quentchen Humor zu finden ist.

Nun zu den verdrehten Sprichwörtern: „Was lange gärt, wird endlich Wut", „Gelegenheit macht Diebe", „Wie man sich füttert, so wiegt man", „Ewig währt am längsten", „Irren ist männlich", „Alte Liebe kostet nichts", „Wissen ist Ohnmacht", „Kommt Zeit, kommen Raten", „Rente gut, alles gut", „Unrecht ist steuerfrei", „Was du heute kannst besorgen, kaufst du billiger als morgen", „Kapieren geht über studieren", „Eine Schwalbe macht noch keinen Elfmeter", „Steter Tropfen höhlt die Leber"!

So, nun kennen wir die auf den Kopf gestellten Sprichwörter!

Dankbar für das Beschenktwerden

Das Schlimmste während meiner Krankheit ist, daß ich so hilflos daliege und mich bedienen lassen muß. Nur um das Fenster zu öffnen oder zu schließen, muß ich schon nach der Schwester klingeln! Ich denke, wer so ans Bett gefesselt ist, hat es sehr schwer. Er leidet nicht nur, weil er Schmerzen hat und sich elend fühlt, er leidet auch, weil er angewiesen ist auf andere. Für jeden Handgriff muß er jemand bitten, bei jeder Kleinigkeit muß er einem anderen zur Last fallen. Wie furchtbar muß es für einen hilflosen Menschen sein, wenn seine Betreuer ihn fühlen lassen, daß er ihnen eine Last ist. Und wer es bisher gewohnt war, selbstständig auf eigenen Füßen zu stehen und für sich selbst zu sorgen, dem wird eine solche Hilflosigkeit um so bitterer sein. Wo wir uns doch sonst ganz anders verhalten. Da kam es auf Selbstständigkeit an und auf Unabhängigkeit. Selbst ist der Mann! Selbst ist die Frau! Wir nehmen doch unser Schicksal lieber selbst in die Hand, als von anderen abhängig zu sein. Wenn wir uns etwas leisten, dann bezahlen wir es auch. Wo kämen wir sonst hin?

Aber gibt es nicht auch eine Seite am Leben, die ich mir immer schenken lassen muß, ganz gleich, ob ich krank oder gesund bin? Glück oder Liebe, Geborgenheit, Erfüllung oder Sinn. Das kann ich mir nicht selbst schaffen. Eigentlich leben wir Menschen alle davon, daß Gott uns beschenkt, und dieses Schenken Gottes können wir sehen und entdecken in den vielen kleinen Dingen, die wir tagtäglich von unseren Mitmenschen erhalten. Sei es ein Lächeln oder ein aufmunterndes Wort, eine Handreichung. Angewiesen auf andere sind wir alle, auch die Gesunden. Die Kranken erleben das nur hautnaher als diejenigen, die im Vollbesitz ihrer Kräfte sind und die in der Hektik des Alltags leicht vergessen, daß auch sie oft Beschenkte sind, und dankbar sein müßten.

Im Alter tätig sein

Die Annahme, daß die Intelligenz beim alten Menschen in der Regel abnehme, widerlegen vielfältige Erfahrungen und Studien. Die verschiedenen Formen der Intelligenz sind abhängig von Betätigung und Übung des Gedächtnisses. Wie die Muskeln, die nicht gebraucht werden sich zurückbilden, erschlaffen, so geht es auch mit unserem Denkvermögen. Und wenn die Menschen dann einen unsicheren, ja manchmal sogar beschränkten Eindruck machen, so liegt es daran, daß sie ihre diesbezüglichen Möglichkeiten brachliegen ließen. Ältere Menschen haben zwar eine verringerte Merkfähigkeit, das heißt, sie prägen sich Namen und Zahlen schwerer ein als junge Menschen. Dagegen gelingt das Verarbeiten von Informationen und Problemen im Alter oft wesentlich besser. Viele Künstler waren und sind im Alter ganz besonders produktiv. Betätigung ist in der Tat sehr wichtig für ein zufriedenes Alter, aber nur eine Betätigung ohne Leistungsdruck. Es gibt ja so viele Möglichkeiten, seinen Geist zu betätigen und sein Gedächtnis zu trainieren. Das Lösen von Rätseln ist eine bewährte Übung. Jeder sollte sich auf dem Gebiet seiner Interessen betätigen und sein Steckenpferd satteln, wie es ihm gefällt. Und mancher wird dabei dort wieder anknüpfen, wo er als junger Mensch aufhören mußte, sein Interesse zu pflegen, weil ihm an Zeit fehlte. So erging es mir. In meinem ganzen Leben fand ich keine Zeit, mich meinen Interessen zu widmen. Der Literatur. Und jetzt, im hohen Alter, versuche ich, das Versäumte nachzuholen. Gott hat mir meine geistige Vitalität erhalten. Ich kann ihm nicht genug dafür danken. Aber ich trainiere auch täglich Geist und Gedächtnis und bin glücklich, daß ich den Hadamarern in der „Heimatpost" noch ab und zu etwas erzählen kann.

Zu wenig Menschen

Kaum zu glauben, trotz der sechs Milliarden, welche die Erde bevölkert, sind es viel zu wenig Menschen.
Wir brauchen Menschen, die nach der zehnten Enttäuschung noch vertrauen können.
Wir brauchen dringend Menschen, die ein offenes Wort riskieren, wenn anderen Unrecht geschieht.
Wir brauchen Menschen, die hergeben statt nur zu kassieren.
Wir brauchen Menschen, deren Ja ein Ja ist und deren Nein ein Nein ist.
Wir brauchen Menschen mit mehr Praxis und weniger Bequemlichkeit.
Wir brauchen Menschen mit mehr offener Hand und weniger Faust.
Wir brauchen Menschen, deren Hoffnung auch andere trägt.
Totz der sechs Milliarden haben wir viel zu wenig Menschen, die nach Gottes

Willen leben, seine Gebote halten. Hätten wir mehr davon, würde es viel weniger Leid auf der Erde geben.

Wir brauchen gute Menschen, damit die Zukunft menschlicher wird als die Vergangenheit.

Ober-Kellner

Es soll einen Berufsstand geben, der den Untergang der DDR besonders bedauerte. „Die Kellner". Nie zuvor und nie seither hatten sie eine solche Macht in der DDR und übten sie auch schamlos aus. Ich selbst habe es ja nicht erlebt, da ich noch nie in der DDR war. Aber mein Freund Otto erzählte mir, wie es ihm während eines Besuches in der DDR erging. Er meinte, die Kellner dort würden sich nicht als solche, sondern wie Gendarme benehmen. Ich frug ihn: „Was hattest du denn auch hinter der Mauer zu suchen? Du wußtest doch, daß die Ossis uns Wessis nicht mochten. Sie sahen uns doch damals als Feinde, als gefährliche Spione an. Deshalb bauten sie ja die Mauer, als Schutz gegen uns. Und ihre Landsleute, welche keine Angst vor uns hatten, die sogar zu uns wollten, die erschossen sie lieber, als daß die uns in die Hände fielen. Und Otto der wagemutige Pechvogel mußte dahin. Was er dort wollte, weiß ich nicht. Aber was ihm dort von seiten der Kellner widerfuhr, gab mir zu denken. Er erzählte, einmal habe er in einer völlig leeren Gaststube Platz genommen, worauf sich der Kellner mit einem grimmigen Gesicht, einem Feldwebel gleich genähert habe mit den Worten: „Habe ich Ihnen erlaubt, sich hier niederzulassen?" Woher wußte der Kellner, daß Otto ein gefährlicher Wessi war? Vermutlich hat Otto beim Betreten der Gaststätte gegrüßt und hatte sich durch seinen hessischen Dialekt als Wessi entlarvt. Vielleicht hat der Kellner auch befürchtet, Otto sei ein Außerirdischer, welcher die DDR bespitzeln wollte. Die DDR-Bonzen waren doch damals so mißtrauisch gegen alles, was jenseits ihrer Mauer war. Ob auch die Außerirdischen dazu gehörten weiß ich allerdings nicht.

Nun ein zweites Erlebnis, welches Otto mit einem DDR-Kellner hatte. Diesmal in einem Hotel. Otto war sehr hungrig. Der Kellner, der auf sich warten ließ, näherte sich endlich gemächlich dem Tisch, um den Aschenbecher zu leeren. Otto wagte schließlich, während der Arbeit des Kellners, den Wunsch nach einem Bier und einigen Sandwiches zu äußern. Darauf der Kellner: „Immer langsam guter Mann, ja, immer langsam, ich habe schließlich zu tun!" Danach war Otto bedient, nicht nur das, sondern auch geschockt. Denn so eine Bedienung gab es in seiner Heimat nie. Ich denke, die Kellner haben Otto als einen Wessi erkannt. Einen gefährlichen Spion. Auch dachten sie womöglich, er sei ein „Außerirdischer" und ein solcher sei noch gefährlicher für die DDR, als ein

Wessi. Weiß man's?

Welch ein Glück, daß diese Zeit vorüber ist. Jetzt sind wir wieder ein Volk und hoffentlich Deutschland einig Vaterland! Gebe Gott, daß es so ist und bleibt!

Das bißchen Haushalt

Männer wissen es. Sie kennen keine bessere Methode, den Abend zu zweit zu verderben, als bei der Rückkehr von ihrer Arbeit die banale Frage an die Nur-Hausfrau zu stellen: „Na, und was hast du denn den ganzen Tag gemacht?" Die nachfolgenden Gemütsausbrüche hängen vom Temperament der Hausfrau ab. Die eine wirft mit bissigen Worten oder festen Gegenständen, die andere legt seufzend einen 17-seitigen Tagesbericht vor. Der Effekt ist der gleiche. Die Männer sind fassungslos. So viel Gezeter um das bisschen Haushalt, meint auch der Rest der Familie, das muß der Mutter doch direkt Spaß machen – und den wollen wir ihr durch Mithilfe doch nicht schmälern.

Natürlich helfen sie auch, überall dort, wo sie einen Grund zur Mithilfe sehen. Aber ein solcher ist (ihres Erachtens) meist nicht zu entdecken. Solange noch ein ungebrauchtes Wasserglas vorhanden ist, besteht doch keine Veranlassung, die in den Zimmer vertrübten, benutzten einzusammeln und zu spülen. Wozu auch das Turnzeug aus dem Badezimmer räumen, wenn man es spätestens nächste Woche wieder braucht. Neuerdings gibt es deutliche Zeichen dafür, daß die Hausarbeit gesellschaftlich aufgewertet wird. Das Krokodil, das sonst als Markenzeichen auf T-Shirts nur die gehobene Männerbrust zierte, gibt es neuerdings auch für die Hausfrau. Ein Versandhandel bietet es als Set an – auf Handfeger und Dreckschaufel. Da wird doch das bisschen Haushalt gleich schneller von der Hand gehen! Wer möchte das bezweifeln???

Im Gegenzug

In letzter Zeit wird viel geschimpft über die „Deutsche Bahn" (vor allem über ihre Untergrundbewegung, die U-Bahn). Daß sie unpünktlich sei, die Fahrgäste nicht ausreichend informiere und überhaupt – Mäkler finden immer etwas. Dabei denkt die Bahn doch nur zeitgemäß positiv. Sie ignoriert sämtliche Pleiten und Pannen und meldet dafür bei jedem zweiten Waggon, der in den Bahnhof einrollt, auf dem Abfahrtsschild den „Vollzug dieser unnachahmlichen Leistung".

Und noch ein beispielloses Sonderprogramm hat die Bahn sich ausgedacht. Unablässig erscheinen Berichte darüber, was sich auf den jeweils benachbarten Gleisen tut. Mir wurde berichtet, daß ein Hamburger Autor dieser Tage für seinen Roman-Entwurf, „Im Gegenzug", eine Preissumme von 5000 DM erhielt. Ja, der Gegenzug ist noch aktuell. Offenbar sind auch viel mehr Leute auf den

Schienen unterwegs, als man meint ...

Schwierig dürfte es aber werden, wenn dereinst der geplante Transrapid den Betrieb aufnimmt. Denn der soll einspurig sein und macht endgültig Schluß mit dem Entgegenkommen. Wer dann immer noch „im Gegenzug" sitzt, kann nicht mal mehr ein Geisterfahrer sein.

Nun ja, auf den Gegenzug werden die Reisenden ja gerne verzichten. Aber nicht auf die wohltuenden Nickerchen. Früher ging doch nichts über ein Nickerchen im Zug. Wo sonst wird man, außer im Mutterleib, so sanft vorwärts-bewegt. Aber das ist ja lange her. Doch seit kurzem hat die deutsche Bahn ihre Service-Keule ausgepackt. Kaum haben wir nach fünf Minuten Fahrt im ICE den Kopf fürs Nickerchen zur Seite fallen lassen, werden wir schon gnadenlos geweckt. Eine wichtige Information, aber nicht über die Verspätung, sondern über ein freundliches Mitropa-Team, das uns erwartet. Na gut. Erneutes Einnicken. Da schlägt die Service-Keule wieder zu. Jetzt erfahren wir, daß der rotmützige Mann am Bahnsteig gar kein Nikolaus ist, sondern ein Gepäckträger, der uns erwartet.

Wahrhaft eine tragische Sache. Auf den hatten wir doch nicht gewartet, son-dern auf Traum-Gott Morpheus. Und der hat sich nach stündlich dreimaliger Aufzählung aller Serviceflops der Bahn verflüchtigt. Dabei wäre Ruhe der größte Service gewesen. Doch dieses Ruhebedürfnis ihrer Kunden hat die Bahn schein-bar ganz tief verschlafen. Also nichts mehr wie früher mit einem Nickerchen im Bummelzug. Diese Zeit kehrt nie wieder!

Stundenschlag

Können Sie sich noch erinnern, als Trabis in endlosen Kolonnen in Richtung Westen ruckelten? Euphorische Menschen sich im Freudentaumel umarmten und den Ossis Bananen schenkten? Auf dem Berliner Betonwall feierten die Massen mit vor Glück verweinten Gesichtern. Und alle stimmten in den Chor ein: „Wir sind ein Volk!" Zehn Jahre später, in der Nacht des 9. November 1999 wieder-holte das Fernsehen auf beinah allen Kanälen den historischen Tag des Mauerfalls. Noch einmal traten die Akteure von damals auf, Gorbatschow, der Kanzler, die Bürgerrechtler, sogar die DDR-Bonzen – aber vor allem auch das Volk.

Noch einmal kehrte die politische Dramatik, die emotionale Wucht der Befreiung zurück. Bilder, welche in den Jahren des Kleinmuts und der Miesepetrigkeit der Vereinigungseuphorie folgten, schon fast vergessen waren. Sollte man nicht den geschichtlichen Stundenschlag der Größe zurück holen, der von der Mißlaunigkeit des Alltags oft in Vergessenheit gerät? Oder in ihrer nörgelnden Kurzsichtigkeit gar nicht mehr wissen will, was damals geschah?

Manchmal hat man den Eindruck, daß manche Ossis gerne wieder hinter der Mauer eingesperrt sein möchten. Kaum zu glauben! Aber, wir sind ein Volk!!!

Hatschi

Kann denn Niesen Sünde sein? Eigentlich nicht, werden wir das spontan antworten. Dennoch fühlt sich der Schnupfengeplagte bisweilen mit seinem Leiden von seiner Umgebung nicht angenommen. Während das „Gesundheit" der Mitmenschen nach dem ersten Niesen noch aufrichtig mitleidig klingt, hört es sich nach dem fünften Mal schon sehr ungeduldig, ja gar beleidigt an. Am liebsten würde man statt „Gesundheit" sagen: „Jetzt ist es aber genug, hör endlich auf, du Triefnase". Aber wer wird sowas sagen? Man sagt „Gesundheit", obwohl man etwas weniger Schönes denkt.

Warum, so fragt man sich, hat Herr Knigge hierzu keine deutlichen Benimmregeln formuliert? Aber bei „Hatschi" ist ihm scheinbar nichts eingefallen. Der Mann konnte ja nicht an alles denken. Aber der Allergiker will ja gar nicht ständige nutzlose Gesundheitswünsche, eher ein liebevoll dargereichtes Taschentuch, da sein eigenes vom vielen „Hatschi" bereits pitschnass ist und die arme Nase wund. Dann müßte noch ein guter Mensch zur Stelle sein, der das Vollgeschniefte entsorgt. Aber vermutlich reicht dazu die Nächstenliebe nicht aus. Oder gibt es etwa noch Kavaliere, welche der niesenden Dame das vollgeschniefte Tuch abnehmen und zum Mülleimer tragen???

Aber all diese Fantasien können nicht darüber hinwegtäuschen: Vom Schnupfen hat jeder Betroffene sowie seine Umgebung die Nase voll.

„Hatschi"

Winter

Die wenigsten werden wissen, daß der erste Monat des Jahres seinen Namen nach der römischen Gottheit Janus hat. Janus war der Hüter und Schützer der Türen und Tore. Er wird mit zwei Gesichtern dargestellt. Das eine sieht was drinnen, das andere was draußen geschieht. Der Januskopf sieht mit dem einen, dem alten Gesicht in der Vergangenheit. Sein anderes junges Gesicht blickt in die Zukunft.

Zwei Gesichter hat für mich auch der Winter. Das eine Gesicht ist von bezaubernder Schönheit. Das andere ist gezeichnet von grausamer zerstörender Gewalt. Denken wir nur an die Lawinenkatastrophen.

Faszination kann der Winter ausüben, wenn ein Eisregen übers Land fällt und alles zum Glitzern bringt, im Licht der von Wolken gedämpften Sonne, oder wenn überall auf den Ästen und Sträuchern ein dicker weißer Mantel liegt. Faszinierend auch die Eiszapfen, die vom Dach herunterhängen. Wie gerne habe ich als Kind ein Stück davon abgebrochen und gelutscht. Eine der Seligkeiten, die der Winter in uns Kindern weckte.

Aber da ist auch sein anderes Gesicht. Wir erleben doch auch den Winter als zerstörerische Gefahr. Straßenglätte, Unfälle, Beinbrüche, Rohrbrüche usw. Der Winter kann Unheil anrichten, viel kaputt machen.

Mit beiden Gesichtern und der Kälte müssen wir leben. Neben der Faszination, die bedrohliche Zerstörung. Aber neben die beiden Gesichter tritt zum Glück noch etwas anderes: Die Hoffnung, daß schließlich die Wärme das dickste Eis schmelzen läßt.

Vor 80 Jahren lernten wir in der Schule folgendes Gedicht:
Und dräut der Winter noch so sehr, mit trotzigen Gebärden,
und wirft er Eis und Schnee umher, es muß doch Frühling werden.
Und drängen die Nebel noch so dicht, sich vor den Blick der Sonne,
sie wecket doch mit ihrem Licht, einmal die Welt zur Wonne.
Blast nur ihr Stürme, blast mit Macht, mir soll darob nicht bangen,
auf leisen Sohlen über Nacht, kommt doch der Lenz gegangen.
Da wacht die Erde grünend auf. Weiß nicht wie ihr geschehen,
sie lacht in den sonnigen Himmel hinauf, und möchte vor Lust vergehen.
Sie flicht sich blühende Kränze ins Haar, und schmückt sich mit Rosen und Ähren,
und läßt die Brünnlein rieseln klar, als wären es Freudenzähren ...
Leider habe ich das Ende dieses schönen Gedichtes vergessen. Auch der Name des Dichters ist mir entfallen. Nun ja, im Alter von 87 Jahren fängt man eben an, vergeßlich zu werden.

Eigenliebe

Du sollst deinen Nächsten lieben, wie „dich selbst"

Haben Sie schon einmal über die Eigenliebe nachgedacht? Es gibt Formen dieser Liebe, die ärgerlich oder lächerlich sind. Da kreist einer nur um sich, protzt mit seiner Wichtigkeit und spiegelt sich dauernd in seinem Glanz. Das Gegenteil davon sind die bescheidenen Menschen: sie halten sich für gänzlich unwichtig, alles, daß sie sich nicht entschuldigen, überhaupt da zu sein und die Luft auf der Erde zu atmen. Nie trauen sie sich etwas zu, ihre Worte flüstern sie nur, und ihre Körperhaltung ist eine dauernde Demutsgeste. Unglück und Elend scheinen an ihren Fußsohlen zu kleben ... meinen sie!

Realistisch einschätzen können sich beide Menschengruppen nicht. Die einen glorifizieren sich unkritisch, während es die anderen nicht fertig bringen, sich in ihrem Wert und ihrer Würde zu erkennen und zu bejahen. Zum Glück gehöre ich zu keiner dieser Gruppe. Gott sei Dank dafür! Es gibt aber eine Selbstliebe, die lebensnotwendig ist, damit ein Mensch überhaupt Mut zum eigenen Dasein bekommt, Lust am Leben und Freude an der eigenen Existenz. Wenn einer sein leibliches Leben nicht als kostbares Geschenk begreift, sondern es als ärgerliche Last empfindet, als eine Zumutung, dann kann er sich natürlich auch nicht lieben.

Wie lernt aber der Mensch sich selbst zu lieben? Alles spricht dafür, daß dieser Lernvorgang sehr früh in unserer Kindheit vor sich geht. Weil unsere Mutter uns gern hatte, weil sie uns hegte und pflegte, genährt und gewärmt, uns umsorgt hat. Dadurch haben wir (ganz unbewußt) erfahren, daß wir liebenswert sind. Wenn wir von Vater und Mutter geliebt werden, dann muß ja wohl etwas an uns dran sein, was liebenswert ist. Meines Erachtens kommen wir so dazu, selbst ein Wertgefühl für unsere eigene Person zu bekommen. Mit einem Wort gesagt: „Eigenliebe". Ich denke jetzt an die armen, bedauernswerten Kinder, welche ohne Elternliebe aufwuchsen oder noch aufwachsen.

Konzerte

Ist es nicht eine Wonne, wenn morgens in aller Herrgottsfrühe die Vögel ein vielstimmiges Konzert anstimmen; vor allem die Amseln, sie jubeln oft so, als wollten sie ihren Schöpfer preisen. Solange sich nicht das Gekrächze der Elstern und das Gegurre der Tauben einmischt, ist es eine Wonne, dem Gezwitscher zu lauschen. Ein ganz anderes Konzert hat sich aber inzwischen in einigen Häusern eingestellt. Den beiden bereits dort vorhandenen Telefonapparaten hat sich noch ein schnurloses Gerät zugestellt, das über eine Basisstation läuft. Ruft also jemand an, dann ertönt aus drei Ecken der Wohnung ein unterschiedliches Gepiepse. Selbstverständlich haben Sohn und Tochter noch je ein Handy, das sein eigenes Konzert veranstaltet. Wenn diese fünf Solisten gleichzeitig ihre Stimme erheben, ist wahrhaftig die Hölle los. Inzwischen hat sich der eine Apparat einen Brummton zugelegt, damit auch die Tiefen-Register zu ihrem Recht kommen. Das Vogelkonzert wird leider bald wieder zu Ende sein. Das Telefonkonzert aber bleibt.

Pechvogel

Ein Bekannter, er heißt Otto. Das ist ja nichts Schlimmes. Etwas schlimmer ist es schon, daß immer sein Auto aufgebrochen wird. Und noch schlimmer, daß er immer im Aufzug stecken bleibt. Er sagte mir, das gäbe ihm sogar ein Gefühl der Sicherheit, denn der Aufzug bleibt ja nur stecken, statt in die Tiefe zu sausen. Kürzlich erzählte er wieder von einem neuen Pech, welches er hatte. Diesmal konnte man es schon als sehr schlimm bezeichnen. Er hatte eine Deckenstrahler-Konstruktion erfunden und sie so aufgehängt, daß der Fernseher, das Aquarium und der Vitrinenschrank gleichzeitig beleuchtet wurden. Sie müssen wissen, Otto ist ein genialer Erfinder. Als er abends gemütlich vor dem Fernseher saß, gab's plötzlich eine Plumps. Die Lichttechnik samt Aufhängung war ins Aquarium gefallen. Die Splitter der Fischwohnung flogen in die Vitrine. Die Fische hüpften auf dem Boden herum und japsten nach Wasser. Das Wasser aber spritzte wie eine Fontäne auf den Fernseher. Der nahm das übel und ging in Flammen auf. An die Reihenfolge konnte Otto sich nicht mehr so gut erinnern. Aber ihm fiel ein, daß ihm später nochmal etwas ähnliches passiert war, und das ist noch gar nicht lange her. Sein einziger Trost ist: Es hätte noch schlimmer kommen können. Er erinnert sich, daß seine Mutter immer schon gesagt habe, er sei ein Pechvogel. Wie beruhigend!!!

Gott und das Finanzamt

Lachen ist gesund. Das ist uns allen bekannt. Mir folgender Geschichte möchte ich zur Gesundheit der Leser beitragen.

Eine arme alte Frau mit einer kleinen Rente hätte sich gerne mal etwas Schönes gekauft. Aber das Geld reichte nicht dazu. Sie dachte, wenn mir doch jemand 100 Mark schenken würde, könnte ich mir den Wunsch erfüllen. Aber wer verschenkt schon 100 Mark? Da kam ihr die Idee! Ich wende mich an den lieben Gott. Er weiß, wie arm ich bin und wie mein Herz an dem Gegenstand hängt, den ich mir nicht leisten kann. Sein Sohn hat doch gesagt: „Bittet und ihr werdet empfangen." Also wird der Vater nicht böse sein, wenn ich ihn um die 100 Mark bitte. Sie schrieb dem lieben Gott einen rührenden Bittbrief. Als der Postbote den Brief in Händen hielt, war er sprachlos. An den lieben Gott, das geht zu weit. Wir Postler sind ja findig, aber den Brief können wir nicht zustellen. Was mache ich denn nun damit? Und da er sehr findig war, steckte er ihn einfach zwischen die Post für's Finanzamt. Dort war der Beamte, welcher ihn in die Hände bekam, auch sprachlos. „Das geht nun doch zu weit. Welchen Ärger haben wir doch mit den Steuerzahlern. Jetzt meinen sie auch noch, der liebe Gott sei bei uns." Aber er war neugierig und öffnete den Brief. Da er ein gutes Herz besaß, dachte er, dieser armen Frau muß man doch helfen. Er ging zu seinen Kollegen von Büro zu Büro. Und alle spendeten. Es kamen siebzig Mark zusammen. Die Spender waren froh, der armen Frau eine Freude mit dem Geld zu machen. Die Frau freute sich zwar über das Geld, war aber enttäuscht, daß es nur siebzig Mark waren. „Aha" dachte sie, „das Finanzamt!" Umgehend dankte sie dem lieben Gott. Unter anderem schrieb sie: „Lieber Gott, wenn Du mir nochmal Geld schickst, dann aber nicht übers Finanzamt. Die Lumpen haben sich doch tatsächlich 30 Mark von Deinem Geld einbehalten. Das hättest Du aber auch wissen müssen, wie geldgierig die sind." Der Nachbar, dem sie erzählte, was ihr durch das Finanzamt wiederfahren war, war außer sich vor Empörung. „Ich gehe dahin und werde denen mal gehörig die Meinung sagen." Im Finanzamt angekommen stürmte er ins erstbeste Büro. Der Beamte grüßte freundlich und fragte: „Sind Sie geladen?" – „Und wie!", schrie der Mann und hob drohend seinen Stock. Arme Finanzbeamte! Sie dürfen machen was sie wollen. Durch das Image, welches ihrer Behörde anhaftet, sind und bleiben Sie den Menschen unsympathisch.

Wer nicht lacht, ist selber schuld!

Lumpi

Eine alleinstehende Dame, ungefähr 60 Jahre alt, gesund und fit, kam auf die Idee, sich einen Hund anzuschaffen, obwohl sie noch nie einen besessen hatte. Ich riet ihr, einem armen eingesperrten Tier aus dem Tierheim ein Zuhause zu geben. Von der Idee war sie begeistert. Aber im Tierheim gab es eine Enttäuschung. Außer einem Dackel lauter große Hunde. Und sie suchte doch einen kleinen Schoßhund. Den Dackel hätte sie genommen, wenn er sie nicht gleich, als sie ihn streichelte in die Hand gebissen hätte. Die Dackel sind als Schlawiner bekannt. Sie beißen gerne, vor allem, wenn sie von Fremden gestreichelt werden und wenn die Menschen sich ängstlich nähern. Und das hatte sie gemacht. Also war das nichts mit einem Hund aus dem Tierheim.

Nun meinte sie, es sei ja auch besser, wenn sie sich einen Welpen anschaffen würde, der sich von klein auf an sie gewöhnte und den sie erziehen könne. Nun kam ein Winzling ins Haus. „Lumpi" hieß das gute wertvolle Stück. Der Züchter hatte ihr zugesichert, es würde ein kleines Hündchen bleiben. Von wegen! „Lumpi" wuchs und wuchs. Ausgewachsen war er halb so groß wie sein Frauchen. Und was seine Erziehung betraf, gleich Null! Er behandelte sein Frauchen wie eine Untergebene. Sie mußte sich nach „Lumpis" Willen richten, sonst wurde sie angeknurrt. Wenn Besuch kam, gab es meistens fünf Minuten lang eine Katastrophe, bis er seine Aufregung überwunden hatte.

Unablässig sprang er an den Besuchern hoch und versuchte, die ungeteilte Aufmerksamkeit auf sich zu lenken. Dem armen Frauchen blieb nichts anderes übrig, als die Gäste zu bitten, Geduld zu bewahren, bis seine dollen fünf Minuten beendet seien. Aber manchmal genügten ihm fünf Minuten nicht, um seine Freude über den Besuch zu beenden. Da er Frauchen gegenüber immer dominanter wurde, brachte sie ihn zur Erziehung in eine Hundeschule, welche von einem Hundepsychologen geführt wurde. Was es nicht alles gibt!!! Lumpis Erziehung dauerte einige Wochen und kostete eine schöne Stange Geld.

Als sie Lumpi abholte, überzeugte der Hundelehrer sie davon, wie folgsam

der Hund jetzt war. Er gehorchte dem Mann auf's Wort. Frauchen nahm überglücklich ihren Liebling mit nach Hause. Aber oh Schreck! Ich hatte es bereits
geahnt! Zuhause benahm sich Lumpi genau wie vor dem Besuch der
Hundeschule. Keine seiner früheren Unarten hatte er vergessen und führte sie
wieder aus. Von Erziehung keine Spur mehr! Beim Hundelehrer hatte er pariert
und nun tanzte er seinem Frauchen wieder auf dem Kopf herum. Die arme Frau
tat mir leid. Aber nun kam ihr eine tolle Idee. Sie wußte, daß Lumpi Wasser mehr
haßte als alles andere. Sie kaufte eine Spritzpistole und jedesmal, wenn Lumpi
nicht folgsam war, wurde er besprizt. Und diese Methode half sofort und hilft
auch heute noch, besser als die Psychologie.
Ich hoffe, daß „Lumpi" nun seinem Frauchen noch viele Jahre Freude bereitet.

Das Geschoß

Ob sich alle Gemüter bald über die Rechtschreibreform beruhigt haben, wis-
sen wir nicht. Und ob die Reform auszuhalten ist, wissen wir auch nicht.
Jedenfalls ist sie nicht mehr aufzuhalten. Das wissen wir. Aber es gibt Nüsse, an
denen sich auch der schneidigste Reformer die Zähne ausbiß. Dafür sorgten die
Österreicher. Also: nach kurzen Vokalen wird, wie wir bereits wissen, das „ß"
abgeschafft. Das schöne Buckel „S", so nannten wir es als Kinder. Es wird zu
„SS" umgebaut. Aus dem Schloß ist bereits ein Schloss und ebenso aus dem
Geschoß ein Geschoss geworden. So weit, so klar. Aber nicht für Österreich. Von
dort kam heftiger Protest. Denn in Österreich spricht man das Geschoß mit einem
langen „O" aus. So ungefähr hört es sich an: „Geschooß", und deshalb bleibt
dortzulande das Geschoss ein Geschoß. Ja, diese Österreicher! Sie sagen nicht zu
allem Ja und Amen! Während den Österreichern der Volltreffer mit ihrem
Geschoß geglückt ist, schaut diesbezüglich die Reform betroffen drein. Ich freue
mich mit meinen Bekannten in Österreich und danke ihnen, daß sie mich lange
Zeit über die Entwicklung der Reform in ihrem Lande informierten. Außerdem
freue ich mich über zwei reformierte Wörter, welche mir besonders gefallen. Und
zwar: „Betttuch" und „Schifffahrt". Sie sehen doch ulkig aus! Finden Sie nicht
auch?
27. Juli: Gestern Abend wurde im Fernsehen bekannt gegeben und soeben
lese ich es in der NNP, daß die Frankfurter Allgemeine Zeitung (FAZ) die renom-
mierteste deutsche Zeitung, zur alten deutschen Rechtschreibung zurückkehrt
und wahrscheinlich werden noch andere Zeitungen den gleichen Schritt tun. Ab
1. August will die FAZ ihre Artikel wieder in der alten Schreibweise veröffentli-
chen. Wenn ich noch könnte würde ich jetzt einen Freudensprung machen! Wie
habe ich doch, genau wie viele andere Deutsche gegen diese unnötige und unsin-
nige Reform gewettert. Leider ohne Erfolg. So, und nun haben wir den

Schlamassel, welcher eine Unmenge Geld gekostet hat. Ich las weiter, daß die Akademie für Sprache und Dichtung an die zwischenstaatliche Kommission und an die Duden-Redaktion appellierte, mit dem „Rückbau der Rechtschreibereform" zu beginnen. Es ist ja nicht zu fassen! Erst geben sie eine Menge Geld für den Unsinn aus und dann machen sie ihn rückgängig.

Da lobe ich mir die Österreicher. Sie handelten nach dem Motto: „Wehret dem Anfang!" Sie haben sich von Anfang an mit allen Mitteln zur Wehr gesetzt und als die noch ihr „Geschoß" einsetzten, war die Reform in ihrem Land besiegt. Wie werden die Österreicher sich jetzt ins Fäustchen lachen, wenn sie vom deutschen „hin und her Kuddelmuddel" erfahren. Ja, uns Deutschen fehlte eben das „Geschoß", womit die Österreicher die Reform besiegten.

Nun, schade um das viele Geld, das bei uns aus dem Fenster geworfen wurde. Aber wir haben's ja. Oder etwa nicht?

Schnaken

Bald werden wir sie wieder spüren, die Quälgeister, die uns in den Sommernächten munter halten: „Ssssss". Amtlich bestellte Schnakenjäger (daß es solche gibt, wußte ich nicht) berichteten von einem Rekordjahr. Das lange Hochwasser im Frühjahr hatte viele Seen hinterlassen, in denen die Plagegeister ihre Eier ablegen konnten. Etwa 900 Milliarden haben die Schnakenjäger vernichtet – so über den Daumen gepeilt, versteht sich, denn beim Zählen wären sie vermutlich übergeschnappt.

Aber einige langbeinige haben sie nicht erwischt, die waren in mein Schlafzimmer geflüchtet in der Hoffnung, eine Tierfreundin würde ihnen Asyl gewähren. Die Armen haben sich geirrt, ich erschlug sie. Aber die müssen ja unbedingt zu den 900 Milliarden noch dazugezählt werden. Über 3 Millionen soll der Schnakenfeldzug gekostet haben, und da müßte man noch die Anstreicherkosten für die heimischen Schlafzimmer dazu rechnen, welche nach den vielen nächtlichen Verfolgungsjagden übel aussahen. Und wie werden sie erst aussehen, wenn der Sommer vorüber ist?

Eine andere Gattung niedlicher kleiner Tiere ist auch bereits im Anflug: „Wespen". Eine Bekannte fand es klasse, daß man die aufdringlichen Biester mit einem Fön vom Balkon vertreiben kann. Aber sie wurde enttäuscht. Den kleinen Biestern passierte nichts. Außer, daß sie statt der Marmelade zur Abwechslung Warmluft genossen. Womöglich gefällt ihnen das sogar. Weiß man's? Ich riet ihr, mehrere Föns aufeinmal zu benutzen. Das gefiel aber den Tierchen gar nicht, sie flogen nicht weg, sondern wurden so aggressiv, daß die Frau flüchtete. Meines Erachtens ist dies auch die beste Methode, sich vor den immer gewetzten spitzen Stacheln der Angreifer zu schützen. Es gibt noch eine Möglichkeit, mit den kleinen Tierchen Freundschaft zu schließen. Dazu empfehle ich gemeinsame Mahlzeiten. Die Tierchen werden sich darüber freuen. Für uns aber wird es in jedem Fall sehr anstrengend werden. Ich werde doch lieber, da ich nicht stichfest bin, die Flucht bevorzugen!

Menschen und Mäuse

In einer Gaststätte: Das Menü war vertilgt, nur wenige Reste lagen noch auf Tellern und in Schüsseln. Zufrieden lehnten sich die Gäste in ihre Sitze zurück, um langsam ein Dessert in Erwägung zu ziehen. Aber mit der Gemütlichkeit war's plötzlich vorbei. „Da, da" schrie eine Besucherin, „eine Maus". Auf flinken Füßen sauste das Tierchen quer über eine Sitzbank, knapp am Tisch vorbei und verschwand dann darunter. Kreidebleich schauten sich die Gäste an. Ihr nächster Blick fiel auf die Reste in Tellern und Schüsseln. Der Appetit auf das Dessert war weg. Aufstehen und rausgehen, so schnell wie möglich, waren eins. Meine Frage: „Warum hat der große Mensch die Angst vor einer kleinen Maus???"

Zehen

Wie man weiß, ist der Mensch die Krone der Schöpfung. Daher sind auch seine Organe nützlich und wertvoll. Die Hände zum Greifen, das Gehirn zum Begreifen, der Bauch zum Hose-Sprengen und der Mund zum Gähnen. Toll. Wer hat jetzt gelacht? Habe ich womöglich wieder mal zu viel verraten???

Doch wozu gibt es eigentlich Zehen? Ich hätte ja gleich eine Antwort parat. Zum Schmerzen. Aber ich will hoffen, daß nur die meinigen sich so benehmen, und nicht die Zehen all meiner Mitmenschen. Das wäre ja entsetzlich.

Doch wozu gibt es sie eigentlich? Jetzt, wo wir doch nicht mehr von Baum zu Baum hangeln? Zum Glück haben wir diese Zeiten ja lange hinter uns. Also bleibt nur eine Erklärung: Zum Wehtun! Mit Zehen kann man überall anstoßen und jedesmal sind sie dann beleidigt und tun weh. Man kann sie sich auch fies quetschen oder von fremden Menschen treten lassen, die sich nicht einmal entschuldigen. Aua! Das nehmen die Kleinen übel und schmerzen besonders lange.

Und beim Schuhkauf drücken brutale Verkäuferinnen gerne zu und behaupten wahrheitswidrig: „Da ist noch etwas Platz!" Doch die Krone der Schöpfung findet Auswege. Frauen bemalen ihre Zehennägel. Männer wackeln mit den Zehen vor dem Fernseher. Ob das mit den Zehen wackeln stimmt, konnte ich leider noch nicht feststellen. Nun ja, was nicht ist, kann noch werden! Aber daß beide, Männlein wie Weiblein sich auf Zehenspitzen heranschleichen, um den oder die zu erschrecken, kann ich mir nicht vorstellen. Und, daß dann der eine oder die andere plötzlich laut „Aua" schreit, im Flur stand ein Koffer, kann man auch nicht ausschließen.

Ihr armen Zehen, wozu haben wir euch eigentlich? Wozu meine da sind, kann ich verraten: „Zum Wehtun!" Ich war 13 Jahre alt, da wurde mir bereits ein Zeh amputiert. Eigentlich sollte ich froh sein, den einen los zu sein. Aber leider ist das Gegenteil der Fall. Der Fuß ist seit dieser Zeit beleidigt, weil man ihm den Einen geraubt hat. Er rächt sich von dieser Zeit an mit Schmerzen. Und das bereits seit über 74 Jahren. Deshalb rate ich allen Menschen, hegt und pflegt Eure Zehen, wenn Ihr auch nicht wißt, wozu sie da sind. Die kleinen Sensibelchen werden es Euch danken!

Geborgen

Ich fühle mich geborgen. Wie schön ist es, wenn ein Mensch so sprechen kann! Gott sei Dank, ich kann es! Gibt es etwas Schöneres, Wichtigeres und Entscheidenderes im menschlichen Leben, als Geborgenheit? Wer geboren ist, empfindet Ruhe und Glück, Wohlbefinden, Zufriedenheit, Behaglichkeit und Sicherheit. Er kann Fehlschläge und Angriffe von außen besser überwinden.

Wir Menschen suchen Geborgenheit so lange wir leben, wir brauchen sie wie die Lunge den Sauerstoff, der Fisch das Wasser, die Vögel die Flügel. Ohne das Gefühl des Geborgenseins läßt sich das Leben nicht meistern, trocknet der Mensch ein, wird alles schal, verliert das Leben seinen Sinn.

Niemand kann das Leben durchhalten, ohne ein wenig Nähe und Bestätigung. Jeder braucht das Gefühl, daß er da, wo er lebt, getragen wird von etwas Anerkennung, Zuneigung und Sorge. Nicht dort ist man daheim, wo man einen Wohnsitz hat, sagt der Dichter Ch. Morgenstern (1871-1914), sondern wo man verstanden wird. Nicht Beifall oder Komfort, nicht Karriere oder Besitz braucht der Mensch, sondern Verständnis, Liebe, Trost, Lob und Dank, mit einem Wort gesagt „Geborgenheit". Wo sie fehlt, da hilft die beste Pflege, das teuerste Altenheim nichts. Wer kennt nicht Menschen, die buchstäblich stumm geworden sind! Sie waren ansprechbar, aber niemand hat sie angesprochen. Es wäre schlimm, wenn der Mensch – für viele auch Gott – für den Menschen zum Fremdwort wird.

Aber letzte Geborgenheit kann nicht der Mensch dem Menschen schenken, sondern nur Gott.

Wir kennen ja alle die großartigen, tiefen Worte, die der Theologe Friedrich Bonhoeffer (1906-1945) kurz vor seinem gewaltsamen Tod niederschrieb: „Von guten Mächten wunderbar ‚geborgen' erwarten wir getrost was kommen mag. Gott ist mit uns am Abend und am Morgen und ganz gewiß an jedem neuen Tag."

Das 11. Gebot

Nun werden Sie denken, was soll den das? Gott gab uns doch nur 10 Gebote, die von seinen mißratenen Kindern laufend übertreten werden. Wozu noch ein elftes? Ja, wozu? Ich habe es mir ausgedacht. Es ist nahe verwandt, fast identisch mit dem 7. Gebot: „Du sollst nicht lügen!" Das 11. müßte heißen: „Du sollst halten, was du versprichst!" Ich denke, wenn die Menschen, welche diese beiden Gebote übertreten, alle verdammt würden, gäbe es ein unvorstellbares Gedränge in der Hölle. Womöglich würde sie aus allen Nähten platzen. Aber Spaß beiseite.

Welchen Schaden richtet der Mensch an, der das 11. Gebot übertritt? Er enttäuscht nicht nur den Menschen, demgegenüber er sein Versprechen nicht hielt, sondern er belastet auch sein eigenes Gewissen. Manchmal hat man ja den Eindruck, daß manche Menschen kein Gewissen haben. Aber das täuscht! Auch wenn der Mensch, der eine böse Tat beging, mit allen Mitteln versucht, sein Gewissen zum Schweigen zu bringen, es wird ihm nicht gelingen. Und das ist für manchen Missetäter schon eine schwere Strafe.

Und nun schreibe ich aus Erfahrung: Als junge Frau kannte ich eine alte Frau. Einen so freundlichen, liebenswerten Menschen findet man selten. Wir unterhielten uns öfter, ich hatte sie gerne. Sie wohnte allein in ihrem kleinen Haus. Als sie immer hinfälliger wurde, nahm eine Nicht sie in ihre Familie auf und pflegte sie liebevoll bis an ihr Ende. So etwas ist ja heute eine Seltenheit.

Eines Tages traf ich die Nichte. Erkundigte mich nach der Tante, bat sie, herzliche Grüße auszurichten und versprach, sie bald zu besuchen. Die junge Frau sagte: „Dann wird Tante Mariechen sich aber freuen, sie spricht öfters von dir." Und was habe ich gemacht? Den Besuch immer wieder aufgeschoben. Ich hatte ja Wichtigeres zu tun. Aber war es wichtiger? Auf keinen Fall!

Mit dem Fahrrad hätte ich keine 5 Minuten gebraucht, um zu ihr zu gelangen. Manchmal regte sich mein Gewissen. Es sagte mir: „Du hast Tante Mariechen versprochen, daß du kommst, sie wartet auf dich!" Und dabei blieb es dann.

Bis ich eines Tages hörte, die alte Frau sei verstorben. Das war ein Schlag für mich. Nun erlitt ich unbeschreibliche Gewissensqualen. Jetzt kam mir erst so recht zu Bewußtsein, wie weh ich dieser guten alten Frau getan hatte. Was nützte es, daß ich hinter ihrem Sarg herging und bittere Tränen vergoß? Heute, nach über 30 Jahren, erinnert mich das Gewissen ab und zu noch an mein unverzeihliches Versäumnis von damals.

Nun noch ein Ereignis betreffend das 11. Gebot. Diesmal bin ich die Enttäuschte. Am 20. Mai 2000 schickte ich einen Brief an einen Herrn mit der Bitte um eine Auskunft. Es war nur eine Frage, welche er allein beantworten konnte. Nachdem ich zwei Monate vergebens auf Antwort gewartet hatte, befürchtete ich, der Brief sei verloren gegangen. Ich rief den Herrn an. Seine

Antwort: „Ihr Brief liegt hier vor mir, aber ich hatte noch keine Zeit, ihn zu beantworten. Ich denke, es ist besser, ich komme bei Ihnen vorbei, dann können wir über die Sache reden." Sie können sich nicht vorstellen, wie ich mich auf seinen Besuch freute. Da ich ein redseliger Mensch bin, freute ich mich auf die Unterhaltung mit einem intelligenten Mann.

Nun kam die große Enttäuschung für mich. Er kam nicht, ließ auch nichts von sich hören. Und ich dachte, ich habe es mit einem gebildeten Menschen zu tun. Inzwischen vergingen wieder einige Monate. Für mich ist der Mann gestorben. In Wirklichkeit ja nicht. Sonst wäre eine nicht zu übersehende riesige Todesanzeige in einigen Zeitungen erschienen.

Ich habe nur noch einen Wunsch, daß er diese meine Zeilen liest.

Warnung

Keine Angst! Sie werden nicht gewarnt, sondern ich. Die Warnung kam von einer Bekannten, welche es ja „so gut" mit mir meint, daß ich eigentlich tief gerührt sein müßte, wegen ihrer Angst um mich. Da ich aber alles andere als ein Angsthase bin, nahm ich ihre Warnung kein bißchen ernst. Sie liest alle meine in der Heimatpost erscheinenden Artikel. Findet sie gut. Befürchtet aber, daß ich manchmal mit meiner Ironie und meinem Sarkasmus zu weit ginge. Es grenze mitunter an Beleidigung. „Du meine Güte" sagte ich ihr. Ich beleidige doch niemand! Ich sage und schreibe doch nur, was ich denke. Und das ist, aus meiner Sicht gesehen, stets die Wahrheit. Wenn es Leute gibt, denen das nicht gefällt, kann und will ich es nicht ändern. Es wäre ja schlimm, gäbe es keine Meinungsverschiedenheit!

Auf meine Frage, wen ich denn, ihrer Meinung nach, beleidigt oder beinahe beleidigt habe, wartete sie mit einer ganzen Palette auf. Jetzt kommt's: Zuerst die Politiker. Ja, kann man die denn beleidigen?? Die beleidigen sich doch laufend selbst! Und außerdem lesen die ja die Hadamarer „Heimatpost" nicht. Da habe ich aber Glück!

Als nächstes die Autofahrer und ihre liebsten Kinder, auf Letzteren würde ich doch laufend herumhacken. Nun stellen Sie sich das mal illustriert vor. Ich befinde mich auf einem Parkplatz und hacke auf den Autos herum! Man würde mich sofort, ohne Gerichtsverfahren, einsperren. Wo, können Sie sich denken. Und das gäbe ja Schlagzeilen für die „Bildzeitung". Eine 86-Jährige hackt mit ihrem Stock wütend auf Autos. Apropos Bildzeitung! Auch eines meiner Opfer, welches ich immer beleidigen würde. Ich muß sagen, der Angsthase ist dumm. Sie muß doch einsehen, daß ich Reklame für die beliebte Zeitung mache, indem ich darauf hinweise, daß sie überall „dabei" ist, wenn etwas passiert. Ist das etwa nicht die Wahrheit???

Auch die Polizei hätte ich schon beleidigt. Die Frau paßt aber gut auf! Ich habe einmal geschrieben, die Polizei könne uns Fußgängern auch nicht raten, einen toten Winkel zu meiden. Stimmt dies etwa nicht?

Und dann die Rechtschreibereformer. Sie hätte manchmal den Atem angehalten, wenn sie gelesen habe, wie ich diese klugen Menschen tituliert hätte. Ein Glück, die lesen ja auch die „Heimatpost" nicht. Die müssen doch unsere Rechtschreibung in Ordnung bringen!!! Ihr Leute, die ihr nicht wußtet, wo die Kommas hin gehörten, welch ein Glück brachte Euch die Reform. Wie habe ich moch mal über den ganzen Unsinn aufgeregt, jetzt lache ich nur noch darüber. Denn Aufregung und Ärger über die Reform waren Streß für mein krankes Herz. Jetzt wird nur noch gelacht. Das ist gesünder. Was hat denn das ganze Wettern gegen den Unsinn gebracht? Nichts! Die Deutschen sind ja gehorsam. Aber die Österreicher, welche ja auch unsere Sprache sprechen, die gingen dagegen auf die Barrikaden. Vor Monaten las ich es in einer Klagenfurter Zeitung. Aber es hat auch ihnen nichts genützt. Ein Deutscher, vielleicht der Einzige (außer mir), der sich jetzt noch nicht über die Reform beruhigen kann, machte vor einigen Tagen in der N.N.P. (die wird ja nicht nur in Hadamar, sondern in ganz Hessen gelesen) seinem Ärger Luft, indem er die Reform eine „kulturelle Mißgeburt" nannte. Ob der Mann jetzt wegen Beleidigung im Knast sitzt??? Vielleicht macht er gerade einen Waldlauf. Ich bin zu der Überzeugung gekommen, alle Proteste nützen nichts. Die Reformer scheinen ja ungeheure harte Dickköpfe zu besitzen, an denen alles abprallt. Übrigens, das Wort „Dickköpfe" ist schon ein reformiertes Wort. Hübsch, nicht wahr?

Dem besorgten Angsthasen sagte ich, daß ich die Wahrheit schreibe. Was kann mir das passieren? Aber mit der Wahrheit, meinte sie, könne man auch leicht in ein Fettnäpfchen treten. Da muß ich ihr Recht geben! Aber trotz allem. Ich schreibe weiter, wie seither. Was soll mir schon passieren? Doch meinte der Angsthase, es könnte mir durch eine Beleidigungsklage eine Geldstrafe aufgebrummt werden. Ich muß ja sagen, „aufgebrummt" hört sich gefährlich an. Ja, und wenn ich nicht zahlen könnte, müßte ich womöglich in den Knast. Nun überlege ich, das mit dem Knast wäre doch eigentlich gar nicht so schlimm. Vielleicht ganz interessant für mich, auch dort mal nach dem Rechten zu sehen. Es ist ja nicht mehr wie früher, daß die Gefangenen bei Wasser und Brot eingesperrt sind. Heute machen sie eine Revolte, wenn sie Weihnachten statt Gänsebraten Jägerschnitzel essen müssen. Finden Sie nicht auch, daß das in der heutigen Zeit eine Zumutung ist? Jägerschnitzel! Und Gefangene sind sie auch nicht mehr. Sie haben Freigang. Und ab und zu machen sie einen Waldlauf. Die Schwerverbrecher dürfen auch mit laufen. Und wenn sie Lust haben, können sie in die Freiheit entkommen, um neue Straftaten zu begehen. Sie müssen doch dafür sorgen, daß Justitia und Polizei nicht arbeitslos werden. Aber manche neh-men die Gelegenheit nicht wahr, abzuhauen. Denen gefällt es im Knast sicher besser, als in der Freiheit. Welch ein Glück für die Polizei, daß es auch solche gibt. Die brauchen sie doch nicht wieder einzufangen. Sollte ich, wie der Angsthase mir prophezeit, wirklich im Knast landen, ich denke, dann wird man mir, wegen meines Alters, eine Bitte gewähren. Mein einziger Wunsch wäre „Weiterstadt". Aber den Waldlauf mache ich nicht mit!

Im Übrigen denke ich, ein bißchen Spaß wird man mir und den Hadamarern noch gönnen, auch wenn ich dabei einmal ins Fettnäpfchen trete!